私の家

青山七恵

集英社文庫

目次

本書は、二〇一九年十月、集英社より刊行されました。
初出　「すばる」二〇一八年四月号～二〇一九年二月号

私の家

一．家庭菜園

雑草の根本にからまるように蚯蚓（みみず）が一匹土に横たわっているのを見つけて、梓（あずさ）は手を止めた。

顔を近づけ、摑（つか）んだ根本を向こうに倒してみる。蚯蚓は動かなかった。軽く息を吹きかけてみても、草を揺らしてみても、鎌で近くの土をトントン叩いてみても、反応がない。雑草だらけの家庭菜園で出くわすのは、ダンゴ虫かバッタか小さな毛虫、それから赤茶色の細くて短い蚯蚓ばかりだった。密集する草の根本を適当に指先でかきわければ、そういう小さな生きものたちが露（あら）わになった土の上で慌ただしげにくねったり、飛び跳ねたり、ぎゅっと身を縮めてからまたおずおずと動き出したりした。でもいま目の前にいるのは、長さも太さも鉛筆ほどはある、図鑑にそのまま載せられそうな立派な蚯蚓だった。くっきり体節の線が浮かび上がっている表皮は、薄茶色の土にまみれている。端のほうの、ほかの部分に比べて色が薄く太くなっている部分が、昆布に巻かれた干瓢（かんぴょう）に似ている。

庭に出てからずっと、隣家の雨樋にひっついているあぶら蟬がねばっこい鳴き声をあげていた。陽が高くなるにつれ家庭菜園の日陰は狭められ、梓はすこしずつ尻をずらしてこの蟬のほうに近づきつつあった。そしていま、動かない蚯蚓と一緒に日陰のどんづまりにいた。雨上がりの朝、車に轢かれてぺしゃんこになっている蚯蚓、逃げ水が見えるような真夏日に干涸びている蚯蚓なら、子どものころ通学路でよく見た。それだけにこういうしっとりとした、いかにも居心地の良さそうな湿った雑草の暗がりでも時が来ればひとりでに息絶えてしまう命を前にすると、気持ちがしぼんだ。とはいえ蚯蚓は常に土のあるところで暮らすものなのだから、アスファルトの路上よりひと目につかない土のなかでひっそりと息絶える蚯蚓のほうが断然多いのかもしれない。

駄目だ、驚いちゃ、と、ぼんやり思う。飛び跳ねるバッタやいつか蛾になる毛虫はさておき、昨日今日、ここで出くわしたおおかたの小さな生きものは、鳥や猫に捕食されるか大雨で流されていかない限りこの家庭菜園のなかで生まれて死んでいく、きっとそれが当たり前の世界なのだった。でもなお、納得し切れないところがあった。虫なんだから、そんなに簡単に死ぬわけないよね、と思った。尻の下に広がる冷たい土の世界に、化かされているような気がした。

「梓！」

家のなかから母親が呼ぶ声がする。梓は草を摑んだ手を放し、その草で蚯蚓をふんわり覆って、すこしだけ尻を後ろにずらした。それからたっぷり三分ほど、じっと動かずに待った。

「梓！　来て！」

もう一度草を摑み、向こうに倒してみる。蚯蚓の姿はもうなくて、ただ乾いた土が露出しているばかりだった。

玄関を開けると、台所までまっすぐ続く廊下の奥から、母親が何か黒い、長いものを持って近づいてくる。しゃりしゃりと音が鳴る薄い素材のハーフパンツに、ぴったりとしたTシャツを着ている。二十七歳の梓の腕は細いばかりで凹凸がなかったけれど、来年還暦を迎える母親の腕にはなだらかな筋肉のふくらみが見てとれて、小さな子どもなら四、五人、平気でぶらさげて歩けそうだった。

「これ、着て」

差し出されたのは、胸の下にちょこんと小さなリボンが結んであるポリエステルの黒いワンピースだった。梓は麦わら帽子と軍手を脱ぎ、全身の汗をタオルで拭き取ってから、沓脱ぎ（くつぬ）に上がる。母親が荒々しく着替えを手伝う。四十年近く前に買ったという喪服は、母のからだにはもう小さいけれど、娘のからだにはすこし大きい。

「ありゃ、ぶかぶかだね。今日はこれでいいけど、ちゃんと合うやつは自分で買って」

「うん。靴は？」

「靴？　持ってきてないの？」

「ない」

「じゃあ、そこから適当に探して」母親は顎先で横の収納を示した。「黒い靴、なんかあるでしょ。お母さんはもう仕事に行くから」

「もう？」

「帰ってくるまでにちゃんと準備しといてよ」

　母親はスポーツバッグを肩にかけて、開けっ放しの玄関を出ていった。咳き込むようなエンジン音が聞こえたかと思うと、軽自動車はあっというまに表の道に出て、住宅街を走り去っていった。

　観音開きの大きな収納を開けてみると、履きつぶされた古い靴の、むっとするにおいが鼻をつく。革靴、運動靴、泥がはねたままの長靴、平べったいサンダル、ウォーキングシューズ。すべて両親のものだけれど、下段の端に底同士をくっつけて置いてあるのは、梓が高校時代に愛用していたハルタのローファーだった。元々は焦げ茶色だったけれど、光が当たらなければ黒に見えなくもない。沓脱ぎに置いて、足を入れてみる。入らないかもと思ったけれど、すんなり入る。それどころか、どういうわけだか、この靴までも借りもののようにゆるかった。

　靴箱にあったシューシャインで表面をきれいに磨き、ぴかぴかになった靴を履いて外に出る。こんなに短い時間のあいだに、家庭菜園の日陰はすっかりなくなっていた。むしりっぱなしの青々とした雑草は、すでにその場に根を張り出しているように見える。まだらに剝き出しになった土が、まっすぐ夏の陽を受けている。

ロータリーに立っている灯里は、喪服を着ていなかった。

「遅くなっちゃった」

そう言いながらわるびれるようすもなく、後部座席に大きな紙袋を放ってどすんと乗りこんでくる。

「暑い、暑い。もう、立ってるだけで、汗だく」

梓が半分つぶれたティッシュボックスを差し出すと、灯里はそこから何枚も白い紙を抜きとり、濡れた肌に貼りつけた。汗で落ちたマスカラの繊維が、下睫毛にたまっている。

「灯里」助手席の母親が振り返る。「喪服は？」

「あるよ。このなか」灯里は紙袋を開けて見せた。

「じゃあ着く前に、車で着替えちゃいなさい」

「え、ここで？　汗がひいたらね」

「すぐ着くから、すぐ着替えて」

「すぐは着かない」運転席の父親が口を挟んだ。「三十分か、もっとかかるぞ」

「でも遅れてるんだから。梓、手伝って」

梓は紙袋のなかの喪服を取り出して、背中のジッパーを下ろし、姉に差し出してやる。

うーん、と渋りながらも灯里はTシャツを脱ぎ、喪服を頭からかぶって、穿いていたロングスカートを脱いだ。紙袋の底には、黒い染みのようにストッキングが丸まっている。手渡すと、相手はサンダルを脱いで片方ずつ爪先を入れ、ふんふん鼻を鳴らしながら狭い後部座席で器用に身をよじらせ、腰のところまでフィットさせた。蚯蚓のようだ、と隣で見ている梓は感心する。畳んどいて、と脱いだ服を押しつけるその顔は、服の色が黒に変わっただけなのに、いきなり分別くさかった。分別くさいのに、子どもが大人のふりをしているようにも見えた。梓は押しつけられたスカートやTシャツを畳み、紙袋のなかに入れてやった。

「あっ、まずい、靴忘れた！」灯里が叫ぶと、「ええっ？」母親が大袈裟に顔をしかめる。

「さすがにサンダルじゃ駄目だよね？　お寺に予備の靴あるかな？」

「わかんないけど、あるんじゃないの。着いたら自分で聞いてみて」

そうだね、聞いてみようっと。のんきに言って灯里は膝を折り、薄いストッキング越しに足の指をぐりぐりと揉んだ。それから扇のように十本の指を開き、付け根から向こうに倒すと、再びまっすぐ伸ばして、最後にきゅっと小さく丸めた。

「そこの角右折じゃないの？」

母親が言ったときにはもう遅くて、父親はハンドルを切りそこねている。

「あーあ、間違った」

「大丈夫。もう一つ先で曲がるから」

「戻ったほうが早いんじゃない？」

「いいよ、すぐ先に曲がれる道があるから」

「こういうときは、たいていすぐ戻ったほうが早いんだってば。ほら、そこのコンビニの駐車場に入れちゃってよ」

言い争っているうちに、右折の角はまたも見逃された。

結局二十分遅れで菩提寺に着くと、母親を先頭に、四人は早足で本堂に向かった。暗いガラス戸の向こうをのぞきこんでも、ひとの気配はない。汗ばんできた梓は喪服の胸元の生地をつまんで揺すり、風を入れた。

「ねえ、わかる？　わかる？」

同じしぐさをしていた灯里が、急に梓のほうに顔を突き出してくる。

「え、何が？」

「見て。鼻の下」

顔を近づけてみると、姉の鼻の下のくぼみには、ぽつぽつ小さな汗の粒が浮かんでいた。

「汗。あっちゃんもだよ」

咄嗟（とっさ）に、同じところにひとさし指を当ててみる。確かに濡れている。

「これ、たぶん体質だよね。暑いとすぐ、鼻の下に汗かいちゃう。まぬけでやだよね」

父親が、携帯灰皿で煙草を吸い始めた。本堂の隣の建物から「おーい」と声がかかった。手を振っているのは、母親の姉の純子（じゅんこ）伯母だった。

「あっ、姉ちゃん」母親が手を振り返す。「そっちなの？」

純子伯母に続いて暗い廊下を歩き、控え室だという和室に入ると、彫り模様の入った赤茶色の長いテーブルの隅で道世（みちよ）おばさんが一人でお茶を飲んでいた。このひとは亡くなった祖母の妹、梓にとっては大叔母にあたるひとだった。母親がその隣に座って、おばさん、元気？　と話しかける。空調のない部屋なのに、ひんやりと涼しい。父親がポットのお湯で茶を淹れた。祥子（しょうこ）ちゃん、ちょっと、お布施のこと。純子伯母に肩を叩かれた母親は、え、お布施？　と立ち上がり、その場でこそこそ相談を始める。

「ないって」どこかに姿を消していた灯里が戻ってきた。「寺に靴は、ない」

誰に呼ばれたわけでもなく、ぼちぼち、といったようすで、一同は建物の暗い廊下を通って本堂に移動した。

本尊の前の畳の上に、金色の丸いスツールが向かいあわせに三列ずつ並べてあって、紫色の袈裟をつけた僧侶が、女性はあちら、男性はこちら、と指示する。女性側では、本尊に近いところから、道世おばさん、純子伯母、母親、灯里、梓の順だった。向かいに一人で座っている父親は、神妙な顔つきで蛇腹に折り畳まれた般若心経を広げていた。

読経が始まると、梓もなんとなく口を動かした。むかし一緒に住んでいた祖母は、毎日仏壇の前で般若心経を熱心に唱えていた。まねをすると、褒めてくれた。でもそのおばあちゃんは梓が七歳のときに亡くなった父方の祖母であって、今回亡くなった母方の祖母ではない。ずっと東京に住んでいて、会おうと思えばその日のうちに会える距離にいたのに、めったに会うことはなかったこちら側の祖母の思い出は、あまりない。

六月の葬儀に集まった弔問客は、東京から来た女性二人と茨城から来た親族だけで、皆、祖母と同じくらいのお年寄りたちだった。母方の菩提寺は、梓が最近まで住んでいた東京のマンションと、生まれ育った北関東の田舎町のちょうど中間にあった。喪服は勤め先のコールセンターの同僚に借りることにして、梓は実家を経由せず、直接通夜に出向いた。

お棺のなかの祖母はしっかり口を閉じられ、眉間に深く皺が寄っていた。母親に促され、姉と一緒に祖母のふくらはぎを持ち上げて脚絆をくっつけたけれども、脚は細くて軽くて、吸いつくような冷たい皮膚を通してすでに骨に触れている感じがした。うまく紐（ひも）が結べず、もたもたして、恥ずかしかった。うっすら記憶にあるかぎり、気難しいところのある祖母だったのだ。こういう鈍くささを、容赦なく叱責しそうなおばあちゃんだった。

翌日の骨上げのとき、母親と純子伯母が泣いた。弔問客も、静かに泣いていた。梓はなぜだか、子ども時代のそのひとたちと亡くなった祖母が、誰かの葬式で駆けまわっている姿を想った。喪服のまま東京のマンションに帰って、スウェット姿でソファに寝転んでいる恋人の顔を見たとき、気持ちがゆるんだのか、ようやく目に涙が浮かんだ。別れを切り出されたのはその日の夜遅くだった。

法要のあとには、駅の近くのホテルに昼食とも夕食ともつかない食事の席が設けられていた。

純子伯母が予約していたのは、表通りに面したレストランではなく、小さな宴会場だった。前方に狭いステージがあり、四つ並んだ円卓のうち一卓だけに、ナプキンが載った空の皿が並んでいる。扉近くにある細長いテーブルには、何かの景品のように大量のビールやオレンジジュースの瓶が置かれている。

二人一組の給仕係が入ってきて、くらげの前菜を二皿円卓に載せ、また部屋を出ていった。皿が空になってから次の一品まで、すこし時間が空いた。

「これじゃあ、食べた気にならない」

ようやく二品目の青菜の炒めものが供され、係がいなくなったところを見計らって、母親が文句を言う。

「そうだね。親鳥を待ってるひな鳥って感じ」

純子伯母の皿は、早くも半分空になっていた。

「これくらいじゃ、一瞬で食べ終わっちゃう。できたものからどんどん、絶え間なく持ってきてほしいんだけど」

「おばあちゃんも、すごい早食いだったね。肉でも魚でも、あたしたちが食べてるあいだに、ほんとに一瞬で、ちゃちゃっと食べちゃってた。あれって、ぜったい嚙（か）んでなかったと思う。ワニみたいに、胃のなかに食べたものをすりつぶす石ころが入ってたんじゃないの」

梓は亡くなる二ヶ月ほど前に会った、病床の祖母を思い出した。とてもワニみたいにものを食べたひとのようには見えなかった。首には太いチューブが刺さり、両手は革のベルトで固定され、右腕から伸びる細い管は枕元にぶらさげられた点滴袋につながっていた。胃にもチューブが通っているという、その祖母の耳元に母親は顔を近づけ、大きな声で「おばあちゃん！　梓！　梓が来たよ！」と言った。半分目を開けた祖母の視界に入るよう、梓は顔を突き出した。「ああ、なんかさっきからすごく暑い」母親は額の汗をぬぐった。「おばあちゃん、暑い？　暑くない？　暑い？」すると突然、祖母の口がからから鳴った。あめ玉を転がしているような音だった。入れ歯が鳴っているのだと母親は言った。

「え？　暑くない？　暑い？」

からから。ころころ。

いま目の前にある円卓も、誰かの手で回されるたびにからから、ころころ、音が鳴る。

「うちのお父さんとお母さんが死んだら……」

隣の姉に耳打ちされて、梓ははっとした。

「長女のあたしが喪主やるのかな？」

「そうでしょ。なんで？」

「あたし、そういうの無理だ。だからあっちゃんがやってよ」

「お姉ちゃんが生きてるのに、わたしが喪主やるのは、へんだと思う」

「でも本来なら、この法事だってほんとは純子おばさんじゃなくて、博和(ひろかず)おじさんがやるんじゃないの」

「そうだろうけど……」

「親のお葬式にも、四十九日にも来ないなんて、こんな寂しいことってある？　もう家族を、やめちゃったってこと？　そんな感覚、あたしは信じられない」

　博和伯父というのは、二人にとっては長く「いないおじさん」で、もう二十年以上も音信不通の、母親と純子伯母の兄だった。灯里と梓が生まれたときには家に顔を見にきたそうだけれど、もちろんいまでは二人とも、伯父の顔は覚えていない。

「博和おじさんには、知らせようがないんでしょ」

「そりゃそうかもしれないけど。お母さんも純子おばさんもおかしくない？　全然、話題にもしないし」

「いないひとのことを話しても、しかたないし……」

「また、あっちゃんまでそんなこと言うんだ。ここの家系って、そういうところ、ちょっと冷たいよね。なんていうか、クールな家系」

　途中から姉の声が大きくなってきたので、梓はしっ、と合図した。扉が開いて、大きなスープボウルをお盆に載せた給仕係が入ってくる。蓋を開けると、湯気が立った。

「あっ、これ好き」姉はさっそく、音符のようなかたちをしたレードルに手を伸ばす。

「ボウルはでかいけど、取りぶんはほんのちょっぴり」

　係がいなくなってから、母親がまた文句を言う。卵スープは温かくてほんのりと甘くておいしかった。隣の姉の顔をちらっと見ると、鼻の下にまた汗をかいていた。

「でもあたしはね」視線に気づいた姉が、顔を寄せてくる。「亜由があたしの葬式の喪主をやるんだと思うと、かわいそうになる。そんなこと、やらせたくないって思っちゃう」

「でも、誰かがやらないといけないでしょ」

「だからあたしの葬式の喪主も、あっちゃんがやってくれない？」

「なんでさっきから、そんなに喪主のことにこだわってるの？」

「だって喪主、やりたくないんだもん」

姉はいきなり涙ぐんで、黙ってしまった。向こうから、道世おばさんが無表情でこちらをじっと見ている。何を考えているのかはわからないけれど、少なくとも、姪の娘たちをきれい、かわいい、と愛でている視線ではなさそうだ。梓は目を伏せて、白いテーブルクロスに落ちた卵スープの染みをナプキンで拭き取った。この気まずさが、懐かしい、と思う。亡くなった祖母にも、こんなふうに見つめられたことがあったような気がする。まだ小さかったころ、母親に連れられて東京の家に遊びにいったとき、あるいはそこで姉と、指人形か何かを、取りあって喧嘩(けんか)したとき……。

梓はグラスのビールを飲みほした。それからトイレ、と姉に断って、ホールを出た。廊下に並ぶ半円形の飾り窓から、白っぽい光が差し込んでいる。ハルタのローファーが足になじまず、かかとが擦(こす)れて痛い。突き当たりの窓からは、市民公園のよく茂った木立が見えた。時間を確認するつもりでポケットからスマートフォンを出すと、別れた恋人からメールが届いている。卵スープで温まった腹が、一気に冷たくなる。

　亡くなったひとと終わった恋愛を一緒にしてはいけないと思いながらも、ほぼ同時に訪れた祖母の死と別れ話は、梓の記憶のなかで奇妙なかたちでお互いにくいこみあっていた。ここは引き払うから、新しく住むところはそれぞれべつに探そう。そう言ったときの相手の顔を思い出そうとすると、なぜだか頭の芯のほうに祖母の脚のひんやりした重さを感じた。その冷たい重さはあの晩の彼だけではなく、遡って一緒に暮らしはじめたころの彼、はじめて会ったころの彼の顔にまで浸みこんでいき、そしていまや恋人の面影は、祖母の細い脚を持ち上げた、あの一瞬のなかに閉じこめられていた。

　メールには何も書かれていなかった。ただ「精算書」というタイトルのファイルだけが添付されていて、開いてみると、小さなゴシック体のフォントで先月の電気代やガス代の内訳、その合計金額を二人が共有していた口座から差し引いた後の残額、それを半分に割った金額と二行のメッセージが記されている。

　三万一二〇八円。

　個人名義の口座に振り込んだから、確認してください。

　何も問題なければ、返信不要。

　素麺とトマトだけの遅い夕食のあと、親子三人でしゃくしゃく水瓜（すいか）をかじっていると、父親が、東京にはいつ帰るのかと聞いてきた。

「うん、そのうち」

「そのうち」母親は種をぷっと新聞紙の上に吐き出した。「そのうちって、いつ」

「あと、二、三日かな……」

「そんなに休んで大丈夫なの？　仕事は？」

「うん、まあ、大丈夫。ひとはたくさんいるし……」

「アルバイトも気楽でいいんだろうけど。そろそろきちんとしたところに腰を据えたら？」

「アルバイトじゃないよ、いちおう、契約社員で……」

「永久就職という手もあるぞ」

父親の言葉に、母親が「はあ？」と顔をしかめた。「いまどきそんな時代遅れなこと、シーラカンスだって言わないでしょ」

梓は手にしていた水瓜の種を爪ではね、塩をふりかけると、一気に白い部分まで食べすすめる。梓の前にも父親の前にも、極端に薄くなった水瓜の皮が転がっていた。二人とも、ここにはいない灯里も、メロンや水瓜に関しては、皮近くの味のない部分までかじり尽くさないと食べた気がしないのだった。

「まだ帰らないなら、梓、明日道世おばさんちに行ってみる？　着物あげたいから、近々家に来てって、今日言ってた」

「明日？　明日は、家にいようかな……」

「あっそう。道世おばさんも、そんなこと言うなら今日持ってきてくれたらよかったのにね。あとで送ってくれてもいいし。でもおばさんはしまり屋だから。ひとにものをあげるのに自分のお金を出したりしないひと」

　うん、とうなずきながら梓はまた、円卓越しのひんやりとした視線を肩のあたりに感じる。

「それはそうと」母親は突然声をひそめた。「おばあちゃんの法事より、キャンプを優先する理由って、ある？」

「え？　何？」

「灯里んとこ。四十九日は今日だってずっと前から決まってたんだから、灯里もちゃんと、紀幸さんに言わないといけないんじゃない？　こういうことには家族揃って、ちゃんと節目節目で、区切りをつけないといけないって」

「まあそうだけど」父親が言い返した。「キャンプは亜由ちゃんが、楽しみにしてたんだろうから」

「だからね、法事とキャンプと、本当ならどっちを優先すべきか、ちゃんと子どものころから教えないといけないんじゃないかってこと」

父親はティッシュペーパーで口元を拭くと、立ち上がって、台所からチーズおかきを持ってきた。

「灯里はそういうところ、いい加減なんだよね。今日だって思いっきり遅刻してたし、喪服も着てこなかったでしょ。結局最後までサンダル履いてたし。うちはまあいいけど、紀幸さんのほうの冠婚葬祭でこういうことがあったら、向こうの家族のひんしゅく買うんじゃないの。ああいう性格だから、気づきもしなそうだけど」

梓も父親も、答えずに無言でチーズおかきをかじった。袋が空になってしまってからも、母親だけが納得いかない面持ちで水瓜を食べ続けていた。梓たち三人と違って、母親は、赤い実の部分をきれいに五ミリほど残して、食べやめる癖があった。むかしはよく、ふざけて三人を「野蛮人」と呼んでいた。

「やっぱり灯里に、電話して言おうかな。ちゃんと言ってあげたほうが、良くない？」

うーん、梓はうなって、からだをひねり、畳の上に手をついた。鼻の下ににじんわり汗が滲(にじ)んでいるのを感じる。庭に面した大きな窓から、時折ぬるい風が入ってくる。父親は立ち上がって、台所に煙草を吸いにいった。

「お母さん、暑くない？」

「え？　暑くないよ」

食べ終えた皮をボウルに放り込み、母親は最後の一切れに手を伸ばした。

「暑いよ。クーラーつけない？」

「窓から風が入ってくるでしょ。東京はどこも冷蔵庫みたいにキンキンに冷やすよね。あれは良くない。自然の風がいちばんいいよ」

「クーラー、使わないの？」

「窓を開けておけば涼しいでしょ。あんまりクーラーに頼ると、からだが弱るよ」

「だめだよ、クーラー、ちゃんと使わないと。熱中症って怖いんだよ。大丈夫だと思っってても、倒れて救急車で運ばれたりするんだよ」

「そういうのも、からだが虚弱だからなんだよ」

「そういうふうに意地張って油断してるひとが、いきなり倒れちゃったりするんだってば」

「暑いなら、水風呂でも浴びてくれば？」

うつむく母親の鼻の下にも、小粒の汗がぽつぽつ浮かんでいた。

梓は立ち上がって居間を出た。父親に話しかけられるのも疎ましくて、台所を通り抜けて、電気のついていない暗い廊下に行った。暑い、ただひたすら暑いだけなのに、そのことがむしょうに情けない。幡ヶ谷の広いマンションが恋しい。もちろんリビングにも寝室にも空調がついていた。飼っていたハムスターのために、二人が留守のときでさえ、室温は一年じゅう快適に保たれていた。

同居を始めるときにコンランショップで買ったすべすべのステンレスのタンブラーではなく、子どもじみた、とら猫のイラストがついたコップでうがいをし、歯を磨いた。

「あ、灯里？」居間から母親の威勢の良い声が聞こえてくる。「ちょっと、今日の法事のことやなんかでさ……」

　サンダルを突っかけ、梓は外に出た。

　通学班の班長だった野坂英里ちゃんの家の角を曲がり、お母さんがＥＣＣの教室を開いていた乾恭子ちゃんの家、いつも口元によだれの白い跡があった山岸稔くんの家の前を通る。山岸家の窓には、ゴーヤの緑のカーテンがふっさり茂っていて、そのカーテンの奥からテレビの音だけが聞こえた。このあたりの地区一帯は、三十年前に畑を切り開いて分譲された新興住宅地だった。かつてはほとんどどの家にも、働く父親と家事をする母親が対になっていて、その親のもとで二人か三人の子どもが養われていて、梓の父親も含め、働く父親たちのおおかたの勤め先は隣の市の電気部品会社だった。いま、前を通るどの家を見ても、そこに住んでいた子どもたちのフルネームをすらすらと言えることに、梓は驚く。それからしばらく行くと住宅街が尽きて、利根川の堤防の黒い影を背景に、大和芋畑が広がっていた。

　夏の大和芋畑は、昼の光の下ではあちこちにつるを伸ばした緑色の葉が波打つようだったけれど、夜空の下ではところどころ盛り上がっている部分が土饅頭のように見えなくもない。しゃがんで芋の葉に触れてみると、ほんのりと湿っていた。茂る葉をかきわけて、土に触れる。柔らかい土に指を差し入れ、行けるところまでずぶずぶと埋める。蚯蚓がいるかな、と思い、指先を鉤のように曲げて、そっと土のなかを探った。何か硬いものに行きあたった。芋だった。そのまま指を伸ばして、ごつごつとした輪郭を確かめた。それは徐々に祖母の冷たいふくらはぎに似ていった。

窓からベッドに、まっすぐ陽が差し込んでいる。

ベッドのすぐ横の、教科書も鉛筆削りも筆箱も、かつてそこにあったものは何もない学習机に、半分つぶれた大きなボストンバッグだけが置かれている。目が覚めると全身、汗でぐっしょり濡れていた。もう十二時を過ぎていた。

居間に下りていくと、母親が畳の上で仁王立ちになり、ダンベル体操をしている。梓は台所の蛇口からコップに水を注ぎ、その水を飲みながら、母親の後ろ姿を眺める。

ダンベルの重さは一つあたり三キログラム、くすんだ水色で、握るところには青いゴムのテープがぐるぐる巻きにしてある。二十年近く前、当時は隣の市の中学校で体育教師をしていた母が、中年太りを気にして通信販売で買ったものだった。付属の指南本によると、一日二十分間の運動を続ければ三ヶ月後には間違いなく減量できるそうだったが、より確実な効果を求めた母親は、朝と夜の一日二回、ダンベルを持ち上げた。悪化した坐骨神経痛のせいで長年勤めた教職は定年前に退いていたけれど、母親がいまもなおたのもしい肩幅と厚い胸板を保っているのは、本人いわく、この体操のおかげだった。一回でいいって書いてあるのに、二回やるところが、わたしのお母さんだな。そう誇らしく思いながら、小学生だった梓もまた、居間の壁に寄りかかってその後ろ姿を見ていた。でもそれから二十年近く経ったいま、このダンベルは目に触れるたびに鉄の冷たさを剥き出しにして、梓の喉や胸元をずっしり押さえつけてくる。

「生活をするということは」

いきなり母親が振り返った。

「埃をためること」

ぼんやりとした娘の顔を前に、「埃をためることなんだよっ」母親はまた言って、両手のダンベルを肩まで持ち上げ、そこからまっすぐ腕を伸ばして天井に突き上げた。梓は四角い座卓の定位置に座った。

「おばあちゃんが、よく言ってた」

ダンベルを籐椅子の上に置いて、母親は畳の上にゴロンと仰向けになる。

「正確には、姉ちゃんから聞いたんだけど」言いながら、右脚を三角に折って、横に倒す。「あたしは、おばあちゃんとはあんまり一緒にいた記憶がないからね」

あ、始まった……と思って、梓はわずかに身構える。子どものころから、こうして母娘二人でいるとき、母はごく唐突に、祖母の話を始めることがあった。さりげなく穏やかに話し始めても、最後は必ず、ちょっと怒っている感じになった。

「でもしかたないもんね。自分は病気で、姉ちゃんたちも手がかかる年頃だったし。あたしも親になるまではわからなかったけど、いまならわかる。しかたなかった。伊鍋(いなべ)のおじいさんおばあさんも、みっちゃんも、良くしてくれたしね」

「道世おばさんて、優しかったの？　なんかこないだ、ちょっと怖かったけど」

「べつに怖かないよ。無口なだけで、むかしからおとなしい優しいお姉さんだったよ。みっちゃんにはよく遊んでもらったし、友だちもたくさんいたし、あのころは楽しかった」

「楽しかったんだ」

「そりゃあ楽しかったよ、だって子どもだったんだから。毎日遊びまわってた。鬼ごっこしたり、ザリガニとったり」

「楽しかったんだね」

「楽しかったね」

　親が楽しい、楽しい、と言っていると、それがいくら過去のことであっても、その過去が自分の親になる以前の遠いむかしの過去であればあるほど、子としては、なんだか安心するのだった。だから母親がこうしてむかし話をするとき、梓はできるだけ多く、そこから楽しい思い出を引き出してやりたい。でも話が進むにつれ、母親の声はなんだか刺々しい、玩具を取りあげられた子どものような抗いの口調を帯びてきて、梓は何も、言えなくなる。

「おばあちゃんは、一回も悪かった、って言わなかったけどね」

うん、梓はうなずいた。

「恨んだりはしてないけどね。でも恨みじゃない何かは残るから」

そうだよね、と言いかけて、梓はことばを飲み込んだ。生まれてまもないころから小学校に上がるまで、母親が東京の家族を離れて茨城の祖父母のもとで育ったことは、子どものころから幾度となく聞かされていた。祖母の体調が悪化したからとか、上の二人の子ども（特に、博和のほう）に手がかかったからとか、理由は聞くたびに違っていた。ずっと両親のもとで姉と一緒に育てられた梓には、母のなかに残っている「何か」というものが、まだよく摑めない。その「何か」とは、生まれてまもなく遠ざけられ、再び引きよせられ、一緒に暮らし、家を出て、結婚相手を紹介し、孫の顔を見せ、病室の汚れ物を洗い、死に水を取る、そのすべての時間が含まれた「何か」なのだろうから、天気のことを話すみたいに、そうだよね、とあっさり同意はできない。

うーっと声を出して縦にからだを思いきり伸ばすと、母親は立ち上がって、梓の向かいに座った。

「今日の夕飯、何がいい？」

「うん。なんでもいい」

「あとすこししたら買いもの行くけど、行く？」

「うーん……」

「着替えないの？」

「うん。着替える」

「今日は何するの？」

「べつに、何も……また草取りとか……」

「明日帰るんだよね？　何時？」

「んー……」

「夕飯食べたあとにすれば？　お父さんが駅まで送ってくれるだろうから。さ、活動開始」

いなくなったと思ったら、すぐに廊下で掃除機がヴーンと唸(うな)り出した。掃除機と一緒に母親は嵐のように家じゅうを一回りし、最後に居間の畳の上を何度か行ったり来たりしたあとコンセントからプラグを抜き、足の指で本体のボタンを押した。長いコードが殺気立ったすさまじい勢いで巻き戻ってきて、最後にゴツッと、本体には入りきらないプラグが音を立てる。それから母親は上のTシャツだけを着替え、買いものに出かけていった。

再び静かになった家で、梓は顔も洗わず、着替えもせず、ただ虫除けスプレーだけを全身に振りかけて庭に出た。煉瓦(れんが)で仕切られた家庭菜園の外側、通りに面した垣根の近くで茂っているルッコラが陽を浴びて、炒(い)った胡麻(ごま)に似た香ばしい匂いをたてている。その前にしゃがんで、草の匂いを胸いっぱいに吸い込んだ。サラダを食べながら、消毒されているような心地がした。それからまた家庭菜園に尻をつけ、十分ほどぽそぽそ雑草をむしったあとで家のなかに戻り、居間の冷房を二十二度に設定し、浴室でシャワーを浴び、涼しい部屋で横になって向こう一週間の天気予報を調べながらうとうとしていたところ、帰宅した母親の「あっ!」という大声で目が覚めた。

「一人でクーラーつけないの!」

帰省してから、もう三日経っている。そろそろだな、と思った。

九年前に実家を離れて以来、梓はたいてい正月休みにしかこの家に戻らなかったけれど、最初は歓迎してくれているように見える母親も、三日目になると、何もしない客に、というか、娘のふりをした客、あるいは客のふりをした娘に、苛立(いらだ)ってくるのがわかる。気は進まないものの、最低限に身なりを整えてから、梓は自転車に乗って幹線道路のほうに漕(こ)ぎ出した。

「からす」のすりガラスのドアを押して入ると、狭いカウンターに座っていたママが「あ、あっちゃん」と顔を上げた。カウンターには、ママと同じくらいの年頃の男女が座って、煙草を吸っている。

　梓は「こんにちは」と頭を下げて、隅のテーブル席に座った。ママが近づいてきて、コーラの瓶とコップをテーブルに置き、百円を徴収する。中学、高校時代はほとんど毎日のように、このテーブル席で「からす」の一人娘の雪(ゆき)ちゃんと百円のコーラを飲んで喋っていた。一昨日、もしかしたら雪ちゃんがいるかもしれないと九年ぶりにこの店のドアを開けたときも、ママはすこしも驚いたり喜んだりするようすもなく、「あ、あっちゃん」と顔を上げただけだった。カウンターの奥の壁にくくりつけられ、傾(かし)いでいる小さなテレビには、なぜだか「タイタニック」が映っていた。梓はすぐに、むかし雪ちゃんとこの映画のDVDを部屋で一緒に観たことがあったのを思い出した。雪ちゃんはあぐらをかいた太ももの上にノートを開いて、聞き取れた英語を書き留めていた。雪ちゃんはいま新潟にいて、高校の英語の先生になっている。

　汗を拭きながらちびちびコーラを飲んでいると、カウンターから視線を感じた。「雪の友だち」と、ママが言うのが聞こえる。気づかないふりをしてみたけれど、「帰省中?」と男は話しかけてきた。五十代後半くらいだろうか、着ている半袖のポロシャツがだぶだぶで、裾も妙に長くて、幼稚園児が着るようなスモックみたいに見える。

はい、梓は小さくうなずいた。

「東京から?」

はい、また小さくうなずいた。

「ここじゃ、やることないでしょ」

梓は答えず、曖昧に微笑んだ。

「うちにも、おねえちゃんと同じくらいのせがれが東京からこっちに帰ってきてる」

「はい」

「おねえちゃんは、いつから」

「一昨日からです」

「うちのはほんの二、三日って言ってたのが、もう半年だよ。なんだか難しい資格の勉強するんだとかなんとか言ってるけど、文句ばっかりで図体のでかいのが家でゴロゴロしてて、邪魔でしょうがねえ。若い奴にはせっせと働いてもらわないとな」

「でもお母さんは、喜んでいるでしょう」隣の女が言った。

穀つぶしだよあいつは。男は嬉しそうにそう言って、宝箱の中身をちょっとずつ手渡すように、息子にたいする愚痴を小出しに述べたてた。女は息子を、一生けんめいにかばった。あまりに熱く献身的にかばうので、その喜んでいるお母さんというのは実は彼女自身のことなんじゃないかと疑いかけたとき、突然テレビの画面がぱっと切り替わった。一昨日に続いて、またもや「タイタニック」だった。

カウンターの二人は、口をつぐんで画面を食い入るように見つめている。横顔がとても真剣なので、結局梓も、映画を終わりまで観てしまう。ママがセリーヌ・ディオンと一緒に歌うのを聴いていると、「ご飯どうするの」怒り顔と笑顔の顔文字付きで、母親からメールが届いた。


翌日、梓を駅に送るために、父親は六時に帰ってきた。

母親は梓の好物の、あんかけ焼きそばを作った。気は重かったけれども、食は進んだ。食が進んだことで、大胆になった。大皿に盛られた焼きそばを半分食べ終えたところで、梓はいきなり、「やっぱり帰るの、やめとくね」と宣言した。

「何？」母親が目を見開いた。

「東京の家、もう引き払っちゃったんだ」

数秒の沈黙の後、母親がもう一度「何？」と言った。

「引き払ったんだよ、東京の家。だから、帰るところが、特にない」

「何それ？　一緒に住んでるひとはどうなったの？」

「九州に、転勤になった」

「…………」

「先週の話だけど……」

「てえーっ!」母親は背中をのけぞらせた。「なんでなんで。どういう訳でそうなるの?」

梓が答えないでいると、父親が、「お母さん。それを聞いちゃ、かわいそうだろう」と助け舟を出す。

「でも部屋を引き払うことないじゃないの。そのひとが転勤するっていうなら、梓一人で住んだらいいじゃない」

「家賃が高すぎて、わたしのお給料じゃ、住めないよ」

「何それ? あんたらいったい、どんな豪邸に住んでたのよ」

家賃は相手が全額払っていたとは、とても言えなかった。母親が知ったら、半額返金だと息巻いて自ら九州まで飛んでいきかねない。

「その相手もずいぶん勝手じゃない、あんたが新しい部屋を探すまで待っててくれたらいいのに。何年一緒に住んでたの? 三年? 四年?」

「そんなに長くないよ、ぎりぎり二年、ていうくらい……」

「じゃあ梓、今日は帰らないんだね?」父親があいだに入った。「帰らないなら、ゆっくり食べればいいよ」

「ちょっと待って、ちょっと待って」母親が目を剝いた。「家がないなら、仕事はどうするの」

「ちょうど契約も切れるところだったから、辞めちゃった。でも、またいつでも始められるから」

「なんで辞めるの？　給料安くても、きちんとした会社に腰を据えて、身の丈にあった部屋を借りて頑張ればいいじゃない」

「まあ、ゆくゆくはね……」

「ゆくゆく？　ゆくゆくの前はどうするの、ここで何にもしないでぶらぶらするの？」

「何もしないってわけじゃないよ、草むしったり、アルバイトくらいは……」

「アルバイト？　どこで？」

「わかんないけど……『からす』とか……」

　てえーっ！　母親はまたおおげさに声をあげ、「あんた、それ冗談？」と鼻に皺を寄せた。

「彼氏のことは気の毒だけど、まだ若いんだから、しっかりしてよ。何くそ、って思いでやるのよ」

「でもお母さん」父親がおずおずと遮った。「梓もちょっと、疲れてるんだろうから……」

「疲れてる？　この二、三日ずっとゴロゴロしてたんだから、もう元気になったでしょ。

でもまあ、何、家……家がないの？」

「うん。先週は、友だちのところにいた。荷物もちょっと、預かってもらってる」

「てえ、ないんじゃあもう、しょうがないじゃない。家のないところに帰れったって無理な話だから。じゃあとりあえず今日は、帰らないのね？」

「うん」

「わかってたなら、なんでちゃんと言わないの？　そういうことは早く言わなきゃ。うちのなかにだっていろいろ、都合とか段取りがあるんだから……お父さんだって今日、わざわざ早く帰ってきたのに」

　梓は背を丸めて、焼きそばの残りをかきこんだ。テーブル越しに視線を感じたけれども、顔は上げなかった。最後の一口を飲みこみ「ごちそうさま」と空の皿を手に居間を出かけたところ、「待った、待った」母親は娘を逃がさなかった。

「水瓜の残り、今日じゅうに食べちゃいたいから、それ片付けたら冷蔵庫から持ってきて」

「お腹いっぱいだから、わたしはいいや」

「駄目駄目、もう水っぽくなっちゃってるんだから、今日じゅうに食べないと」

「お父さんも、今日はいいです」箸を置いて、父親も言う。「焼きそばで、お腹も胸も、もういっぱい」

「何？　お父さんが食べたいっていうから丸ごと買ったのに。責任もって食べてよ」

「でも今日は、お腹いっぱいなんだよ。明日食べるから、今日は勘弁してよ」

「そう言って食べないに決まってるでしょ。量はもうそんなにないんだから、今日一人が二切れずつ食べれば終わるんだから、食べちゃってよ」

突っ立っている梓を押しのけるようにして、母親は台所に向かい、ラップに包んだ水瓜と包丁を持ってきた。それから食卓に手荒くスーパーのちらしを敷いて、水瓜をざくざく六等分した。

「ほら、食べな」

梓は座り直し、黙って端の一切れを手に取った。父親は知らんぷりをして、寝転がってクロスワードパズルの本を開く。

「梓、帰らないんなら今日は洗濯したいから、それ食べ終わったらお風呂入って」

母親はいちばん大きな一切れにかぶりつき、次々種を吐き出していく。

「わたしはシャワーでいいんだけど……」

「残り湯で洗濯したいから、湯船にお湯ためて入って。掃除はしてあるから」

「じゃあ洗濯のあとで、シャワーにするね」

「駄目。せっかくお湯ためるんだから、三人入らないともったいないでしょ。それに洗濯の後に風呂場掃除するのはお母さんなんだから、梓が最後にシャワー浴びるっていうなら、梓が掃除してくれるの?」

「お母さん」父親が本を閉じて、微笑みながら口を挟む。「賑やかなのはいいけど、そんなに矢継ぎ早にまくしたてなくても……」

言い終わらせず、ハッ! と母親は声を上げた。

「家に一人人間が増えたら、それだけ仕事も増えるってことなんだからね。ここではみんな、やることをやってから、それぞれ好きにくつろぐってこと。これからずっといるっていうなら、もうお客さん扱いは終わり」

「でも誰かさんがそんなにカッカしてたら、くつろごうにもくつろげないよ……」

口調は穏やかだったけれど、父親の顔には揶揄するようなにやにや笑いが浮かんでいた。はっきりとした抗議でもなく、降伏でもない、こういう中途半端にふざけた態度は、この家のなかでは時にもっとも好戦的なふるまいとみなされる。

「そういう言いかたは」梓が危惧したとおり、母親は食べかけの水瓜をボウルに投げつけた。「失礼なんじゃないの? お母さんはこの家の使用人じゃないんだからって、むかしから何度も言ってるよね? もう二十年も三十年も同じことばっかり言ってたら、口がバカになる、それに……」

「わかったよ」梓はさえぎった。「わかったから、お風呂、お湯ためて入るから……」

ろくに種も弾かず、梓は手にしていた水瓜を急いで食べすすめ、最後まで飲み込まないうちに立ち上がった。この水瓜は確かに水っぽく、味も薄い。それから風呂場に行き、湯船をシャワーで軽く流したあと、給湯ボタンを押した。居間ではまだ、母親が何か言い立てている。父親もそこそこ、言い返している。長い話になりそうだった。歯を磨こうとすると、急いで大量に食べたせいか、変なにおいの長いげっぷが出た。せめて風呂が沸くまでは、静かなところにいたい。静かで暗くて涼しくて、胃の消化を妨げず落ち着いて丸まっていられるところ、東京のマンションで言ったら、大きなベンガレンシスの鉢が置いてあった寝室の窓辺かL字のソファの角ということになるけれど、この家のなかに、当然そんな場所はない。

それで気づけば庭にいた。

表の通りは静かで、聞こえてくる物音と言えば、両親の口論の声だけだった。雪ちゃんと「タイタニック」を観ていたころには、このあたりはどこの家にだって、やかましい子どもたちがベッドや畳や勉強机にへばりついていたはずだ。子どもたちは苛立ち、大声で笑い、ボールを投げつけ、音楽を流したり、親に怒鳴ったり、犬猫をかまったり、毎日何かしら騒々しい音を立てていた。

あの子たちは、いったいどこに行っちゃったんだろう？

言い争う親の声を聴きながら、梓はその物音を、思い出そうとする。あの子たちは皆大きくなった、そして皆だんだん静かになって、そしてある朝いきなり、よりによってどうしてそんな、としかいえない新しい住まいへ迷子の顔つきで引っ越していった。それからさらに引っ越しを重ねて、そのたびに、ここから遠のいていったに違いなかった。

そういう子どもの一人だったはずの自分が、いま、ここに戻ってきて、これからいつまでいるのかわからない、この状態を思うと、また何か得体のしれないもの、たとえば自分がいま足をつけている、土の下の世界に化かされているような感じがする。戻るといっても、掃除機のコードがくるくる本体に収まっていくみたいに、すんなり戻れるわけではなさそうだった。むしろ永遠に、こうして庭先にひっかかったままでいるしかないのかもしれない。

梓は家庭菜園の草叢(くさむら)に尻をつけて座った。

カーテンの向こう、開け放されている窓の奥で、母親が、水瓜! 水瓜! と、しきりに怒鳴っている。もう水瓜は買わない、むかしから本当は全然好きじゃなかった、と叫んでいる。お父さんと子どもたちが食べたいって言うから付きあいで食べてただけ、だからもう、食べたいなら自分で買って、自分で食べて、あたしはもう金輪際、水瓜は絶対、食べないから……。

でも目下のところは、ここに帰るんだな。心のなかでつぶやくと、梓は向きを変え、手を後ろについて、市松模様の玄関ポーチから瓦屋根の上のアンテナまで、自分が育った家をしげしげ眺めてみた。

　母親はまだ、水瓜のことを喋っている。水瓜については、それだけ長く、話すことがあるのだ。聞いてあげないと、と思った。そう思いながら、雑草のなかの冷たい土に両手を差し入れ、指先に小さな生きものの気配を探っていた。

二. 嵐

昨晩から降りつづく雨が、駐車場のあちこちに深い水たまりを作っていた。

公民館の自動扉の前で、祥子はハッ！　と短いためいきを吐き、どしゃぶりの雨のなか車を目指して歩き始める。サンダル履きの足元で、勢い良く水がはねる。数年前から多少の雨では傘を差さなくなった。濡れたら拭けばいいだけの話なのに、生まれて半世紀以上なぜあれほど依怙地に乾いたままでいることにこだわっていたのか、いまとなってはよくわからない。傘を手放したことで、逆に雨の日を憂うこともなくなった。つまり気に入らないのは雨ではなく傘のほうなのだった。五十年という時間が経たなければ、そんなことにも気づけない。

白い軽自動車は広い駐車場の隅で雨に濡れそぼっていた。助手席に丸めてあったタオルで顔をざっと拭き、エンジンをかけて出口に向かう。さびついて赤茶けている門の前に、ビニール傘を差して歩く松木夫妻の後ろ姿が見える。今日は雨のせいで集まりが悪かったけれども、この夫妻は雨が降ろうが風が吹こうが、祥子が講師を務める週四回の体操教室に必ず二人でやってきた。土産物屋の隅に対で置かれた人形のように、似た面持ちのおとなしい老夫婦だった。

「松木さん！　乗りますか？　雨すごいから！」

祥子は助手席の窓を開け、運転席から声をかける。

「あ、先生……」奥さんのほうが先に気づいた。傘の下で隣の旦那さんの右半身はびっしょり濡れていて、灰色のポロシャツが黒くなっている。

「雨すごいから！」教室にいるときのように、祥子は声をはりあげる。「送っていきますよ」

「いえ、すぐ近くですから」旦那が腰をかがめて窓に近づいた。「大丈夫です」

「でも濡れちゃって！」

「毎日歩くのが習慣ですから。大丈夫です、大丈夫です」

夫妻は祥子に頭を下げ、そのまま背を丸めて行ってしまった。後ろからよく見ると、並んだビニール傘の骨は一本ずつ折れていた。

「乗ったらいいのにね」祥子はひとりごちて、窓を閉める。公民館の門を出る前、奥さんが振り向いてもう一度礼をした。見えないだろうと思いながらも、祥子も頭を下げた。

下げついでにカーラジオの電源を入れると、いきなりがちゃがちゃした英語の歌が大音量で流れだして、思わずブレーキを踏みこんだ。それで昨日、珍しくスーパーに一緒に行くと言って車に乗った娘の梓が、助手席でしきりにラジオのボタンをいじくっていたのを思い出した。

　祖母の四十九日法要に合わせて帰省したと思ったら、急に東京には戻らないと言い出して、もうひと月近くも経っている。大学進学と同時に家を出て以来、こんなにも長く家に留まっている娘を見るのは初めてだった。家のなかからふと外を眺めやったとき、ぱっとしない古びた色合いの衣類やタオルのなかに、娘の明るい色の下着が交じって物干に揺れているのが目に入ると、嬉しい気持ちがしないでもない。いや、理由はともあれ、家のなかに誰か若い人間がいるということは、無性に嬉しい。でも梓は無口だった。むかしから姉に比べておとなしい子ではあったけれど、いまは無口というより、陰気といってもよさそうだった。折々皮肉や鼓舞する言葉を投げかけてみても、反応は薄い。三日に一度ほどは自転車で「からす」に出かけていくけれども、そこで誰と何を話しているのかは教えてくれない。夜にふらりと外に出ていくこともある。一週間ほど前の朝、起きたら台所のテーブルに土付きの大和芋が置かれていて驚いた。二階から下りてきた梓に聞くと、「掘ってきた」とつっけんどんに返されたのだが、畑に返しにいくのも気が引けて、こっそり擂（す）りおろしてご飯にかけて食べてしまった。廊下に座布団を敷いてうたたねしていたり、寝ぐせのついたまま青白い顔をしてトイレから出てきた娘に出くわすと、ひゃっと声をあげそうになる。そういうとき、娘はなんだか、人間ではなく縦型の大きな魚に見える。

魚でも牛でも、べつになんでもいいんだけど……ラジオのボタンを押しながら、祥子は思った。なんでもいいんだけど、せめてもうすこし、喋ってくれればいいのに。ようやく聞き慣れたパーソナリティーの声が聞こえてくると、祥子はアクセルを踏み、車道に出る手前で一時停止した。右からガチャンと衝撃があった。

見ると窓の外の濡れた路上に、自転車と傘と女と子どもが転がっていた。

梓が中学生だったとき、自転車ごと道の脇の芋畑に倒れこんだところを通りすがりの他人に助けられたことがある。その日も雨が降っていた。向こうから猛スピードで走ってきたバイクをよけようとして、バランスを崩したのだった。

ベンツに乗っていたというそのひとは、ぼんやりしている梓を芋畑から救出し、自転車と一緒に車の後ろに積んで家まで送ってくれたそうだった。鼻血が出ちゃって恥ずかしかった、と梓は言った。スーツを着た、五十歳くらいの男のひとだった、車のなかが、なんかいい匂いだった、とも言った。祥子はまだそのとき現役の体育教師だったから、一部始終は仕事を終えて帰宅してから聞いた。人口二万人弱の卯月原(うづきはら)の町でベンツを所有している人物を祥子は三人知っていたけれど、梓の人物評はその三人のいずれとも一致しなかった。親切なひとがいるものだと感心しつつ、年頃の娘をもつ親としては、何かおかしなことをされなかったか確認するのも忘れなかった——当の梓は「は？」と露骨に顔をしかめ、「どういう想像してるわけ？」と二階に上がっていってしまったが。

そういうわけで、いま、祥子の車にぶつかってきた母子が祥子の家にいる。雨のなか梓はまた「からす」にでも出かけたのか、上に呼びかけても返事はなかった。

すみません。すみません。そう繰り返しながら、猫背で小柄な母親は身を縮め、隣の男の子はまだ目に涙を浮かべている。

「雨の日には、とくに注意しなくっちゃあね。小さい子を乗せてるんだし」

おまわりさんがどう思うかは知ったことではないけれど、停まっていたところに自転車がつっこんできたのだから自分は悪くない。ドアを出た瞬間に、祥子はそうひとりぎめしていた。なので、訴えられるかもしれないだとか、自分は加害者かもしれないだとか、そんな恐れはいっさい抱いていないのだった。

縮こまっている親子に麦茶を勧めるけれども、母親も子どもも口をつけない。仕方なく祥子は立ち上がって、台所の物入れからクッキーの箱を持ってきた。

「ほら、これ、どうぞ」

祥子は箱を開け、内袋をやぶって透明のパックに並んでいるクッキーを出してやる。

「これ、食べて待っててね。お母さんのスカートは、あっちでちゃちゃっとやっちゃうから」

祥子には信じがたいことに、この母親は、このどしゃぶりの雨のなか、いかにも動きづらそうなぴちぴちのタイトスカートを穿いて自転車に乗っていたのだった。車から出てきた祥子が助け起こしたときには、後ろの浅いスリットが裂けて、細い太ももが露わになっていた。

祥子が貸してやったTシャツとスウェットパンツを身に着け座布団に正座している母親は、また「すみません」と小さくなる。

「元通りにはならないかもしれないけど、でも穿けるくらいにはできますから。ぼくちゃん、そこでお菓子食べててね」

祥子は母子を居間に残し、奥の部屋に行った。四人暮らしだったころ、ここは祥子が一人で授業の計画を練ったりミシンで縫い物をしたりするときに使う「お母さんの部屋」だった。部屋といっても、居間につながる引き戸と玄関に続くドアはいつも開けっ放しで、家の者はほぼ通路のような感覚でこの部屋を通っていたから、ここで本当に一人きりで仕事ができたことなど一度もない。いまは壁沿いに並ぶ衣類ダンス、アイロン台、ハンガーラック、ミシン台も兼ねた書きもの机が、陰気な井戸端会議のように中央の空隙を見つめている。

ミシンのカバーを外し、スカートに合わせた濃いグレーの糸をセットすると、祥子は老眼鏡をかけて修復作業にかかった。針仕事なら物心つくころから祖母に習っていた。

洗い張り屋だった伊鍋の祖父母の家には、いつも着物があった。洗う前に着物の縫い目をといて、細長い反物の状態に縫い直していた祖母の姿は、おぼろげに覚えている。祖母はよく、どこからかもらってきた端切れで小さな物入れや平べったい女の子の人形を作ってくれた。見ているうちに、祥子もそういうこまごまとしたものを作るのに夢中になった。そんな少女が成長して、自分は手先が器用なだけではなく、クラス一足が速く、クラス一高く跳び箱を跳べるということに気づいて、あれよあれよというまに体育教師になってしまったのだから、人生はわからない。

ミシンのペダルを踏むと針が上下に動き始め、ダダダダ、とうるさい音を立てる。逃げて！　と叫ぶ幼い声が耳の奥に甦（よみがえ）ってくる。小学校低学年くらいまでは、毎年娘たちの細い腹や腕にメジャーを巻きつけて、お揃いのサマードレスを作ってやったものだった。足踏みミシンのダダダダは、娘たちの柔らかな心に特殊な恐怖と興奮を呼び起こすらしく、この音が鳴り出すと二人はいつも「逃げて！」と叫びながら、どちらかがどちらかを追いながら、ぎゃあぎゃあ泣いたり笑ったりしながら、賑やかに家のなかを走り回っていた。

「はい、できましたよ」

スリットを縫い直し、軽くアイロンをかけたスカートを親子の前に広げると、まず男の子が顔を近づけてじっと見た。出しておいた透明のパックからは、クッキーが一列なくなっている。

「どう？　だいたい元通りでしょ。おばちゃん、こういうの得意だから」

「ありがとうございます、きれいに直していただいて」

　軽く頭を下げた母親の口元には、小さなクッキーのかけらがくっついていた。それに気づいて、祥子はかつて受け持った生徒にたいして抱いたのと似たような、懐かしく好ましい感情を覚えた。つまり、目の前にうなだれている者の小さな肩を揺らしたり、背中を叩いたりして、いますぐ熱く励ましてやりたい、というような……おどおどと不安げな表情の下に閉じこめられた、生来の自然な表情をこの手で摑み出してやりたい、というような。

「たぶんこれで大丈夫だから。着てみて」

　母親は立ち上がった。貸したスウェットパンツはゆるすぎるらしく、ずり落ちないよう腰のところを摑んでいる。

「ほっそいのねえ。内臓ちゃんと入ってる？」

　祥子が笑いながら言うと、若い母親はまた申し訳なさそうに「すみません」とうなだれる。

「べつに謝ることないよ」

　手渡されたスカートを、彼女はまずスウェットパンツの上から穿いて、ファスナーを上げる前に下からもぞもぞパンツを脱いだ。

「大丈夫？　ほかに破けてるところ、ないよね」

「大丈夫みたいです」

　母親はようやく明るい顔を見せた。

「ママ、大丈夫？　ほんとに？　ほんとに？」

　男の子は消え入りそうな声で、母親にまとわりつく。こんなふうに心配してくれる存在が四六時中ぴったりそばについているなんて、なんと幸福な母親だろうと祥子は思う。でもあたしだってそうだった、しかも二人もいたんだから。そう自分に言い聞かせる。

「痛くないよ。どこも痛くない。かおくんも痛くないよね？」

　かおくんと呼ばれた男の子はうんとうなずいた。祥子は母親の目、あるいは元教師の目で、その小さな顔をさりげなく観察してみる。痛みをこらえてやせ我慢をしているわけではなさそうだった。やせ我慢をしている子どもの顔なら、祥子はこの家でも、働いていた中学校でも、いやというほど見てきた。子どもにそういう顔をされると、からだじゅうの神経を針金でぎゅっと締めつけられるような心地がする。ほとんどの場合、子どもにそういう顔をさせているのは祥子本人だったわけだけれど、数少ない例外だってあった。

「本当に、お世話になりました。ご迷惑おかけしてしまって……」

母親がまたもとの暗い顔に戻って頭を下げたので、祥子はハッとした。

「いいよ。二人ともけががなくて良かった。家まで送りますよ」

「いいえ、あの、自転車がありますから……」

「だめだめ、まだ雨やまないし、また同じことになったら大変でしょ。そのTシャツももういらないから、着て帰って」

祥子はテーブルのクッキーを箱ごと子どもの手に握らせ、親子の背を玄関まで押していった。母親が小柄なので、後ろからだと年の離れた姉と弟のように見えなくもない。

軽自動車の後ろに積んだブルーグレーの自転車は、後輪が完全に外にはみだして雨に濡れそぼっていた。来たときと同様、ただでさえ狭い後部座席に座らせた親子にハンドルを押さえさせ、半開きのドアから車体が滑り落ちないようにして、車を発進させた。


「シングルマザーなんだって」

予想はしていたけれど、梓の反応は薄かった。

「離婚してちっちゃな男の子を一人で育ててさ、偉いよね」

へえ、梓は浅い相槌を打って、冷や奴の角を箸ですくう。

「化粧品のセールスで、毎日自転車で走り回ってるんだって。こんなどしゃぶりの雨のなか子ども連れで。頑張り屋だね」

「化粧品のセールス……」梓はうつむいたまま、目を上げない。「そんな商売、まだあるんだ」

「あるよ。むかしはうちにだってときどき来てたじゃない。いまはなんでもインターネットで買えちゃう時代だけど、やっぱり、誰か信用できるひとから買いたい、ってひとはいるのよ」

「それってつまり、お年寄りのこと？」

「ううん、若いひとだって買う、って言ってたよ」

ここのところは祥子の作り話だった。訪問するのはだいたい、おばあちゃん世代のお宅ですと、あの頼りない母親は言っていた。

「この豆腐、おいしい」

「え？」

「豆腐」すりおろししょうがをたっぷり載せた冷や奴を、梓は箸の先で指していた。

「おいしい」

「ああ、それ……特売だったから、買ってみたんだけど」

「豆の味がする」

何が豆の味だ、むかしは豆腐を見るたび、つぶれた蛙(かえる)を前にしたみたいに嫌な顔をしてたくせに。祥子は鼻を鳴らしかけたけれど、すんでのところでこらえた。

「梓も中学生のころ、雨の日に転んで親切なおじさんに助けてもらったよね」

「え？　わたしが？」

「うん、ベンツのおじさん。結局どこの誰だかわからなくて、お礼はできなかった」

「それ、わたし？　お姉ちゃんじゃなくて？」

「梓だよ。忘れたの？」

「覚えてない」

「覚えてないの？　でもその親切は、今日お母さんが返してあげたから」

んー、梓は目を細めてしばし黙ったけれど、結局「それ、お姉ちゃんだと思う」と同じことを繰り返した。

「何言ってんの、じゃああとで灯里に聞いてごらん。で、そのお母さん、荻原さおりちゃんというそうなんだけど。梓より年下かな、と思って年聞いてみたら、年下どころか灯里と同学年だって。知らない？　荻原さおりちゃん」

「荻原さおりちゃん？　知らないな……」

「お父さんお母さんはもう亡くなってて、実家はいまお兄ちゃんの家族が住んでるそうなんだけど、離婚したあとはそこにかおくんと住まわせてもらってるんだって。かおくん、亜由ちゃんと同い年で四歳なんだけど、保育園が大嫌いで、困ってるって」

「ふーん……」

「お兄ちゃんは荻原公一くんていうそうなんだけど、知ってる？」

「知らない」

「お兄ちゃん家族と同居だなんて、肉親とはいえちょっと肩身が狭そうじゃない？　でも、いまの化粧品の仕事はお兄ちゃんの奥さんが紹介してくれたそうでね、大変だけど、ノルマを達成すればけっこうボーナスが出るらしいんだ」

「え」ここで梓はようやく顔を上げて、祥子と目を合わせた。「まさかお母さん、売りつけられてないよね？」

「何。なんの話だと思って聞いてるわけ？」

「買ってないならいいけど」

「売りつけられても買わないよ」

梓は祥子の顔をじっと見据えてから、また目を伏せて豆腐に箸をつけた。ほんの数秒のことだったけれど、祥子はこの視線が針のように顔の中心を走り、浅いひっかき傷を残していったように感じた。

居間の窓から、駐車場に差し込む車のヘッドライトが見えた。続けてドアの開閉音が聞こえてくる。

「おとのさまのお帰りだ」

祥子は立ち上がり、台所にもう一人ぶんの食事を用意しにいく。三分の一残しておいた豚肉の炒めもののフライパンを、火にかける。冷蔵庫から豆腐を出し、しょうがをすりおろす。家に入ってきた夫が、洗面所でガラガラうがいをしているのが聞こえる。それから盛られた毒に急に気づいたかのようにゴホゴホと必死にむせて、カーッと痰を吐き出す……この何十年間、車のドアの開閉音から決して順番を違わずに行われてきた、ひと続きの帰宅の音。

作業服を着たまま夫の滋彦は座卓の定位置に座り、おう、と娘に声をかけた。うん、と梓は応えた。フライパンの中身は温まっていたけれど、火を消してからも祥子はなんとなく、台所から二人のやりとりを見ていた。ここは学校ではなく家だというのに、父親も娘もまるで教員からの指名を怖れる中学生のように、揃ってうつむき背を丸めている。

梓はむかしから、父親似だと言われていた。いまになっても父娘ともに無口で、顔色が青白く眉が薄く、意志薄弱に見えがちなところが祥子には苛立たしいのだが、同時に二人が何か、この似姿を共同金庫のように使って自分には予想もつかない秘密を隠しているように見えて、不安な気持ちになることもある。

「今日はすごい雨だったな。梓、片付けついでにビール持ってきてくれ」

「え、ヤダ」

「お父さんはお疲れなんだから、頼むよ」

「ヤダ。お父さんが飲むんだから自分で持ってきなよ。そういうの、もういまの時代はなしだよ」

食器を運んできた娘に、祥子はビール瓶と栓抜き、グラスを手渡した。むすっとした顔で梓はそれを食卓に運んだけれど、ただ運んだだけで、栓を開けはしなかった。一人で栓を開け手酌をしている夫が、なんだか気の毒になった。同情はするけれども、それでも何か優しい言葉をかけてやりたい、肩を揺すって背中を叩いてやりたい、という気にまではならないのが不思議だ。眺めているうち、昼間、同じ居間の座布団の上で身を寄せて小さくなっていた親子、後部座席でからだをひねって一生けんめいに自転車のハンドルを押さえていた親子の姿がそこに重なった。

まったく、いったい何がどうなって、この二人はこんなふうになっちゃったわけ？

台所の椅子に手をかけたまま、祥子はなかなか居間の食卓に戻れない。

何日か三十度を超える真夏日が続き、それからまた雨が降りはじめた。

雨が降れば、祥子はあの頼りない親子のことを思い出さないわけにはいかなかった。貸したTシャツはあげると言ったものの、もしかしたら律儀に菓子折りでも持って、家まで返しにくるかもしれない。期待していたわけではなかったけれど、家のチャイムが鳴るたび心臓がかすかに浮き上がるような心地がした。玄関を開けて配達業者や回覧板や野菜を手にした近所のひとたちの見慣れた顔を目にすると、安堵と落胆が入り混じってなぜだか後ろめたさに変わった。それで普段より、世間話が長くなった。

ある日珍しく夜の八時頃に家の電話が鳴った。もしかしたらと慌てて受話器を取ると、伊鍋の道世叔母からだった。着物を取りにこないのなら、処分しようと思ってるが、と言う。

「待って待って。そのうち行くから」

「すごく古びてるけど、本当にいるの？」

「いちおう見てみたいから、待ってて。いま、梓が家に帰ってきてるから、そのうち梓と行くね」

「下の子？」

「うん、下の子」

「おとなしいほうの子？」

「うん、おとなしいほうの子」

会話は一分も続かなかった。道世叔母とはいつもそんなふうだった。年に二、三度こうして短い通話をするだけのやりとりだったけれど、かけるのはたいてい祥子のほうで、たいした急ぎの用事でもないのに向こうからかけてくるのは珍しい。とはいえ祥子はむかしから、どんな気づまりな場面でも決して無駄口を叩かない、このあっさりとした叔母が好きだった。

おばさんも、そろそろ寂しくなってきたのかな。電話を切ったあとで思った。何しろ、お姉さんを亡くしたんだから。でもそのお姉さんとは、自分の母親のことだ。

母親のことを思うと、祥子は口のなかがもったり重くなり、胸の奥がつまって、そこにあるものがぐずぐずと煮崩れていくような心地がする。まったくお母さんのことになると、あたしは梓に似てしまうんだな、そんなふうにも思えて、可笑しかった。母親の前ではいつも言葉がかさつき、肝心なことが何も言えない。梓が生まれる前からずっとそうだったはずなのに、いま、同じ屋根の下にいる娘の乾いた沈黙があまりに生々しく、あまりにどすんとそこにあるため、この娘の影響の下で、自分も同じような中年の娘に育ってしまった気さえする。

台風が近づいていた。東海地方の沿岸で渦巻く大きな低気圧は勢力を保ったまま北上し、今夜には関東を直撃するそうだった。ただそのくらいのことでは、祥子は習慣を破らない。いつもどおりに身支度を整え、傘を持たず、降りしきる雨のなか車で公民館に向かう。

「おはようございます!」大声をあげてレクホールに入っていくと、当然台風の影響なのだろうが、いつもは十五人ほど集まる受講者が五人しかいなかった。そのうち一人は松木の旦那さんだったけれど、奥さんの顔が見えない。お手洗いかな、と思いつつ音楽をかけて体操を始めたものの、奥さんは現れない。一人で脚を伸ばし、腰を伸ばし、膝を曲げている旦那さんはまっすぐ前を見据えて、何か耐えがたいことに耐えているような顔をしていた。

公民館で教えている健康体操は、祥子が作ったオリジナルの体操だった。もとになっているのは教師時代に同僚の協力をあおいで作った中学生向けの体操で、ここではそれをお年寄り向けにアレンジしてある。曲じたいは七分で終わってしまうので、何度か繰り返しかけて、上半身と下半身をそれぞれじっくり動かす。もとの体操は、脚の腱(けん)や背中を伸ばす動きのなかに多少コミカルな動きも加えてあって、中学生たちにも好評だった。「この中学校に入学してまず覚えるのは、鏑木(かぶらぎ)先生の祥子ちゃん体操です」毎年の入学式で歴代の校長にそう紹介されるのは嬉しかったけれど、もどかしくもあった。

あれじゃああたし一人だけの手柄みたいで居心地悪いから、作曲者のことも言ってくださいって校長先生にお願いしますね。

一度、曲を作り、演奏してくれた音楽教師の浜野(はまの)先生にそう言ったことがある。すると彼は「やめてください」と恥ずかしそうに微笑んだ。控えめなひとだったのだ。いつ見てもなんだか顔色がさえなくて、背も低く痩身だったけれど、灰色の髪だけはいかにも音楽家らしくふさふさしていた。給食が苦手だと言って、昼にはいつも手作りの小さな弁当を食べていた。てっきり奥さんが作っているのだと思っていたら、実は浜野先生は離婚歴のある独り者だとお喋りな理科教師から聞かされた。前の奥さんと結婚したときにローンを組んで建てた隣町の家に、もう長いこと一人で暮らしているのだと。

いま、その浜野先生の手による清々しいピアノのメロディーに合わせてからだを動かしながら、なんだかあたしは、ああいうひとたちが好きなんだわ、と祥子は感じ入る。ああいうひとたち、というのは、浜野先生、道世おばさん、そしてあのセールスレディの母親、荻原さおりのこと、ひとりぼっちで、おとなしくて、ほんのすこしだけ妙な方向を向いているように見えるひとたちのことだ。

気の合う誰かを見つけて、そのひとと子どもをつくって、働いて、養って、毎日埃をためて、そういう日々の積み重ねが、何かちょっとしたあやまちのためにふいっと消えてしまう、それが恐ろしくて、ますますバカみたいに働いて、養って、毎日埃をためる。祥子が知っていて実行してきたのは、そういう生きかただった。浜野先生や道世おばさんや荻原さおりだって、人間として根本のところでは自分と似通っているのだろうが、親でも奥さんでもなんでも（荻原さおりに関しては、きっとまもなく、あの息子は母親のもとを遠く離れていくのだろうから）、一度誰かと強くくっついて、しばらくくっついたのち、その誰かが剝がれていった部分を人生の雨風にじかにさらすような経験を乗り越えたり、無言で乗り越えつつあるひとたちが、祥子の目にはまぶしく映る。

つまりは頑丈になるってことよ、与えられたぶんの人生をなんとか生きのびたいなら、いつだって頑丈でなくっちゃあね。壁一面の鏡越しに、腕を伸ばしているお年寄りたちに笑いかけながら、祥子はからだの奥に力が湧いてくるのを感じる。浜野先生のピアノ。音楽室で二人きりだった。ジャージ姿で汗をかきかきからだを動かしながら、「ここからはもっと激しい感じで」とか、「ここはサルの動きのイメージです」とか、背中越しに細かく注文をつけた。きっかり二十八日ごとに月のものがあって、夫とはまだ同じ寝室で寝ていて、自分をすごくパワフルな女だと思っていた、あのころ。

深呼吸を十回繰り返して、体操教室の一時間は終わった。ホールを出ていく受講者たちのいちばん後ろにいた松木さんを、祥子は呼び止めた。

「奥さん、どうかされました？」

「今日は、親戚の集まりがありまして……」松木さんは目をそらして微笑む。「来たがっていたのですが、すみません。先生に宜しくということでした」

それではまたと頭を下げると、松木さんはほかのひとのあとを追って足早にホールを出ていった。

着替えをすませて外に出ると、雨はますます激しくなっていた。台風は予報より早く近づいているのかもしれない。車まで走りこんで顔をタオルでぬぐっていると、松木さんが公民館のドアから出てくるのが見えた。またあの、なんの役にも立たなそうな骨の折れたビニール傘を差している。祥子は車を発進させて、ゆっくり横まで近づいてから窓を開けた。

「松木さん！　乗せますよ」

声に気づいてこちらを向いた老人の顔に、先ほどとは別人のような、険しい、不快げな表情が浮かんでいるのを目にして、祥子はからだを硬くした。まるで「どけ、じじい！」くらいのことを叫ばれたような顔をしている。祥子は思わず、あー、とまぬけな声を出して、気まずい沈黙をごまかした。

「ええと、ほら、雨がひどいんで、乗っていかれませんか？」

微笑んで、いつもより柔らかな口調で言ってみたつもりだったけれど、松木さんは表情を変えない。

「けっこうで……」

返事の途中でものすごい強風が吹いて、傘がひっくり返っておちょこになった。松木さんは乱暴に傘のふちを掴み、それをもとに戻そうとする。雨が松木さんの顔を打ち、深い皺のあいだを流れる。

「でも、濡れちゃってますし。大丈夫ですから。乗っていってください」

祥子は運転席から腕を伸ばし、助手席のドアを開けた。

「ほんとに、どうぞ。風邪引いちゃいますよ」

「いいんです。失礼します」

びしょ濡れになった松木さんは、一礼して祥子に背を向けた。ひっくり返った傘ごと、何度も強風に吹き飛ばされそうになりながら後ろ姿は遠のいていき、門を曲がって見えなくなった。

「乗ればいいのに。がんこなおじいちゃん」祥子はつぶやいて、しぶしぶ助手席のドアを閉めた。「奥さんだったらぜったい乗るでしょ」

それからラジオをつけて車を発進させた。門の手前ではしっかり停止し、誰も車に向かってこないことを確認してから右折した。先日はここでウィンカーを出しかけたところで、あのブルーグレーの自転車がぶつかってきたのだった。

あの子、いくら頑張り屋だからって、台風が近づいてるときちゃあ、わざわざ化粧品を売りに出たりはしないよね。そう思う一方で、べつの心配もあった。この町では数年前、大きな竜巻に直撃された不運な数軒の家の屋根が派手に吹っ飛び、全国ニュースで報道されたことがある。翌日夫が見にいこうと言うので付きあったところ、問題の家は屋根にブルーシートがかぶせてあったのですぐにわかった。屋根とは剝がれるものなのだと、そのとき祥子はまざまざ思い知らされた。しかもその家は、想像していた木造のいかにも古い家屋ではなく、自分が三十年近く暮らす家とたいして変わりはない、八〇年代後半に大量に建て売りされていた住宅群の一つだったのだ。「うちも危ないな」夫はへらへら笑っていたけれど、祥子は助手席で青ざめていた。

ラジオが番組の途中で、ニュースに切り替わる。現在非常に強い勢力を保った台風が東海地方を通過中です……関東でも午後から夜半にかけて各地で暴風が吹き荒れ、大荒れの天気となるでしょう……交通機関の乱れが心配されます……沿岸部は高潮にも警戒が必要です……。

気づけば、荻原さおりとその息子の家がある方向に車を走らせていた。ちょっと通りかかって、何も異状がないのを確認してからすぐに帰るつもりだった。べつに大きな顔をして、あの親子に何か忠告したり、おせっかいを焼いたりしたいわけじゃない。ただ勝手に安心したいだけ。心のなかでつぶやいているうち、目的の家が近づいてくる。車を徐行させ、からだをかがめて助手席の窓越しに見ると、風雨のなかで黒い瓦屋根はしっかり家屋にくっついていた。異状は何もなさそうだった。大丈夫だ。前を向き、再びアクセルを踏みかけたところで、数ブロック先の角を曲がってゆらゆら近づいてくる影が見えた。まさかと思ったら、そのまさかだった。

「ちょっと！」

思わず窓を開けて身を乗り出し、自転車に向かって手を振り回す。激しい雨風に打たれている傘は、先ほどの松木さんの傘のように骨が折れておちょこになっていた。あんな傘なら差さないほうがずっとましなのに、なぜ皆、そこまでして傘に執着するのか！目にした瞬間、祥子は猛烈に腹が立った。

よろよろと運転席の横で自転車を停めると、荻原さおりは「あ」と声を出した。その後ろ、黄色いレインコートのフードから、小さな男の子の顔がのぞく。

「台風が来てるの、知らないの？」

「あ……さっき、知りました」

荻原さおりは傘の陰でへにゃりと微笑んだ。

「こんな日までそんな格好で仕事してるの？　危ないじゃない」

「でも、今日伺いますってお約束していたおうちがあったので……」

「売れたの？」雨音に負けないように、祥子は怒鳴る。

「え？」

「化粧品」

「あ、いえ、売れませんでした……」

「迷惑な客」

荻原さおりはまた力なく笑う。後ろの子どもはまだ祥子のことがわからないらしく、顔をこわばらせてようすを窺っている。

「かおくん、忘れた？　こないだお母さんのスカートを縫ったおばちゃんなんだけど。クッキー食べたでしょ？」

男の子は口元の緊張をすこしゆるめて、うん、とうなずく。母親のほうでは、祥子がここにいる理由を頭のなかで懸命に考えていたらしく、「あ」とまた小さく声をあげた。

「もしかしてTシャツ……すみません、お返ししてなくて」

「違うよ、べつに取りにきたわけじゃないから。あれはあげたの」

「あ、でも、お返しします、洗濯して、お返ししようと思いながら、ずっとそのまんまになっちゃって……」

「いいんだってば。あげたんだから」

「あの、お菓子も、買ってあるんです。お礼をしようと思って、後回しになっちゃって」

どうせずっとそのまま永遠に後回しになるところだったんでしょうよ、内心で毒づきながらも、悪い気はしなかった。

　空いているところに適当にどうぞ、と言うので、祥子は車をだだっぴろい庭のど真んなかに停めた。さおりは軒下に自転車をたてかけ、息子を抱きあげて地面に下ろした。下ろされた子どもは玄関に走っていって、緑色のマットの裏から鍵を取り出し、玄関の引き戸を開けた。あら不用心だこと、祥子はまた苦々しく思ったけれど、男の子は客がなかに入るまで戸をしっかり押さえて待っていてくれた。

　決して狭くはない沓脱ぎには、親族の集まりでもあるのかと思うくらい、さまざまな靴が出しっぱなしになっている。母子は慣れたようすで、ほんのちょっとのすきまに器用に靴を脱いで家に上がる。祥子もしかたなく、自立できずにくるぶしのあたりで横に折れている長靴を持ちあげ、できたスペースにウォーキングシューズを脱いだ。

「家のひとはお留守なの？」

通されたのは、台所とひとつづきになっている畳の居間だった。障子が閉められたままなので薄暗い。ごちゃごちゃと散らかった部屋の奥の壁に、絨毯のように大きな液晶テレビがどんと置いてある。

「そうなんです。兄は仕事で、義理の姉は会社の研修に行っていて、姪は小学校で」

「研修って、化粧品会社の？」

「はい」

「台風が来てるっていうのに、どこもかしこもよくやるね」

さおりはびしょびしょになった息子のレインコートを脱がせ、窓際に落ちていたハンガーを拾って鴨居にかけた。壁が濡れてしまうのは気にならないらしい。

「ちょっと待っててください。いま、Tシャツ、持ってきますから。あとお菓子も」

「ほんとにいいんだってば……それより、白湯でもなんでもいいから温かいもの何かもらえる？　なんだか寒くて」

「あ、はい」

さおりはそこにあったマグカップにポットのお湯を注いで、祥子に差し出した。礼を言って一口飲んだけれど、ぬるい白湯は輪ゴムのようなにおいがした。

「なんだか暗いけど、電気つけないの？」祥子が聞くと、さおりは「ええ」とうなずいて、「まだ昼ですし、わたしたち二人のときには……」と口ごもる。

それからさおりはTシャツを取りに居間を出ていった。祥子は男の子と二人でその場に残された。「かおくんも寒くない？」「お腹すいてない？」話しかけてみるものの、反応は薄い。あきらめた祥子が黙ってぬるい白湯を飲んでいると、そのうち心細くなったらしく、母親のあとを追って廊下に出ていってしまった。

祥子が座っている座布団のすぐ隣には黒いノートパソコンが開きっぱなしになっていて、離れたところでマウスがひっくりかえっていた。ほかにもボックスティッシュ、せんべいの大袋、髪留め用の大きなクリップ、爪切り、それからなぜだかフライパンが、畳の上に転がっている。障子の前には、一見いま取り込んできたばかりという体で、乾いた洗濯物が山になっていた。祥子の手はむずむずした。散らかったものをあるべき場所に戻して、積みあげられた洗濯物を畳むのに、本気を出せばきっと五分だってかからない。祥子は自分のことを一度も繊細な人間だと思ったことがない。夫や娘たちの態度を見ていれば、むしろがさつな人間として区分される性分なのだと承知している。でもこの家のがさつさは、祥子のがさつさとは違った。うちはうち、よそはよそ、とわかっていても、じっさいこの「よそ」というもののなかに飛び込んでみると、その「よそ」を成すすべての細々とした生活用品が、目の粗い筵のようにちくちくと神経を刺激する。

あの親子の弱々しさも、この家のなかではこの乱雑さ、この「よそ」の一部になってしまうのかと思うと、なんだかやりきれなかった。二人の首根っこを捕まえて、もっと明るく広々とした、野原のようなところにほっぽり投げてやりたかった。

「すみません、ありました」

振り返ると、さおりが小さく畳んだTシャツと、包装紙でラッピングされた四角い箱を手にして立っている。まだ濡れた服のままだった。タイトスカートは、きっとこのあいだ縫ってやったあの一着に違いない。

「どういうのなの？」

祥子が聞くと、さおりは「え」と口を開けたきり、また戸惑いの表情を浮かべた。

「ほら。あなたが売ってる化粧品。どういうの？」

「あ、化粧品ですか。えーと、お化粧水とか、美容液とか、いろいろあります」

「あの鞄（かばん）のなかに入ってるの？」祥子はテーブルの上に置かれた鞄をあごで指し示す。

「ちょっと見るだけ、見てみようかな」

するとさおりの顔が一瞬だけ、ぱあっと明るくなった。

「ご覧になりますか？　ぜひどうぞ」

開けられた鞄のなかには赤いびろうどのような布が張ってあり、そこにかたちや大きさが微妙に異なるパステルカラーの小さなボトルがぴっちり並んでいた。

「すごいね。これを一度にぜんぶ使うの？」

祥子は若いころから、洗顔後はニベアのクリームを塗るだけだった。教師時代も、化粧はほとんどしなかった。

「そうなんです」

さおりは嬉しそうな笑顔を見せる。すこし離れたところで象のぬいぐるみとボールを転がしていた子どもも近づいてくる。

「訪問販売でしか、売らないんです」

さおりはまるでとっておきの秘密を打ちあけるかのように、ちょっとはにかみながら、端のピンク色のボトルを手に取った。

「これは、お手入れのいちばん最初につける、化粧液です。特別な分子の構造を持っていて、このあとにつけるお化粧水や美容液の浸透を、高めてくれるんです。お手元、お借りしてもいいですか？」

祥子が右手を出すと、見ていた男の子も同じく手を出した。さおりはピンク色のボトルを傾け、とろりとした液体を二人の手の甲に落とし、順番に指の腹を使って優しく肌になじませた。

「どうですか？」

聞かれて祥子は、液がなじんだ部分を自分の指先で確かめる。

「まあ、すべすべした感じというか……」

「かおくんは？」

「すべすべ」

　男の子もまねをして、手の甲を指先でなぞる。

「次は、お化粧水です」さおりはピンク色のボトルを元に戻し、その隣にあった水色の細長いボトルを手に取る。

「これは、うちの会社のいちばんの自信作なんです。天然のハーブのエッセンスをたくさん使っていて、肌の奥まで水分を与えて、長い時間閉じこめます。まず、香りをかいでみてください」

　さおりはボトルの蓋を開けて、祥子の鼻先に近づけた。

「うん、まあ、いい匂いね」

　ママ、かおくんも、かおくんも。からだをすりよせてくる息子の鼻先にも、母親はボトルを近づける。

「コットンにたっぷりしみこませて、優しく押しあてるようにして、お肌に浸透させます。お手元、失礼します」

　ひんやりとしたコットンが、手の甲に押しあてられる。さおりはコットンを持っていないほうの手を祥子の手のひらにあて、上下からぎゅっと挟んだ。若い母親の柔らかな体温が伝わってくる。

息子にも同じことをすると、さおりはそれからも次々、パステルカラーのボトルを開け、祥子の手の甲に塗りかさねていった。さらさらしたもの、とろとろしたもの、ぼってりしたもの、匂いのあるもの、ないもの。冷たい液体が手の甲に触れ、上下から優しく挟みこむ生きた人間の手の体温で染みこんでいく。

されるがままの心地良さをあじわっているうち、ママ、ママ、と母親の手をせがむ小さな男の子の声を聞いているうち、祥子は突然、病室で握った母の手の感触を思い出した。強く握れば塩のかたまりのようにぼろぼろと崩れてしまいそうな、頼りない、乾いた手。いまのさおりのように、若さに満ちて、あちこち動き回っていた時代の母親の手を祥子は知らなかった。祥子の手を握ったのは、祖母だった。それから二人の娘たち。しわしわの手と、ふかふかの手。自分を迷わせまいとする手、自分にすこしでも長くくっついていようとする手。

最後の丸い容器に入ったクリームを塗り終えると、さおりの顔には複雑な塗り絵を完成させた子どものように、誇らしさと自信のなさが入り混じった表情が浮かんでいた。

祥子の右の手の甲は不思議な照りをたくわえ、ふっくらと輝いている。

「どうでしょう、あの……左の手と比べて、ちょっと違っていませんか？」

言われるまま、両手を並べてみる。つやつやしている右の手と比べて、左の手は、ごつごつ、がさがさしていて、緑がかったおかしな色をしていて、一度外されてまたくっつけられた不良品のように、ぎこちなくそこにある。

「確かに、違うね」

祥子がそう言うと、「違うね、違うね」男の子もまねをする。パン種のように小さくふっくらとしたその両手は、並べてみてもまったく同じように見える。

「そうなんです。毎日朝晩、ちゃんとお手入れすると、ぜんぜん違うんです」

祥子はつやつやした右の手を、顔の高さまで上げてみた。このひとは、これから毎日朝晩、いまされたことを一人きりで、自分の顔に向かってやってみろというのだろうか。いつでも、どこでも、求める誰かの体温を借りられた時代を、もう一度始めて生きろとでもいうのだろうか。

「なんだかこっちの手は、死んでるみたい」乾いた左手を差し出して、祥子は言った。

「ほら。お化けの手」

するとそれまでにこにこしていた男の子が狭い眉間にぎゅっと皺を寄せ、祥子の手を逃れるように母親にすがりついた。

「ごめんね。おばちゃん、お化けじゃないよ」

祥子は男の子の薄い肩を摑み、ぐいっと正面に向けて言った。それからその小さな手を色の違う両手で包んで、強く握った。

「おばちゃんの手、まだあったかいでしょ」

外でゴトン、と何かが倒れる音がした。雨音がさらに激しくなった。さおりが立ち上がり、カーテンをめくる。倒れたのは自転車らしい。「前のかごが、吹っ飛んじゃいました」と笑っている。


毎日朝晩使って二ヶ月分の化粧品セットを、祥子は半年の分割払いで買った。夫と娘の目にふれないところで、祥子はせっせといくつもの液体を顔に塗りたくった。最初の数日は言われたとおりの順番を守っていたけれど、だんだん面倒になってきて、一週間も経たないうちに九種類の化粧品を手のひらで一気にまぜあわせてから、窓拭きでもするかのようにざっと顔に塗るだけになった。

そうしてようやく容器の中身が半分くらいになったころ、あの台風の日以来、奥さんを伴わずに体操教室に来ていた松木の旦那さんがぱたりと姿を見せなくなった。

松木さんはどうしたんでしょうね？　教室の終わりに何気なくほかの受講者に聞いてみて、ようやく奥さんが隣の市の大学病院に入院していることを知った。傍らにいた松木夫妻と同じくらい長く教室に通っている女性が、教室の有志で見舞いの花を贈ったらどうでしょうとおずおず口を開いた。その場の全員が賛成して、祥子も五百円を払った。花より傘を贈るのはどうだろうと、祥子は提案した。

「でも先生、九月になっても毎日この暑さですよ！」集金係を買ってでた男性は、鼻に皺を寄せて笑った。「雨なんか、もう百年も降ってない気がしますよ」

三．お茶の時間

……かえる！

……かえる……あたしはいえにかえる……もうここのおうちはいやだ……おじいちゃんもおばあちゃんも、みっちゃんも、きらい……ごはん、いらない……おなかすいてない……かえる、かえる、かえるの！

「お母さんっ！　あたしの体育着どこっ！」

階上から降ってきた甲高い怒鳴り声に、道世はハッと目を覚ました。

「今日は一時間目から体育なんだよ！　濡れた体育着なんか着られないよっ」

時計を見ると、七時ちょうどだった。なんだか胸が、どきどきしている。喉が渇いている。夢だとわかるまで、すこし時間がかかった。畳の隅につっぷして、かえる、かえる、と泣きじゃくっていたあの子……もう五十年以上むかしの話だ。耳の奥に沈み込んでいたあの声が、いまになって、またべつの少女の声に引き寄せられたらしい。

道世は布団に肘をついてからだを起こし、枕元に置いたポットから白湯を飲んだ。そもそも夢を見たのも久々だった。

「なんでもっと早く洗濯してくれなかったの？　昨日、洗濯機に入れたのに！」

怒鳴っているのは、上に住んでいる広田一家の美々ちゃんだった。母親も負けじと怒鳴りかえしているが、娘のそれほど声は通らず、寝床にいる道世の耳に具体的な文句は届かない。

　時間をかけて一杯の白湯を飲み終えると、道世は布団を畳んで部屋の隅に寄せ、台所で朝食の準備に取りかかる。もうずいぶん長いこと、朝はクリープを入れたインスタントコーヒーと、店の売れ残りのクッキー数枚だけで済ませていた。簡素な朝食を終えると、歯を磨き、顔をたらいの温水にひたしたタオルで拭く。へちまの化粧水を塗って、寝間着を脱ぎ、薄いセーターにコールテンのズボンを穿いて、エプロンを首からかける。

　裏庭に面する窓を開けて、道世はあっと小さな声をあげた。奥のみょうがの葉の上に、鮮やかなピンク色の何かが落ちている。一瞬、大きな蝶が翅を広げているのかと思った。サンダルを突っかけて近よってみると、蝶ではなく、蝶のかたちに開いたブラジャーだった。つまみあげて、下敷きになっていたみょうがを指先で起こしてやる。

「お母さんは、お母さんの仕事をちゃんとしてよっ」上からまた、勇ましい叫び声が聞こえてくる。「お母さんはあんたの使用人じゃないっ」今度は母親の怒鳴り声もはっきり聞こえる。

美々ちゃんは今年中学生になった。彼女がよだれかけをぶらさげてそのあたりを這いずり回っていたころから、一家はここで暮らしている。二十年前、道世はそれまでの貯金をすべて費やし家を増築した。二階部分には外と直接行き来できる階段をつけ、専用の台所も浴室もトイレも備えた。二階には夫となる予定だった男が、そして一階には彼の母親が引っ越してくるはずだった。ところが完成間際に事情が変わった。道世より五つ年下だったその男いわく、実はすこし前からべつの女と交際していて、このたびその女が子を身籠ったのだと言う。道世は嫉妬も絶望も感じなかった。ただ臍の奥がひんやり冷たくなる感じがあるだけだった。増築に関して親族にはいっさい相談も報告もしていなかった。それだけは賢明な判断だったといまでも思う。完成した二階は他人に貸すことに決めた。それから二度入れ替わりがあり、広田一家は三番目の店子だった。

外階段から、とんとん、と明るい音が響く。顔を上げると、大きなスポーツバッグを肩にひっかけた制服姿の美々ちゃんが、ふっくらした頰に朝日をあびて階段を下りてくる。

「あ、おはようございまーす」

庭に立っている道世に気づくと、少女はにっこり笑って挨拶した。さっきまで上で怒鳴り散らしていたはずなのに、すこぶる機嫌良さそうだ。

「おはよう。美々ちゃん、これ」

道世が拾ったブラジャーを差し出すと、「げーっ」と顔をしかめ、べろを出す。

「それ、お母さんの。あたしのじゃ、ありませーん!」

それから、じゃ、と手を上げて、美々ちゃんは表につながる細道を駆けていった。

破談騒ぎのあと、それが原因だとは思いたくないが、道世の食は細くなり、体重が自然と落ちた。もともと厚くはなかった胸は、へらでこそげたようにすっかり薄くなってしまったので、ブラジャーなどもう長く身に着けていなかった。朝日のなかで、細い肩ひもや、花模様のレースや、カップの丸みをとくと眺めてみる。こんなきれいで派手なブラジャーは、若い頃にだって、美々ちゃんの母親くらいの年にだって、一度も着けたことがない。

道世は階段を上って、広田家の玄関ドアの取っ手に肩ひもをひっかけた。もうすぐ夜勤明けの一家の主が帰ってくる時間だ。よからぬ誤解を与えたら申し訳ないと思いつつ、取っ手にひっかかっているブラジャーに、あらためて見とれた。南の国で生まれた大きな蝶が、ほんの偶然で、ちょっとそこに憩っているだけのようにも見えた。

裏口から表に出ると、シャッターの前に新聞が三社三部ずつ届いている。

シャッターを開け、レジで読む一部以外の新聞を丸めてラックに差し、軒下に出す。籠のなかの昨日売れ残った野菜をチェックし、しおれた長葱を一本引っこぬく。花屋のアルバイトの女の子がスクーターで、仏壇用の供花を納品にやってくる。ポケットからのど飴を一つ手渡すと、「ありがとうございます」とその場で口に入れて、またあっというまにスクーターで去っていく。

スーパーに行けば、野菜も花もここより安く新鮮なものが手に入った。道世がこの小さな商店を続けてこられたのは、なじみの深いむかしながらの客がいるからだった。客たちはそれぞれのタイミングでふらりとやってきては、野菜や花を、そして時々は箱入りのカレールーや、色褪せたボックスティッシュや蛍光灯など、いますぐには必要ないがあればあるで困らないものをちまちま買っていく。儲けはほとんどなかったけれど、上からの家賃収入と年金を合わせれば、目下の生活には困らなかった。下は小学生から上は九十三歳のおじいさんまで、大方の客は道世相手につかのまお喋りを楽しんでいく。たわいのないお喋りから、深刻な秘密の打ち明け話になることもある。一方、二十年前の道世の失敗は、やってくる客の全員に知られている。店を出て振り返り顔を上げさえすれば、その失敗の動かしがたい証拠がいつでも眺められる。

開店の支度を終えた道世がレジ台で新聞を広げると、ピンポーン、と戸の開閉に反応するチャイムが鳴った。この時間にやってくるのは二人に一人と決まっている。長沼さんだったら昼は焼き飯、峰岸さんだったらうどん。そう心に決めて顔を上げると、今日は長沼さんのほうだった。

「おはようございます」

暗灰色のベレー帽をかぶった長沼さんは道世の挨拶に浅くうなずき、左手に持った新聞をちょっと持ち上げる。それから百三十円をカルトンに置くと、レジ横の小上がりに靴を脱いで上がり、壁の「良品百選」のプレートの真下にあぐらをかいて新聞を広げた。

道世は店と居住スペースを仕切る暖簾(のれん)をくぐり、ポットと茶のセットを手に戻ってくる。お茶を淹れて「どうぞ」と湯のみを差し出しても、長沼さんは新聞から目を離さない。まるでもう何十年も前からそこで怒りをたぎらせていたかのように、血走った目で紙面をにらみつけて、小さく舌打ちしている。

この長沼さんは、二年前の冬の朝にふらりと現れた。レジに新聞を差し出されたとき、ちょうど茶を淹れたところだったので、ついでに一杯勧めてみたのがまずかった。それからひと月も経たないうち、長沼さんは毎朝店で茶を飲んでいくようになった。以前は東京で金融関係の仕事をしていて、リタイア後こっちに越してきたのは、奥さんの実家の土地があるからだという。毎日やってくるということは、よっぽどその奥さんと二人きりで過ごすのが気詰まりなのだろう、当初道世はそう見ていたのだが、そんなわけでもないらしい。ふっさりした白髪を襟足でくくった奥さんと腕を組んで歩く長沼さんの姿を、町のなかで何度か見かけたことがある。

急須の茶がなくなりかけたころ、またピンポーン、とチャイムが鳴って、もう一人の客がやってきた。

「いや、はー、さっきよ、そこで虎みたいな犬に食われそうになっちって」

入ってくるなり、峰岸さんは熱々のまんじゅうを頬張ったみたいに顔を赤くして、あえぎながら喋り出した。

「おれのね、腰ぐらいはあったっぺ。飼い主は若いねえちゃんなんだけどよ、撫でようとしたらいきなり飛びかかってきてよ、はー、寿命が三年縮まっちった」

「三年ですか」

「いや、五年、十年は縮まったっぺ」

ちっ、ちっ、長沼さんの舌打ちが大きくなる。

峰岸さんのジャンパーには、小さなポケットが軽く十個はついていた。そのうち胸についた一つから都こんぶの赤い箱を抜き出すと、小上がりにちょこんと腰かける。そして箱から一枚こんぶを引っぱり出し、ちゅうちゅう吸いはじめる。こんぶをつまむ短い指も一緒に吸い込んでしまいそうな、ものすごい勢いだった。道世はポットから急須に湯を注ぎ足し、淹れなおした茶を峰岸さんの前に差し出した。

「今朝は、はー、よーいでね。出る前にホームから電話がかかってきてよ、昨日の晩、じいさまがまあだベッドから抜け出して、非常ボタンを押しちった、って言うんだよ。ぼけてても足腰は丈夫でよ、脱走はするしよ、孫は泣がすしよ、まあよーいでね」

小学生の孫がいる峰岸さんが、奥さんの父親のことを「じいさま」と呼ぶのを、道世は微笑ましく思う日もあるし、滑稽に思う日もある。今日は滑稽に思う日のほうだった。

「わたしだって、いつそんなふうになるかわからないですよ」

「みっちゃんがぼけたら、おれが毎日会いにいぐかっね」

黙っている道世に、峰岸さんは何か勘違いしたのか、急に肩をすくめて「ほんとだ」と照れくさそうに言った。「ひとりぼっちは寂しいっぺ」

「寂しくありませんよ」

道世はそっぽを向き、テレビのスイッチをつけた。

峰岸さんは地元のガラス工務店の元社長だった。数年前に事業を息子に譲って町の囲碁クラブや俳句の会に入ってみたものの、べつの常連客の話によると、行く先々でことごとくメンバーとそりが合わなかったらしい。ちょうど店に長沼さんが現れた冬のことだが、裏庭で遊んでいた美々ちゃんがソフトボールで一階の窓ガラスにひびを入れたので、道世は工務店に修理を頼んだ。するとなぜだか、息子ではなく引退したはずの父親のほうがやってきた。以来、峰岸さんは用もなくふらふら顔を出すようになり、やはり長沼さんと同じく毎日ここに通うようになった。

ほかの常連客は二人が居座っていることを知っているので、めったに午前中にはやってこない。なので道世は毎日、やぶ蚊のように勝手に寄り集まってくるこの二人とテレビを交互に眺めながら、昼までの時間をぼんやり過ごす。

今日もやがて、店の掛け時計がボーンと鳴った。

「お昼ですよ」

道世が号令代わりに声をかけると、二人は名残惜しそうにのろのろと立ち上がり、長沼さんは無言で、峰岸さんはじゃあ、また、と店を出て、それぞれ反対方向に歩いていった。

道世はレジ横によけておいたしなびた葱を摑み、暖簾をくぐって台所に立った。油をたっぷり引いた鉄の中華鍋に卵を割って、ぐちゃぐちゃに焼く。それから薄切りにした葱を焼き、解凍したご飯を入れて、念入りに炒める。仕上げに熱い鍋肌にほんのちょっぴり醬油を垂らすと、香ばしい匂いがわっと立って、久々にお腹が鳴った。


一日休んでもどこにも行く気がしないので、数年前から定休日は廃止した。

とはいっても、水曜と日曜の午後だけは「営業中」のプレートをひっくり返して、裏で掃除をしたり昼寝をしたりする。そんなときでも外から窓を叩く客がいれば相手をするし、そもそも表には鍵をかけていないので、道世が出てこなければ客たちは勝手に店に入り、商品と引き換えに金を置いて帰ることだってある。年に六度の年金受給日が来ると、必ずその週の水曜の午後は銀行に行った。きっかり決められた額を受け取り、窓口の横の籠に入っている飴玉を一つ頂戴したあとは、近くの商店街を一時間ほどかけてぶらぶら歩く。そして気まぐれに総菜屋でコロッケを買ったり、つやつやの佃煮を選んだりする。

今日がその水曜だった。焼き飯の昼食を終え表のプレートをひっくり返すと、道世は厚手のカーディガンを着こんでバスに乗った。銀行で番号札を引くとちょうど七十番で、自分の年と一緒だと思い、なんだか仕組まれているような気がしてムッとした。ただ、壁に貼り付けてあるカレンダーの日付を見てよく考えてみれば、自分の年は七十ではなくて七十一だった。でも本当は、どっちだっていい。七十一ではなく八十一だと言われても、九十一だと言われても、道世はもう驚かない。

番号を呼ばれて窓口に行くと、孫であってもおかしくない年頃のおなじみの女性行員が、「砧さん、お元気ですか」と微笑みかけてくれる。

「元気ですよ。引き出しをお願いします」

行員が金を用意するのを待っていると、「あらあ、トミナガさん」後ろですっとんきょうな声が上がり、道世はぎょっとして振り返った。

「あらあああ、お元気？　久しぶりじゃないの」

ＡＴＭの機械の前で、二人の老年女性が手に手を取りあい、微笑みあっていた。どちらが呼びかけられたトミナガさんで、どちらが呼んだほうかはわからないけれど、両方どこかで見たことがある顔だ。

「どうお、最近どこか痛くない？」

「ええ、おかげさまで、なんとか。膝はちょっと痛いけどね。あなたは、どこか痛くなぁい？」

「わたしもなんとか……でも最近、また肩がね。こっちの腱をとって、こっちの肩に持ってくる手術ができるそうなんだけどね、なんだか怖いでしょ。だから療法士さんのところでね、いろいろやってもらってるの。でも予約をとるのがたいへんで」

　町なかで見かける同年輩の女性たちが、出会いがしらにまず「どこか痛くない？」と互いをいたわりあうすがたを、道世は常々、どこか寒々しい想いで眺めていた。痛みのあるなしが挨拶代わりになってしまうとは、なんと情けないことだろう。そういう道世も、長年患っている腰痛がとりわけ辛く感じられる日が月に何度もある。そうでない日は、足の先がびりびり痺れたり、目の裏側に重しをつけられたかのように、長く両目を開けていられない日もある。

「砧さん、お待たせしました」

　ハッとして振り返ったとき、突然向きを変えたからか、鋭い痛みが首元に走った。咄嗟に窓口カウンターのへりに手をかけようとしたものの、丸みを帯びたへりに手が滑った。行員が短い悲鳴を上げた。視界がくるっと反転した。

「大丈夫ですか」

男の声がすぐ近くに聞こえた。冷たい床に頬をつけたまま、道世は低くうめく。すると誰かが背中に手を入れ、抱き上げるように上半身を起こしてくれた。

「大丈夫ですか、どこか痛みますか？」

さっきと同じ声だった。首に手を当てながら見上げると、灰色と白の交じった髪を後ろで束ねた老年男性が、心配そうにこちらを見ている。この顔は、見たことがない。

「わたしの顔は、見えますか？」

見える。面長で、おでこに定規で引いたみたいなまっすぐな皺が横に四本、走っている。他人の顔をこんなに間近で見たのは久々だった。珍しくてつい見入ってしまったが、我に返り、痛みをこらえて自力で立ち上がろうとした。男もカウンターから出てきた行員も、立ち上がるのを手伝ってくれた。例の老年女性二人も、お喋りをやめてこちらのようすを窺っている。

「大丈夫ですか？　病院に行かれますか？」

窓口に戻った行員が心配そうに言うのを、道世は手でさえぎった。

「大丈夫。それより早く、お金」

行員はテキパキと現金を用意して、カルトンに載せた。道世は礼を言って金を封筒にしまうと、飴も取らずに足早に銀行を出た。すこし歩いたところで、痛みに加えていやな動悸が遅れてやってくる。顔がカッカしてくる。早く、早く家に帰りたいと思った。

「そんなに早足で歩くと、また転んでしまいますよ」

後ろから声がした。振り向くと、さっき銀行で助け起こしてくれた男がにこにこしながら立っている。手には高価そうな飴色のステッキを持っていた。そんなステッキを携えて歩く年寄りは、この界隈ではめったに見ない。

「姿勢の良いかただな、と思って見ていたんです」

「え？」

「さきほど、銀行で。失礼ですが、お年のわりに背筋がすっと伸びていて、凛としたお姿が、バックシャンだなと……」

「は？　なんですって？」

「バックシャン、です。後ろ姿まで美しいひと」

道世は返す言葉に困った。考えても何も思い浮かばないので、「それじゃあ」とだけ言って、バス停に向かって歩きだした。

「あ、待ってください」

男はステッキをコツコツ鳴らしながら、道世の隣に並ぶ。

「失礼なことを申しました。すみません」

「いえ、べつに」

「わたくしは村田(むらた)、と申します」

「はい」

「失礼ですが、お名前は……」

「砧です」

バスはまだ来ていなかった。停留所のベンチに座ると、男もすこしあいだを空けて隣に座った。

「これから、どちらへ？」

「え？　家に帰るんですよ」

「おうちはどのあたりですか」

「三丁目です」

「わたしは五丁目です。あの、もし宜しければ、これからちょっとお茶でもいかがでしょうか」

「お茶？　いえ、わたし、店をやってるもんですから。帰らないと」

「ああ、そうですか。すみません、突然会ったかたに……この町には、わたし、まだ知り合いが少ないものですから」

村田という男は、屈託なく微笑んで頭を下げた。秋の日差しに照らされている蜂蜜色のジャケットがホットケーキのようにふっくら分厚くて、いかにも柔らかそうだった。

シャツの首元には、きらきら光る青色の石で留められたループタイを締めている。

交差点の信号が青に変わり、角からバスが現れた。

「では、また」

道世がバスに乗ってからも、村田氏は立ち去らずに手を振っていた。


数日後、いつものように朝起きて店を開け、商品の入れ替えをし、長沼さんの気配を後ろに感じながら峰岸さんの無駄話を適当にあしらっていたところ、ピンポーン、とチャイムが鳴った。顔を上げると、見た顔が立っていた。

「来てしまいました！」

開口一番、村田氏は言った。道世は口をあんぐり開けた。村田氏は、前回見たときと同じようなツイードのジャケットに、同じ素材のスラックスを穿いていた。首元に揺れるループタイには、今日は青ではなく、緑色の石があしらわれている。

後ろの長沼さんは顔を上げ、峰岸さんは吸っていた都こんぶを飲み込んだ。三人の視線を一気に集めた村田氏は、ステッキをコツコツ鳴らしながら、店の隅々を舐めるように眺め始めた。

「素敵なお店ですね」

隣の峰岸さんは、巣にいるところを襲われた仔うさぎのような顔をしている。長沼さんは無表情だった。

「こういう場所は、いまどき貴重ですね。心が落ち着きます」

「おたくどちらさん？」

峰岸さんの声に、村田氏は振り向いて微笑んだ。

「村田と申します。突然に失礼しました」

それから律儀に三人それぞれに会釈し、道世にだけは、もう一回余計にした。

「居心地の良いお店ですね。すみません、三丁目でお店をやっているとおっしゃっていたのを思い出しまして。このあたりを行き当たりばったりに彷徨(ほうこう)していましたら、引き寄せられるように、こちらに行きついてしまったというわけなんです」

村田氏のよどみない滑舌が、道世にはうす気味悪かった。しかし峰岸さんも負けていない。

「いやあ、僕たちもそうなんですよ、朝起きると、気づくとこの店に足が引き寄せられるんです。いったいなんなんでしょうねえ、みっちゃんの魔力なのかな」

標準語になってる、それに、僕、なんて言ってる。可笑しく思いながら、「そんなものはありません」道世はつとめて無表情を保ちながら呟(つぶや)いた。村田氏はいきなり相好を崩して、はっはっは、と笑った。

「どうです、この店」峰岸さんは気にせず続けた。「くたびれきって、ひなびきっているでしょう。でもここで三十ウン年、このみっちゃんはレジ台に立ち続けているんです。あっ、立っているというのは言葉の綾で、実際にはこのとおり、年が年ですから、座ってるんですけどね。たいしたもんですよ、この砧商店を開いてから、みっちゃんは女手ひとつでこの店を守り続けて、一度も旅行に行ってないし、病気もしない、入院だってしたことないっていうんですよ。驚異的でしょう?」

「そうですか、それはすごい」

「いつからか雨後の筍みたいにあっちゃこっちゃにスーパーができましたけどね、僕たちみたいな根強い地元のファンがいるので、この店は絶対につぶれないんです。僕たちは、この地域の貴重な文化財を守る友の会みたいなものですよ」

「わたしはユネスコの友の会に入っていますよ」

それから村田氏はステッキの音を響かせ、陳列棚にあるレトルト食品や洗顔料やペットボトル飲料などを、じっくり見てまわった。陳列棚のすきまに突っこんである、ボロ布をゴムで結わえて作った道世お手製のはたきを手にとって、興味深げに眺めたりもした。道世は自分の体内を勝手にじろじろ眺め回されているような気がして、落ち着かなかった。

「これをいただこうかな」

最後に村田氏は、いつ仕入れたのかもはっきりしない、カップ麺を手にしてレジにやってきた。念のため賞味期限を確認すると、まだ一ヶ月ほど先だった。

「ついでだから残りもぜんぶいただきましょうか」

村田氏は陳列棚に戻って、そこにあった三つのカップをレジに持ってきた。

「どうです、すこし早いですがそろそろお昼の時間ですし、みなさんでこの『赤いきつね』と『緑のたぬき』をいただきませんか？　ちょうど二つずつありますし、そこのポットのお湯をいただいて……」

道世が答えるのを待たず、「じゃあご相伴にあずかろうかな」峰岸さんは隅に畳んで寄せてある小テーブルの脚を立て始めた。長沼さんは新聞を閉じた。

村田氏はにこにこ笑いながら、千円札を道世に差し出す。道世はカルトンをとってその千円を受け取り、おつりの小銭を載せ、何も言わずに突き返した。

村田氏は気前が良かった。

しおれた葱も埃をかぶった乾電池のパックも、「これ、いいですね」と手に取って、毎日何かしら買っていってくれる。ありがたいはありがたいが、このままでは店の何もかもを買い尽くされてしまいそうだった。道世は久々に仕入れ先の一覧表を開いて、何ヶ所かに電話をかけた。

新参者がやってきても、長沼さんは変わらず小上がりで新聞を読んでいるだけだった。

一方峰岸さんは都こんぶを吸いながら、やたらとしつこく村田氏の来歴を知りたがった。村田氏はうまくはぐらかしていたものの、一週間もすると、徐々に身上を打ち明け始めた。道世は一度も二人のやりとりに口を挟まなかったけれど、それでも村田氏は時々、峰岸さんではなく道世のほうに向かって喋った。

生まれは筑波のほうだということだった。高校を卒業してからは東京に職を求め、貿易関係の仕事につき、何年かはドイツに赴任していたという。引退後は趣味のサイクリングを楽しんでいたが、脚を悪くして、いまではこれといった運動はしていない。妻とは三年前に死別した。子どもはいない。ゴールデンレトリバーを二匹、飼っていたことがある。東京に家があるが、介護が必要な九十三歳の母親の近くにいるため、しばらく前から一時的に帰省している。

「ヘルパーさんは毎日来てくれるんですがね。いわゆる老老介護というやつですね」

村田氏は笑ったけれど、その前の「一時的に」という言葉のほうに道世はどきりとした。一時的に、ということは、いつかその母親のところにお迎えが来たら、このひとはまた東京に帰っていくということだ。それはつまり、その先を生きるつもりがあるということだ。自分の「その先」はなんだろうと考えると、道世はなんともいえない、芒洋（ぼうよう）とした心持ちになる。痩せ衰えて、ずいぶん軽くなったはずのからだが、一気に重ったるくなる。でもその重ったるさは、べつにいま初めて覚えるものでもなく、お下げ髪の少女時代から知っている、おなじみの重ったるさだった。

「うちも家内の父親が施設に入ってるんですけどね」峰岸さんは急にしんみりと肩を落とした。「別れ際なんか、なかなか辛いですよ。それまではわけのわからないことばっかり喋ってるんですがね、こっちが帰り支度をした途端、帰るのか？　帰るのか？　って子どもみたいな顔になりましてね、挙げ句に、じゃあおれはどこに帰るんだ？　おれの家はどうなったんだ、なんて言うんですよ。あれは辛い」

村田氏は何も言わなかった。店のなかは静まり返った。すると峰岸さんが「それに比べて」と急に道世のほうを向いた。

「みっちゃんは苦労がないなあ」

はあ、と道世はうつむいた。確かに、三十年以上前に続けて亡くなった両親は長くは患わなかった。今年亡くなった姉に関しては、見舞いに行こう行こうと思っているうち、結局その機会を失った。ただ、峰岸さんが言うように苦労がまったくなかったわけではない。肉親の死に関しても、それ以外のことでも、いまでも思い出すと臍の奥が冷たくなるような出来事が山ほどある。すると峰岸さんは何か察するものがあったのか、「いやいやいや」と顔の前で手を振った。

「みっちゃん、そんな顔しないでくれよ、いまのは冗談冗談」

それから、村田氏のほうに向き直って言った。

「ねえ村田さん、聞いてくださいよ。このひとはこう見えて実はたいした苦労人でね、東京でどうしようもない男にひっかかって、それで女盛りをずるずる無駄にして、気づけば三十代半ば。そのころおやじさんとおふくろさんを相次いで亡くしてね、それでスパッと男との関係も終わりにして、こっちに帰ってきて一念発起、この店を始めたってわけ。それから尼さんのような生活が続くかと思いきや、五十を過ぎたところでようやくめぐってきた春。今度こそ本当の幸せが訪れるかってところで、薄情な相手の男がべつの女を孕ませるときた。これまたつくづく、難儀な人生であります」

道世はこれまで峰岸さんに、というよりこの町の誰にも、自らの半生を語ったことなどない。いまの口上は、おそらくは峰岸さんが町の噂で得た情報をつなぎあわせただけの、いい加減なほら話だった。ただ、実際に起きたこととそれほど違っているわけでもないのが癪に障る。大雑把に言えば、その通りの人生だった。腹立たしいが、反応するとまた峰岸さんを喜ばせることになるので、道世は知らんぷりを決め込んだ。

テレビのスイッチを入れると、画面に何本ものクリスマスツリーが映った。近くのテーブルには、七面鳥や色とりどりの料理が並んでいる。

「はあ、もうクリスマスか」峰岸さんが声を上げる。

映っているのは、クリスマスをテーマにした、季節外れの海外のドキュメンタリー番組だった。テーブルを前にした欧米人の男性は嬉しそうに、自分で自分に用意したというプレゼントの包みを開ける。これは今年になって百八十八回目のクリスマスディナーで、一九九四年以来、八千羽以上の七面鳥を食べたのだと言う。男性の話が終わると、次には天井から吊るされた金色や赤や緑のクリスマスの飾りが映し出された。ただの球体から、ベルのかたちをしたもの、トナカイ、王冠、プレゼント、マグカップに入ったサンタクロースまで、いろいろなかたちをした飾りが、天井いっぱいに隙間なく吊るされている。ボーブルのないツリーなんてありえますか？　ありえません……。その家の持ち主であるらしい金髪の老女が、興奮したようすで喋りはじめる。

大量の飾りで天井を埋めつくすのが楽しみでたまらないというこの女性の暮らしに、道世はほうっと見入った。字幕によると、女性はシルヴィアという名で、道世より一つ上の七十二歳だった。道世はこの七十一年、クリスマスを楽しんだことがない。東京時代には友人同士でクリスマス会を開いた記憶があるけれど、銀紙が巻かれたローストチキンは硬くて、ケーキは甘すぎるし、くじ引きで当たるプレゼントにはろくなものがなかった。

遠い国にいるこのシルヴィアというひともまた、臍の奥が冷たくなるような出来事を乗り越え、こうして飾りつけに取り憑かれているのだろうか……。道世はぼんやり考えた。むしろ、そんな出来事に耐え切れなくなったからこそ、飾りつけに取り憑かれているのではないだろうか。さっきの男のひとだって、あの冷たさをどうにかしたくて、二度と冷えないくらいに腹のなかを熱くしたくて、気づけばうっかり八千羽もの七面鳥を食べてしまったのではないだろうか。もしかしたら、八千羽だってまだ足りないのではないか。

「わたしがドイツにいたころは」村田氏が口を開いた。「クリスマスシーズンになると街じゅうが輝きだして、あちこちでクリスマスマーケットが……道世さん」

急に呼ばれて驚いた。

「道世さんは、クリスマスのお祝いをしますか？」

「え？」

「クリスマスのお祝いです。道世さんは、毎年のクリスマスをどう過ごされているんですか」

「べつに何も、しませんよ」

「さっきから熱心に見てらっしゃるから……」

「ただ見てただけです」

村田氏は微笑んでいるだけで、何も言わない。ただ見ていただけではなく、考えていたことまで見透かされるようで、道世はあわてて目をそらした。すると具合よく電話が鳴った。道世は立ち上がり、レジの後ろの壁に取りつけてある電話の受話器を取った。

「もしもし、おばさん？」

姪の祥子だった。

「うん。何？」

「元気？　べつに用事はないんだけど……」

姪の声には、いつもより元気がなかった。道世がひとこと「元気」と返すと、祥子はとりつくろうように早口で言った。

「あのほら、お母さんの着物のこと。ごめんね、なかなか取りにいけなくて。この前からあいだが空いちゃったから。おばさん、ひょっとしてうっかり捨てちゃったりしてないかなと思って」

「捨ててないよ」

「梓はまだ家にいるから、そのうち一緒に行くね。あの子、最近ほんとに家でごろごろしてるだけなんだよ。むっつりしちゃって、何考えてるんだかさっぱり……あたしもなんだか、いらいらしちゃってさ、さっき、つい怒鳴りちらしちゃった」

「そう」

「じゃあまあ、行く日がこっちで決まったら、また連絡するね。着物、それまで捨てちゃったりしないでよ。じゃあね」

このあいだ、祥子ちゃんの夢を見たんだよ。言おうとしたけれど、電話は切れた。五十年前はここでめそめそ泣いていた女の子が、いまではすっかり中年の女になって、もう孫だっているという。あの気分屋のややこしい姉ちゃんの子にしてはよく育った、と道世は思う。

「みっちゃん、誰？」

峰岸さんが聞いた。

「姪です」

「姪御さん」村田氏が言う。「姪御さんですか。仲が良いのですね」

「いえ、べつに」

「わたしは一人っ子でして、姪も甥もおりませんで、うらやましいです」

「死んだ姉の子どもが三人いますけどね。一人は音信不通だし、一人は海外に行ったときに土産を送ってくるくらいで、めったに会いません。いまの子はむかしここで預かってましたから、たまに電話くれますけど」

ボーンと壁の時計が鳴った。道世はレジ台の鍵をかけ、立ち上がった。ところが男たち三人は腰かけたまま動かない。

「お昼ですよ」

声をかけても、まだ座っている。

「お昼です。それに今日は水曜日ですから、ここは閉めますよ」

手を叩くと、ようやく三人はのろのろと立ち上がり、店を出ていった。

ガラス戸の向こうで峰岸さんが振り向き、村田氏に向かって二階を指差して何か言っているのが見えた。いかにも得意げだった。村田氏は目を丸くした。長沼さんまで一緒になって、二階を見上げている。

秋晴れの、気持ちの良い午後だった。

一人になった道世は一人前の冷凍うどんを茹で、茹であがったうどんの椀に卵を落とし、とろろ昆布をまぶす。裏庭の窓の近くに机をひっぱって、そよ風に揺れるみょうがの葉を眺めながらうどんをすすっていると、自分の心のなかにもすーっと風が吹き抜けていくような心地がする。なんの変哲もないうどんが、しみじみおいしかった。

それから久々に、土間に行った。店と居住スペースのあいだに横穴のように広がっている土間には、ここで洗い張り屋を営んでいた両親の商売道具がいくつか残っている。

両親が亡くなったあと、道世は雑貨店を開くにあたってたいていのものを処分してしまっていたが、子どものころから親しんでいた大きな洗い桶や、湯のしの機械や伸子などは、どうしても捨てられなかった。洗い張りはお前たちの仕事じゃない、店は継がなくていい、そう言う両親のことばを鵜呑みにし、姉に続いて東京に出ていった道世だけれど、これらの場所塞ぎの道具まで捨ててしまったら自分が本当にひとりぼっちになってしまいそうで、怖かった。土間に足を踏み入れるたび、道世は古い道具に触れて、

「わたしたちは、生き残り」と心のなかでつぶやく。この道具類がより長く生き残るのか、自分のほうが生き残るのか、いよいよわからなくなってきた。自分の気持ち一つで、ちょっとどこかに電話をかけるだけで、これらの古道具はしかるべき場所に運ばれ、燃やされたり砕かれたりして、この世から姿を消す。でもそんな自分だって、目には見えぬ何者かの目配せによって、例えば外階段を一段踏み外すだけで、銀行の窓口でよろけて頭を打つだけで、簡単に燃やされ埋められ、この世から消え去る。そんな儚（はかな）い、だらだらした賭けのような人生に、気づけばもう七十一年も、しがみついてしまっている。

　例の着物の箱は、洗い桶の上にあった。姉の死後、何か子どもたちに渡せるものはないだろうかと、それまであまり手を付けていなかった古簞笥（だんす）を整理していたときに偶然見つけたものだった。箱に入っていたのは、子ども用の赤い格子柄の着物だった。自分が着ていた記憶はないから、おそらく祥子がここに住んでいたころ、親のどちらかが彼女に買ってやったものだろうと思った。道世は箱を抱えた。なんだか子どもの抜け殻を抱いている気がした。いつ取りに来られてもいいよう、居間に持っていこうとしたのだが、さっきの電話の調子だと母娘のどちらもしばらくは来ないだろうと思い直し、元の場所に再び横たえた。

　居間の窓辺に立つと、太陽はまだ高いところにあった。

　道世は分厚いカーディガンを手に取り、庭にほうじ茶の入った魔法瓶と、陳列棚からよけておいた賞味期限切れのチョコレートが入った小さな籠を置いた。それから居間の寝椅子を下ろし、その上にころんと横になった。口寂しくなると、チョコレートをかじりながら温かい茶を飲んだ。

　庭の草をさわさわと鳴らす風が頬を撫でる。道世は目を瞑った。ずっとむかし、まさにこの寝椅子の上で、上に越してくる予定だった男と、妙な格好で抱きあったことがあった。道世にとっては、それが男との最後の接触になった。まるで映画のような、できすぎの記憶だ。何度も思い出しているうちに、どこからが現実でどこからが想像なのか、もうはっきりしなくなっている。でも目を開け振り向けば、その男のために建て増した住まいで他人の一家が日々の暮らしを営んでいるのを、この目でしっかり確かめることができる。ついでに窓ガラスに顔を映してみれば、その階下で暮らしているのは男の母親ではなくその母親の年になった自分だと、これまで何度も何度も納得したことを、いまままた初めて知ったような気持ちで、あらためて納得することができる。

　でも今日のところは、道世はそうしなかった。

　ただ目を瞑って、風が頬をくすぐるのを、暖かな日差しが全身を温めてくれるのを、静かに感じていた。

「おばちゃん。おばちゃん」

肩を揺り動かされているのが心地良くて、道世は目を覚ましてからも、しばらくは寝たふりをしていた。

「おばちゃん。風邪ひいちゃうよ」

美々ちゃんはずり落ちた道世のカーディガンを首元までかけ直した。目を開けると、あたりはもう薄暗くなっている。

「お母さんが、こないだすみませんでしたって」

「え？　何が？」

「ブラジャー」

美々ちゃんは両手を熊手のような格好にすると、ぴんと張った胸の前に大きな山を二つ作った。道世が笑うと、美々ちゃんも笑った。ふくよかな頬に小さなえくぼができた。

「いま、帰ってきたの？」

からだから、桃のような甘い匂いがした。

「うん。お腹すいた」

トントンと音を立てて階段を上る途中、美々ちゃんは「あ」と言って振り向いた。

「お店のなかに誰かいたみたいだけど、工事のひと？」

道世は寝椅子から身を起こした。

「店のなか？」

「うん。まだシャッター閉めてないでしょ。電気の工事か何かだと思った」

道世はあわてて表につながる細道を抜け、外から店のなかをのぞきこんだ。街灯の明かりを受けて、薄暗い店内に三人の人影が浮かびあがっている。

「何してるんですか」

戸を開けても、ピンポーン、といつもの音が鳴らなかった。「ああぁ」と峰岸さんの声が聞こえた。

「見つかってしまいましたね」村田氏の声もした。

薄暗がりを前に進もうとすると、足が何か硬いものにぶつかった。その瞬間、カチッと小さな音が鳴って、店の奥に明かりが灯(とも)った。光っているのが何だかわかって、道世はびっくり仰天した。小上がりで、巨大なクリスマスツリーの電飾が光っているのだ。ライトに照らされた天井には、今日テレビで見たような、ベルやらプレゼントやらの小さな飾りがぶらさがっている。陳列棚には白い綿がかぶせられ、雪だるまやサンタのぬいぐるみが置かれている。金色の巨大な毛虫のようなものが巻かれたレジ台は、ツリーの明かりを受けてちらちら輝いていた。いましがた足をぶつけたのは、腰の高さまである立体のトナカイ像だった。そのトナカイが急に、チチチと音を立てて青白く発光した。

「道世さん、いつもありがとうございます」光のなかに、村田氏の朗々とした声が響いた。「これは僕たちからの、ささやかなクリスマスプレゼントです」

「……クリスマスプレゼント？」

「ええ。昼間、テレビのツリーを見ている道世さんの目が輝いていたものですから。思いついたんです、きっと喜ばれるんじゃないかって」

「そのトナカイは、うちのだ」峰岸さんが入り口のトナカイを指差した。「それであのツリーは、長沼さんちのだ」

「でもまだ、十月じゃないですか」

「わかっています」村田氏のジャケットの胸元には、サンタクロースのブローチがついていた。「本当のクリスマスにはすこし早いけれど、でも道世さん。我々は今日の別れが、永遠の別れになりえる世界に生きていますから。ちょっと待ってください」

村田氏は小上がりにかがみ、手にしたものを隣の長沼さんに手渡した。大きないちごが何個も載った、特大のショートケーキの皿だった。峰岸さんがチャッカマンで、その上に並ぶ蠟燭(ろうそく)に火をつけていく。

「さあみっちゃん、火を消しな。今日はこのお店と、みっちゃんのクリスマスなんだから」

訳がわからなかった。道世はその場に突っ立ったままでいた。長沼さんが、ケーキの載った大きな皿を顔の高さにまで掲げる。揺れる蠟燭の炎に照らされ、いかにも燃えやすそうなかさかさの老年の男三人が、まぶしそうに目を細めてこちらを見つめている。

　道世は無言でケーキを受け取り小上がりに置くと、まずは長沼さんの肩を捕まえて、店の外に押し出した。それから峰岸さん、村田氏を外に追いやった。峰岸さんは「なんだあ、なんだあ」と抵抗したけれど、村田氏はおとなしくされるがままになっていた。入り口の光るトナカイに、何度もごつごつ足をぶつけた。そこに転がっていた飴色のステッキも、外に放り出した。

「勝手なことをしないでください」ガラス戸の前に立って、道世は男たちに言った。「ここはわたしの家なんですよ」

　それからぴしゃりと戸を閉めて、内から鍵をかけた。今度からは、休みの午後でもしっかり施錠しないと……そう心に決めて、あらためて店内を見回してみた。それこそ寝ているあいだにからだを開かれて、こっちの腱をもう片方に勝手に移植されたかのようだ。たった数時間のあいだにこれだけの飾りをかき集め、飾りつけまでこなしたというならあの三人にしてはたいした行動力だけれど、何もかもが、とんちんかんだった。

　レジに巻きついた金色の毛虫をほどいていると、ツリーの根本に大きな白い色紙が立てかけてあるのが目に入った。「メリークリスマス　道世さん　好きです　達夫　善之晃太郎」と、赤と緑のマジックインキで書いてある。

　道世は小上がりに腰かけた。ケーキのいちごが二つ、床に落ちている。ケーキ本体を見てみると、てっぺんに飾られたいちごが、二つどころではなく四つか五つは欠けて輪が崩れていた。村田氏か長沼さんが皿を持っているときに落としたのか、峰岸さんがチャッカマンで点火する際に落としたのか、自分が受け取ったときに落としたのか……どちらにせよ、気づかぬあいだにケーキからぼろぼろいちごを落としてしまうような我々なのだ。そう思うと、久々に臍の奥がひんやりしてきた。そして明日にはそのいちごをうっかり踏みつぶしてしまい、踏みつぶしたことに気づけるかどうかだって、怪しいくらいの我々なのだ。

ガラス越しに目を細めると、すぐ近くの街灯の下に、肩を落とした男たちが三人並んでまだ突っ立っている。

道世は戸に近づいて鍵をはずし、すこしだけ隙間を開けた。それから床のいちごを拾い、台所に湯を沸かしにいった。

四. 星のマーク

書架の向こうで、誰かが新聞をめくっている。ごく薄い紙が指先で擦れ一枚一枚空気を渡っていく音が、雨樋の水音のように壁をつたって足元まで流れてくる。

雑誌コーナーの奥のスツールに座って、梓はもう一時間ほど、組んだ脚の上に本を広げていた。平日昼前の図書館に利用客は少ない。ときおり前の通路をひとが通ると、空気が動いて床のワックスの匂いがふんわりと立つ。飴を舐めているひとが通れば、その飴が香る。

　脚の上に広げた本には、皮膚の拡大断面図がページいっぱいにカラーで印刷されていた。それは奇妙な古代生物の化石が隙間なくぎっしり閉じこめられた、太古の地層のようにも見えた。ケラチノサイト、ランゲルハンス細胞、メラノサイト、エラスチン、アポクリン汗腺、ラメラ顆粒（かりゅう）……。そういうものでできているらしいシャツの下の肌が、さっきからずっと、むずむずしている。我慢できずに袖をめくってみると、起きたときには肘の内側にだけうっすら出ていた湿疹（しっしん）が、もう手首のあたりまで広がっている。内側から何か熱い、厚みのあるもので押されて、皮膚が外にはりだすような感覚だった。かゆいというより、きつい。シャツ越しに腕を揉みながら目を上げると、クリーム色の天井にバスケットボールほどの大きさの丸い天窓が三つ並んでいた。どの窓にもプラタナスの葉がつぶれたコウモリみたいにぺったり貼りついて、ガラスをほとんど塞いでいる。

本を閉じるのとほぼ同時に、背後にある出入り口の自動ドアが開いた。すぐに小太鼓のふちを枹(ばち)で叩くような、威勢の良い足音が続く。振り返ると水色のスポーツバッグが一瞬だけ視界をかすめた。あの歩きかた、あのバッグの揺らしかた、あの胸のはりかた……ぜんたいを認めなくても、すぐに誰だかわかった。

立ち上がり、できるだけ足音を立てないようにして奥の書架に向かう。書架と書架のあいだを端からそっと覗(のぞ)いていくと、母親は五番目の書架の前に立ち、スポーツバッグを床に置いて、一冊の本を腹にくいこませるようにして開いている。それは家庭医学のコーナーで、梓がいま手にしている本も、一時間ほど前にその書架から抜き出してきたものだった。しばらく見ていても一向に気づくようすがないので、書架の裏側に移動して「建築・土木」コーナーに並ぶ本の天と棚板の隙間から、向こう側を眺めてみた。すこしかがむと、相手の目元が見えた。母親は眉間に皺を寄せ、非難と憐(あわ)れみが入り混じったような目で文字を追っている。書架の前という状況を取りはらってしまえば、その視線の先には、子ども時代の自分や姉が立っていてもおかしくないように思った。娘たちが悪事を働くたび、母親はこんな目で娘たちを見たし、泥だらけにされた洋服だとか、畳でつぶされた果物だとか、粉々に割られた皿だとかも、同じ目で見ていた。そして今朝も、梓の両腕に広がる赤い湿疹をこんなふうに見たのだった。

娘がそんなことを考えているうち、母親はばたんと本を閉じ、来たときと同じ派手な足音を立てて出入り口に向かっていった。見間違うはずもないのだが、梓はすこしだけ不安になった。書架を挟んでこんなにも近くで向かいあっていたというのに、母親のほうが自分にいっさい気づかない、そんなことがいままで一度だってあっただろうか。何しろ、スーパーでも遊園地でも、どんなひとごみのなかだろうが、いくら距離があろうが、いつでもどこでも猛禽めいた目の良さで一直線に自分のところまで駆けつけ、鋭く首根っこを捕まえてみせたあの母なのだ。

梓は本を書架に戻して、図書館を出た。隣の公民館と共用の広い駐車場を、スポーツバッグを揺らしてのしのし一直線に突っ切っていくたくましい後ろ姿が見えた。

「お母さんだ」

白い軽自動車は直線の軌道を描いて、駐車場の出口に向かっていく。白昼の粉っぽい日差しにほとんどかき消されながらも、赤いブレーキランプが灯るのが見えた。自転車置き場の錆びたトタン屋根の下で、梓はそのまま車が門を出ていくのを見守った。それから自転車の鍵を外し、黒ずんだハンドルのグリップを握って、ペダルを漕ぎ出した。

「ラーメン食べる?」

床に落とされた半透明のポリ袋はぴちぴちに張りつめ、下のほうからクッキーの箱の角が棘(とげ)のように覗いている。

「食べる」

母親の帰宅は娘の帰宅より十五分近くも遅かった。十五分前、自転車で家の近くまで走ってきた梓は、垣根越しに白い軽自動車が見えないことに気づいた瞬間、どういうわけだか、図書館で母親を見かけたことは黙っていようと心に決めた。腕を揉みながら昼前のテレビニュースをぼんやり眺めているうち、あっというまにもやしと薄いなるとが二枚載った、塩ラーメンが運ばれてくる。母親は広げた朝刊の上に丼を載せて、記事を読みながら麺を啜(すす)りはじめる。

「これ、朝よりひどくなってない?」

梓はシャツの袖を肘までめくりあげ、腕を突き出した。母親はちらりと目をくれて、ああ、と声をあげた。

「皮膚科行かなかったの?」

「行く前に、調べようと思って。皮膚って死んだ細胞だって、知ってた?」

「んん？」

「皮膚っていうか、皮膚の上のとこだけだけど。この、露出してる皮膚の表面っていうのは、なかの深いところでできた細胞が、日に日に死んでいきながら、上に押しあげられたものの集まりなんだって。つまり人間は、全身死んだ細胞にくるまれて生きてるってこと」

「何？」母親は顔を上げ、訝（いぶか）しげに目を細めた。「急にどうしたの」

「クリーム」

「え？」

「たぶん、クリームが原因」

「え？　いつ食べたの？」

「食べるほうのじゃなくて。からだに塗るクリーム」

「ああ……」

「昨日、お風呂のあとに塗ったんだよ。洗面所の棚にあったやつ。たぶんあれが原因」

「棚……白い入れものの？」

「うん。ダメだった？」

「ダメじゃないけど、いろいろ混ぜてあるから……」

「何が？」

「何っていうか、いろいろ……」

「あれ塗ったところだけかぶれちゃったから。わたしには合わなかったみたい」

母親は箸を止め、梓の視線を避けて庭のほうをじっと見た。夏のあいだ娘が執念深くむしりつづけた雑草はすっかり消えて、家庭菜園の囲いのなかではかさついた土の表面が露出している。さっぱりしたわりに、なぜだか雑草が好き勝手に生い茂っていた以前の庭より、荒んだ印象が強くなっている。

母親も自分と同じく、皮膚疾患についての知識を求めにあの書架の前に立ったものと思いこんでいたから、梓にはこの無反応が意外だった。てっきり、朝に見せた腕の湿疹を案じてくれているものと思っていたのだ。

「知ってる？」水を飲んで、塩味を押し流してから聞いた。「成人の皮膚って、剝がして量ると三キロくらいあるんだって。脳とか肝臓とかより重いんだって」

「へえ、そう」

「クリームだけじゃなくて、化粧品でも服でも洗剤でも、免疫が過剰反応したら、なんでも毒になっちゃうんだって。なかには汗とか、水アレルギーの人もいて……」

「ご飯食べてるんだから、そういう話はやめて」

「べつに、汚い話じゃないよ」

「あのクリームが、毒だってこと？」

「お母さんには無害だけど、わたしには毒だったってこと。ただ皮膚にはその毒を効率良く追いだす役割があって……」

「急にべらべら喋りだしたと思ったら、いったいなんなの？」

相手の口調の変化に気づいて、今度は梓が箸を止めた。

「いい加減にしな」

母親は、明らかに苛立っていた。梓は目を伏せた。思い直してちらりと視線を上げると、なつかしい、愚かな獲物を見つけたばかりのあの猛禽の目つきが、すぐ近くにあった。

「勝手にひとのクリーム塗りたくって、ぽつぽつができたのがそんなに不満？　あんたにとったら、それが天下の大事件？」

「何？　急に……」

「いい機会だからお母さんも言わせてもらうけどね。皮膚に役割がどうのこうのっていうなら、人間にだってとうぜん役割ってもんがあるでしょう。社会のなかでも、家のなかでも、それぞれ自分がやるべきことをやるっていうのがひとの道じゃないの。それがもう何、あんたがうちでだらしない髪の毛ぼさぼさのなまこみたいになってから、何ヶ月、二ヶ月にはなるよね。人間は不死身じゃないんだよ。あんたもあとちょっと年をとったら、ぜんぶからだの言うことが優先になるんだからね。毎日からだを拝んで生きていくしかなくなるんだからね」

　梓が黙っていると、母親はスープに浮かんでいるもやしを箸でかきよせ、丼を傾けて一気に口に流しこんだ。

「そうやって、本に書いてあったわけ？」

　相手が答えないので、梓は自分の丼を持ち、二階の自室に上がった。

　そろそろ来るだろうとうっすら予感はしていたけれど、それにしても不意打ちだった。

　壁掛けの鏡の前に立って、寝ぐせだらけの髪を手で乱暴に撫でつける。それからとくと、鏡に映る自分の顔を眺めてみる。確かに東京にいたときよりも、輪郭がゆるんでしまりのない感じになっていた。吹き出ものも増えているし、実際数キロ増量してもいる。そうか、なまこか、この二ヶ月、わたしはなまこだったんだ。母の言葉は言い得て妙だった。実家に戻って以来、わが身が徐々に正体の定まらない何かに変質しつつあるように感じていたけれど、お前はなまこだと言われれば、得心がいった。ならばこのままなまことして老いさらばえるのか、人間として生き直すのか。いまこの瞬間が人生の一大転機だ、でもその前に、目下の空腹を満たさなければ。学習机で残りの麺を啜っていると、突然後ろのドアが開いて、床にぼすんと何かが投げ入れられた。

「さっさと病院に行って、治してもらいな！」

　投げ入れられたのは、分厚いタウンページだった。言い返そうとするまもなく、廊下からヴーンと掃除機の轟音が聞こえてくる。

昼間見る「からす」の建物は、ついさっき土のなかから掘り出されたばかりの四角い芋のように、小さな窓も、すりガラスのドアも、モルタルの壁もすべてがくすんで黒ずみ、寒々しい感じがした。

夜になると内側から光る小さな正方形の置き看板はコードでぐるぐる巻きにされ、「準備中」の札がかかるドアの前に無造作に据え置かれている。

そういう侘しい光景を車の窓越しに眺めながら、梓は野田に電話した。

「なんですか？」

野田は嬉しそうだった。もしこれから野田が自転車に乗ってここにやってきたら、同じ中学校の教室で授業を受けていたとき以来、初めて昼間に会うことになる。

「べつに。急に車で出かけたくなったから。いまから来られない？」

「え、いまから？」

「いまから」

野田とは先月、「からす」の店内で再会した。町に帰ってきてまもない頃に「からす」で絡んできた中年男、その男の息子が野田だった。父親の隣で、背を丸め、カウンターでスマートフォンをいじくっているその顔を見て、梓のほうではすぐにそれが中学の同級生だと気づいた。技術家庭科の時間に二人は一度ペアを組まされたことがあり、そのとき野田がハンダゴテでペンケースを焦がしたことまで梓は覚えていたのだが、十数年の時を経て、野田はさらに鈍重そうな青年になっていた。父親から梓を紹介されても、口数は少なかった。ところが以来、梓が「からす」のドアを開くたび、父親の野田はすぐに息子を電話で呼びつけ、息子のほうも呼び出しに応じて自転車でいそいそと駆けつけるようになった。似たもの同士仲良くしろということで、無理やり電話番号を交換させられ、向こうからは何度かかかってきたことがあるけれど、一度も応答したことはない。どんな弱みを握られているのか知らないが、いい年をした息子が父親の命令通りに馳(は)せ参じるのを見せつけられるたび、梓にはそれが自分の屈辱のように感じられた。

「でも、どこに行くんですか？」

「皮膚科」

「え？」

「嘘。どこか行きたいところあるなら、連れていく」

「行きたいところ……」

「来る？　来ない？」

「何時までですか？」

「べつに、何時まででも。用事？」

「いや、今日は……あの、お母さんの誕生日で」

「何？」

「六時から、レストランを予約していて……毎年家族みんなで行くことになってて、妹も、帰ってくるので……」

「ならいい」

「でも五時くらいまでなら大丈夫です」

「帰ってこられなくてもいい？」

「え、それは……」

「じゃあいい。お母さんによろしく」

　電話に唾を吐きかけそうになるのをこらえて、梓は運転席のドアのポケットから日に焼けてばさばさになっている関東圏の道路地図を抜き出した。もっとも拡大されている地図でも、梓がいまいる卯月原の町は指二本ですべて隠されてしまうほどの広さしかない。自宅のある位置には、赤いボールペンで星のマークがつけられていた。荒々しい星マークなので、五つの鋭角のうち左下の一つの内側に、梓がいま車を停めている「からす」も含まれてしまっている。

　地図にはいくつかふせんが貼ってあるページがあって、開いてみると必ず赤い星のマークが見つかった。一つは純子伯母の家、一つは高崎の母親の旧友の家だったけれど、千葉の草深(そうふけ)という町と、厚木の七沢という町の星印は、誰の家なのかわからない。最後のふせんのページには、茨城の伊鍋町に印がつけられていた。これはおそらく、大叔母の家だった。

子どものころ、梓は姉と一緒に母の車に乗せられて、何度かこのひとの家を訪ねたことがある。細い道に面した小さな商店で、店にある菓子を好きに選ばせてくれるのは嬉しかったけれど、おばさん本人に関しては、なんだかとりつくしまのないようなところがあった。仏頂面で、あんまり長くは喋らない。子どもにだってにこにこしない。今年の葬儀の席で久々に会った折りもまた、一度も笑顔は見せず、自分から口を開くこともほとんどなかった。四十九日法要の食事の席でも、会話の輪には入らず、誰よりも早く食事を終えて一人でポットの茶を飲んでいた。

あのおばさんの家に行ってみたらどうだろう。

そう思いつくと、しぼんでいた気持ちがいくらか新鮮な空気でふくらんだ。同時にふと、家の窓から一人、自分以外の家族三人が車で出かけていくのを見送った子ども時代のある日の光景が甦った。まだ小学校に上がったばかりのころだ。その日は皆でデパートに行くことになっていたのに、外出の直前、何か取るに足りないことで諍(いさか)いが起こり、梓一人が行かないと意地を張った。家に取り残されてひとしきり悔し涙を流したあと、やっぱり出かけてみたらどうだろうと思いついて、思いついてしまったからには絶対にそうせねばならないような気になって、一人で家を出て、初めて一人でバスに乗った。そして駅前の停留所から三十分近くもとことこ歩いて、デパート地下の総菜売り場で、そぞろあるいている家族三人を見つけたのだ。いや、そうではなくて、母親に見つけられたのだったか。

とにかく、携帯電話もプリペイドの交通カードも持っていなかった時代に自分はそんなことができた子どもだったのだと思うと、梓は腹の底から力が湧いてくるのを感じた。スマートフォンに加え交通カードも免許も金も持っているいまの自分が、気まぐれにふらりと一人で大叔母のもとに行けないわけがない。今日行かねばならない理由は特にないけれど、母親がこのおばさんの家に着物を取りにいきたがっていたことも頭をよぎった。一人で着物を取ってきたら、ちょっとは挽回できるかな、と思った。挽回、ということばはこの状況で妙だし癪だ。とはいえこの二ヶ月というもの、怠け心にゆだねて食事も洗濯も母親に任せきりでいた結果、梓の内には忠誠と反発が常にこすれあって本人を無意味な行動へとかきたてる娘根性ともいうべきものが、思春期とはまた違った濃度で再びじわじわ湧き出しつつある。

走り出してからは、何度もコンビニエンスストアや薬局の駐車場に車を停めて地図を確認した。

曲がるべき交差点までの信号を数え、そのとおりに運転していたけれど、それでも何度か道を間違えて、間違えた地点まで引き返し、正しい道に進んだ。運転はぎこちなかったけれど、道のようすがどんどん変わっていくのはおもしろかった。同じ一つの道が、大きな川をまたぐ道になったり、左右に金色の稲田の広がる田舎の道になったり、ガソリンスタンドや飲食店が建ち並ぶ街の道になったりする。単に景色が変わるのではなく、道そのものが、狭くなったり広くなったり、継ぎ目なしにぐにゃぐにゃ変わっていく。

アクセルを踏みながら、梓はこのまま道がずっと続いていけばいいのにと思った。思い出すのはまた、子ども時代のことだった。日帰りで遠出のドライブに出かけた帰り、後部座席で布団のなかで見るよりずっと多くの夢を見た。目が覚めて見慣れた家の玄関が街灯に照らされているのが見えると、これから始まるいつもの暮らし——風呂に入ったり、明日の時間割を見て教科書を揃えたり、ぶどう味のペーストで歯を磨いたり——が面倒くさくてたまらず、家なんかなくなればいいのに、このままみんなでずっと車のなかにいて、後部座席で一生を過ごせればいいのにと本気で思ったりもした。

こうしてハンドルを握っていると、あのころ後部座席からは見えなかったあらゆる道に、じかにからだを刺し貫かれていくような感覚を覚える。寝ぼけまなこになくなってしまえばいいと祈った家は、依然としてあの川べりの町に建っている。でもその家、数十分前に飛び出してきたあの家、父親と母親が三十年以上も住みついているあの家は、もはやあのころと同じ家ではない。願ったとおり、家族全員が団子のように寄り集まって帰る家は、とっくのむかしに消えてしまった。

　ひょっとしたら、住む、ということじたい、自分には向いていないのかも……。ふとそんな考えも浮かんで、梓は苦笑した。こんなことを考えるのは、いよいよ本格的に、なまこどころかもっと下級のべつの生物へと変質しつつあるからなのか。

　失恋の痛手からは立ち直りつつあったものの、住んでいた家を追い出されるという体験は、梓の心にいまだ暗い影を落としていた。すっかりなじんだつもりでいた家から、突然水瓜の種のように、ぷっと吐き出されたのだ。一人で住もうが誰かと住もうが、感情の問題から、あるいは経済的理由から、同じことが繰り返される可能性は今後いくらだってある。この可能性に恐れをなしている限り、住む、という生活の形態に自分が安らぎを覚えることは二度とないだろう。だらしない、髪の毛ぼさぼさの、なまこ。ここでまた母の言葉が思い出される。なまこは海中に住む、というよりいるだけだ。そこに存在を預けているだけ。ならば自分だって、ただ、いる、という存在のしかたが許されないだろうか。家という空間にたいして、住むという以外の関係の持ちかたができないだろうか……。

　海にいるなまこを想像するように、梓は深夜の芋畑に立っている自分を想像した。蔓に覆われ、風が吹けば吹きやむまで転がり、地面が揺れれば一緒に揺れる。そういうのがよかった。

　利根川を渡ってしばらく走ったころ、トイレを借りようと右手に見えたスーパーの駐車場に車を停めた。それでまた思い出したのだが、一家四人で暮らしていたころ、といっても一人でデパートまで出かけていったあの日からずっと後のことだけれど、道世おばさんの家を訪ねにいった母親が、山ほどの冷凍食品を買いこんで帰ってきたことがある。

　聞いてよ、お母さん途中で、すごくお腹がくだっちゃってね——冷凍庫を開け、次々袋のなかみを突っ込みながら、母親は興奮して喋っていた——もうほんとにこれは大ピンチだと思ったから、すぐそこにあった大きな建物の駐車場に車を停めて、トイレ貸してくださいって駆けこんだのね、そしたらそこにいた、豆腐みたいに四角い帽子をかぶったおばさんが、こっちですよ、ってもうすごくスムーズに、待ってましたとばかりに小走りにトイレまで案内してくれてね、ほんとに大助かり、それからなんだかんだで三十分は個室にこもってたかな、すっきりして出てきたら、そこ、冷凍食品の工場だっていうからさ、お礼にこんなにたくさん、一生ぶんの冷凍食品を買ってきたっていうわけ！

　ようやく伊鍋の町に到着したときには、すでに日が暮れかけていた。

記憶では二時間もかからない道のりだったのに、何度も道を間違えたし、コンビニの駐車場で昼寝もしたので、家を出てから結局四時間以上も経ってしまっている。

大叔母の家は住宅街にある小さな個人商店だから、当然地図には出ていない。星マークとあやふやな記憶を頼りにして、梓は住宅街の細道にそろそろ車を進ませた。道は碁盤目状ではなく、同じ通りを何度も行き来したり、袋小路に迷いこんだりもした。そうして半時間ほど過ぎた頃、奥の曲がり角の手前の家から、ステッキをついた背の高い老年の男を先頭に、同年輩のベレー帽をかぶった男とジャンパー姿の男が三人、一列に並んで出てくるのが見えた。白っぽい街灯の下、短い行列はなんだか亡霊めいていて、梓は思わず見入った。車を近づけてみると、その亡霊たちが出てきた家が、目指す「砧商店」だった。

梓はいったんそのまま車を進めて、一列で歩く老人たちを追い越した。するとまもなく二車線の幹線道路に出たので、すぐそこにあった和菓子屋の駐車場に車を停めた。ポケットのスマートフォンを確認すると、野田からの着信が残っている。いまは五時二十七分だから、あと半時間もすれば、家族水入らずのパーティーが始まるというわけだ。母親からは電話もメールもなかった。庭の自家用車が消えていることに、まだ気づいていないのかもしれない。

来た道を徒歩で引き返して、梓は再び砧商店の前まで戻ってきた。暗い色の空よりもう一段階濃い色をした、蛾なのかこうもりなのか見極めのつかない小ぶりの飛行体が、おおぜい連なって住宅街の屋根の上を旋回している。店のガラスの引き戸越しに、大きなトナカイの置物が青白く光っているのが見えた。加えて驚いたことに、奥にはさらに大きな、季節外れのクリスマスツリーがチカチカ点滅していた。近づいてみると、突然暗いガラス戸の向こうに小さな顔がぬっと現れる。ひゃっと思わず声を上げると同時に戸が開いて、出てきたのが道世おばさんだった。

「あの、すみません」

おばさんは無表情にじっとこちらを見つめたまま、何も言わない。

「梓です。あの、卯月原の、祥子の娘の……」

「祥子ちゃんとこの、下の子？」

「はい……」

「来たの？」

「え？」

「着物？」

「あ、はい、着物を……」

「昼に祥子ちゃんから電話があって。そのうち行くって言ってたけど。今日の今日に来たの？」

「あ、えーと……」

「へんな日」大叔母は手に持った細い棒で、梓の足元を指した。「シャッター閉めるから、そこどいて」

どいた瞬間、棒の先についたフックで、一気にざあっとシャッターが下ろされる。

「裏からどうぞ」

振り向きもせずに、大叔母は店の脇の小道を歩いていってしまった。梓はあわててそのあとを追った。家の裏にはこぢんまりとした庭が広がり、玄関の脇から幅の狭い外階段が二階に延びている。階段の先の部屋には明かりがついていて、すこしだけ開けられた窓から、賑やかなテレビの音声が漏れていた。玄関を入ると、沓脱ぎの向こうはいきなり居間だった。部屋の真ん中に小ぶりのこたつが置いてあって、右手には流しや冷蔵庫や食器棚、左手には衣装ダンスと凹凸のある曇りガラスの引き戸が隣りあっている。

「悪いんだけど。まずこっちを手伝ってくれる？」

大叔母は台所の前を通って、奥に続く暖簾をくぐった。小さな流しは湯のみや花柄の皿やクリームのついたフォークでいっぱいだった。ついていくとほぼ三歩で歩ける短い廊下があって、暖簾の向こうが店になっているらしい。クリスマスツリーは、まだチカチカ派手に点滅を繰り返している。その光と呼応するように、レジ台の近くに立てられた小さな蠟燭の火が揺れていた。

「片付け」

「え？」

「そのへんにくっついてる綿みたいなの、取ってくれる？　それから天井からぶらさがってるのも」

見上げると、天井からプレゼントの包みやベルのかたちをした飾りがぶらさがっている。加えていたるところに、白い綿や雪だるまやサンタのぬいぐるみが散らばっていた。

「クリスマス……パーティー、してたんですか？」

「お茶飲んでただけ。ぜんぶそこの箱に入れて」

小さい頃の訪問の記憶や、先日の法事での印象と同様、道世おばさんというひとは、やはりどこか詮索しづらいところのあるひとだった。お年寄りの日常では、こんなパーティーもよくあることなのだろうか、正月も花見も今日やると決めれば今日叶ってしまうものなのか……ぼんやり考えながらも梓は黙って、ひとまず綿のかたまりを回収しにかかった。それにしても、「祥子ちゃんから電話があって」、大叔母のその一言が気になった。もしかしたら母は、あの諍いの後、いや前にでも、猛禽の勘ですでに娘がここに来ることを予期していたというのだろうか？　だとしたらいますぐにここを出て、あの地図に載っていない遠い町までまた車を走らせねばならない、そんな気もしてくる。

片付けのあいだ、台所から洗いものの流水音がずっと聞こえていた。水音が絶えてしばらくしたのち、大叔母は縦長の薄い箱を抱えて暖簾の向こうから現れた。

「これ。着物」

　梓はレジ台の前に立って、巻きついた金色のモールを剝がしている最中だった。差し出されたその箱を小上がりに下ろしてふたを開けてみると、まずは鮮やかな赤い色が目に飛びこんでくる。その赤い地に、なかを塗りつぶしていない、小さな白い四角を敷き詰めたような柄が入っていた。箱から取り出してみると生地はどことなくしっとりしていて、夏の初めに着るワッフル地のTシャツのように、表面はぼこぼこしている。けれども肩を合わせてみると、丈は太ももの半分までしか届かない。

「これ、半纏ですか？」

「ううん。着物」

「でも、丈が……」

「子ども用だから。祥子ちゃんが小さかった頃のだと思うんだけど、よくわからない」

「はあ……」

　梓は正直、拍子抜けした。取りにきたのは、てっきり大人用の着物だと思っていたのだ。

「あなたところで、ここまでどうやって来たの？」

「え？　あ、車で……」

「どこに停めた?」

「ええと、向こうの道沿いの、和菓子屋さんの駐車場に……」

「ああ、あそこね。あそこなら、べつに文句も言われない。すぐ帰る?」

「え? ええ……」

「夕飯は?」

「あ、たぶん帰り道に、どこかで適当に……」

「食べていく?」

「ええと、うーん……」

返事をしかねていると、おばさんは「食べてけば」と言いのこして、暖簾をくぐって居住スペースのほうに戻っていってしまった。

結局それから五分と経たないうちに、こたつのちゃぶ台に一杯のうどんの椀が運ばれてきた。真んなかにころんと卵が落とされ、その下にはくすんだ緑の鳥の巣のように、とろろ昆布が敷かれている。母もこのおばさんも麺類の調理が電光石火の早業なのは、ただの偶然なのだろうか、それともこの家系特有の習い性なのだろうか……そんなことを考えながら、梓は遠慮なく箸をつけた。大叔母はうどんを食べず、向かいで山椒昆布の佃煮をつついている。

「おばさんは、食べないんですか」

「わたしはさっき、ケーキを食べたから」

「あの、やっぱり、あっちでクリスマスパーティーみたいなことを……」

「違う。今日は、たまたま」

「はあ……」

「たまたまあんなふうだったところに、たまたまあなたが来ただけ」

「そうですか」

「食べたらわたしはもう、寝るから。好きなときに帰って」

もうそんな時間なのかと思い居間の壁の時計を見上げると、まだ七時にもなっていない。

「早いんですね」

「あなたは宵っ張りなの？」

「まあ、どちらかというと……」

「祥子ちゃんもそうだったわね」

「あ、そうですか」

「小さい頃、一緒に住んでたことがあったから。聞いてるでしょ？」

「あ、はあ、まあ……」

「いい子だったけど、ときどきものすごく東京の家に帰りたがって、癇癪（かんしゃく）起こしてね」

「うちの母は、ちょっと気性が荒いところがあります。ラーメン食べてたかと思うと、いきなり怒りだしたり」

「そう？」

「怒りやまないってことはないけど、けっこう根に持つひとだと思います」

「姉ちゃんもそうだった。わたしのお母さんもときどき。荒い母親がいる家系なんだね。頭は悪くないけど、荒い」

そのときポシェットのなかで、着信音が鳴った。噂の「荒い」母親からだった。大叔母に断ってから、梓は立ち上がって店に続く暖簾をくぐった。

「車、乗ってったでしょう」

店の暗闇で聞く母親の声はまだ刺々しかった。とはいえ物理的な距離のせいなのか、母親の口から声が発されてから自分の耳に届くまでのほんのわずかな時間のうちに、みっしり生えているはずの棘がいくらかは間引きされているようにも感じる。

「うん。乗ってった」

「どこの国の皮膚科まで行ったわけ？」

「行ってない。いま、道世おばさんち」

「え？　何？」

「道世おばさん。伊鍋の道世おばさんち」

「てえ！」

　てえ！　と言いかえして、ふいに梓は、ことばにつまった。電話を耳に当てたまま、居間から漏れる光を避けて、飾りでいっぱいになった段ボール箱の隣に腰かける。からだの重みで、畳がみしみし鳴る。なんだかこの感じは、身に覚えがある。ずっとむかしのあの日、家族を追って一人でバスに乗ったとき、こんな感じでシートが鳴ったのかもしれない。あるいは電話口の向こうにいる母親が小さかったころ、こんなふうにこの家の暗闇に一人で座っていて、人形の影を眺めたり、指で畳の目をなぞったりしたことがあったのかもしれない。

「もしもし？　梓？　なんでまた、急に道世おばさんちなの」

　うん、梓は乾いた唇を合わせ、暗闇に目を凝らした。

「お母さん。小さいころ、わたしが一人で、デパートに行ったお母さんたちを追いかけていった日のこと、覚えてる？」

「え？」

「デパートに行く前に喧嘩して、わたし、一人で留守番してたんだよ。でもバスに乗って、一人でデパートまで行った」

「そんなことあったっけ？　覚えてない」

「そんなことがあったんだよ」

「それで?」

「今日、そのときみたいな気持ちになった。それだけ」

あっそう、と言って、今度は母親が黙った。

「さっき、おばさんが着物見せてくれたよ。赤い着物。ちっちゃい、子ども用だった」

「えっ、なんだ、子ども用なの?」

「うん。亜由ちゃんくらいの子ども用」

「てえ、おばさんそんなこと言わなかったんだから。でもまあ、くれるっていうならいちおう持って帰ってきてよ。で、どうするの、今日はそっちに泊まるの? これから帰るんじゃ危ないんじゃない? おばさんは? そこにいるんでしょ? なんて言ってる?」

「べつに、何も……」

「ちょっとおばさんに代わって。あたしが話すから」

居間に戻って事情を話すと、大叔母は無表情のまま電話を受け取った。電話の向こうから勢い良く一気に喋る母の声が漏れ出したけれど、おばさんは何度か「言ったよ」と繰り返し、最後に「わかった」と呟いて、スマートフォンを裏返して梓に返した。受け取ると、通話はもう終わっていた。

「上から、布団を借りてくるから」

梓がお礼を言う間もなく、大叔母は玄関からサンダル履きで出ていった。それから一分も経たないうち、いかにも健康そうな、ほっぺたのつやつやした中学生くらいの女の子が、大きな恋人をからだいっぱいで抱擁するように、丸めた布団を抱えて入ってきた。

「店のほうに運んでくれる？」

ぱちんと短い音が鳴って、店の天井に並ぶ蛍光灯が点灯した。暖簾を下げているつっぱり棒に布団がひっかからないよう、女の子は膝を曲げ、ぐっと背中をそらす。それから小上がりに置かれたクリスマスツリーを見て、ひゃあ、と声を上げた。布団は畳の上に投げ出され、小上がりからはみでた角が下の床にぺろんと垂れた。お礼に勧められたココアを「ダイエット中だから」と断ると、女の子はじゃあ、と二人に軽く頭を下げて、裏口から出ていった。

「上に住んでる子。美々ちゃん」

「あ、上に……」

「上、人に貸してるの」

大叔母は居間から座布団を一枚持ってくると、それをタオルでくるんで布団の端に置いた。

「こんなところで悪いけど。風呂場はあっちの部屋からつながってて、トイレは廊下の右」言いながら暖簾をくぐって、廊下の右側のドアノブを開けた。「あっちは物置だから、間違えないでね」

　反対側の引き戸はすこし隙間が開いていた。梓がじっと見つめていると、大叔母は戸を開けてなかを見せた。居間と店からの明かりでかろうじて、どっしりとした竈のようなものや、大きな桶らしきものの影が見える。奥は暗くてどれほどの広さなのかはわからなかったけれど、開いた戸の向こうからは、湿った砂のような匂いがした。

「ここはむかし、洗い張り屋だったから。着物をといて洗って、伸子張りして乾かして。そういう仕事。その時代の道具」

　大叔母は戸を閉めずに居間に戻り、腰を屈めてこたつをずずずと端に寄せた。収納の戸を開き、空いたスペースに布団を敷き始めた大叔母に、「あの」廊下から梓は呼びかける。

「お店に歯ブラシ、置いてありますか」

「あるよ」

「一本、買ってもいいですか」

「買わなくていい。あげる。わたしはもう寝る支度をします」

　梓は店に戻り、陳列棚から歯ブラシを探した。T字カミソリとビオレの洗顔料のあいだにようやく見つかったのは、使い慣れている小さくて柔らかなブラシではなく、洗剤をつけたら上履きなんかも洗えそうな、四角くて大きい、ほとんどタワシのような歯ブラシだった。

　暖簾をくぐって戻ると、大叔母はすでに布団のなかで目を閉じている。枕元には、アンテナをピンと立てた、小型のメタリックなスピーカーラジオが置いてあった。そのラジオから、アナウンサーが全国の天気予報を淡々と読み上げる声が聞こえてくる。このおばさんは、根っからここに住んでるひとだだと、梓はしみじみその顔に見入った。「まだ寝てい
「寝ているように見えるだろうけど」おばさんは目を閉じたまま言った。「まだ寝ていないからね。ほかにやることがないから、こうしてるだけ」

「はい」

「電気はつけておくから、あなたが寝るときに消して。お風呂場の籠に、寝間着が入ってるから、良かったら着て」

　洗濯機の上に載せてあるバスタオルは分厚くて冷たかった。襟のふちに白いレースのパイピングがあるパジャマを着て脱衣所を出ると、居間では変わらず、ラジオの天気予報が流れている。大叔母の小さな顔は、上を向いているからか、皺が目立たずつるんとしている。なるべく音を立てないように布団の外周を歩き、流しでコップ一杯の水を飲み、おやすみなさい、と言ってから部屋の電気を消した。返事はなかった。大叔母が眠っているのかどうかは、わからない。ただやることがないから、答えたいことがないから、そうして黙って目を瞑っているだけかもしれない。

手探りで暗い廊下を渡ろうとすると、半開きの物置の戸から、またあの湿った砂のような匂いを感じた。こういう匂いを、こんな暗闇で、息をころして嗅いでいたことも、遠いむかしにあったような気がする。小さいころここを訪ねたとき、姉とこの物置でかくれんぼをしたことがあったのか、あるいはこの家に暮らしていた幼い母が、あるいは道世おばさんが、この物置で誰かに見つけられるのを待っていたのか。先ほど母親と電話で話していたときに感じたのと同じような、誰のものともしれない半透明の記憶が二重三重に折りかさなっていく奇妙な感覚が、息を吸うたび肺に溜まった。

梓は正面に両手を伸ばして、物置のなかをごくゆっくりと進んだ。やがて膝が、角張った冷たいものにぶつかった。手のひらで触れてみると、つるりと平らな側面にすこしひっこんだ細いみぞが格子状に走っているのがわかる。そのまま上方向に手を滑らせると丸みのある角に行きあたり、平面に沿って触れていくと、すぐに金属の手触りに変わった。さらに左に手を伸ばしてみると、今度は分厚いプラスチックの感触があった。みぞおちほどの高さのある、大きな桶らしかった。それからざらざらとした壁があり、ひんやりとした金属の突起に行き当たる。何か大きな機械の一部のようだけれど、周辺に手を添わせてみても入り組んだ複雑な部品の感触があるだけで、ぜんたいとしてどんな形状の機械なのかはまるで見当がつかない。

伸ばしていた腕を引っ込め、梓は風から身を守るように胸の前でぎゅっと交差させた。

湯冷めして、寒かった。もう出ようと振り返って一歩踏みこむと、裸足(はだし)の爪先が何かにぶつかり、量感のあるものがごとんと暗闇に倒れた。同時にシャッと、一瞬の通り雨のような涼しげな音が広がった。

梓は咄嗟に床に膝をつき、散らばったものを拾い集めようとした。伸ばした手に触れるのは、ごく細い、棒と紐の中間のようなしなやかさを持つ何かだった。料理に使う竹串かと思ったけれど、一本を拾って先から先までなぞってみると、竹串よりも柔らかく、ずっと長い。先端がちくりと指先を刺した。さらに腕を伸ばし、手のひらで冷たい床の感触を確かめた。目を凝らすと数本どころではない、数十本も、あるいはもしかしたら数百本も、通り雨をそのままかためたようなしなやかな何かが床一面に散らばっていた。

五．象の家

あっ、と思ったときには束の一本がつるりと指の股を滑り、握っていた細い伸子がいっぺんに三和土（たたき）に散らばった。

「またやったか」

振りむくと、頭に手ぬぐいを巻いたステテコすがたの祖父が笑っている。笑いながらもその手は止まらず、小屋の端から端に吊るされた縮緬（ちりめん）の反物の裏側に、次々伸子を打っていく。

博和は急いで膝をついて、散らばった伸子を集めにかかった。床に四つんばいになってみると、反物の裏に弧を描いて打たれた伸子がよく見える。この十分ほどで博和が打った伸子はたったの八本で、間隔はまちまちであるし、どの一本をとっても好き勝手な方向を向いていた。たいして祖父の手で打たれた伸子は間隔も均一で、みな反物をきっちり垂直方向にとらえ、同じ角度の弧を描いている。

博和はペタンとその場に尻をついた。拾いあつめた伸子を束ねているあいだも、祖父の手は反物の奥から手前へ無駄なく、規則正しく動きつづける。外からは耳にからみつくような蟬の声が聞こえた。暑さと焦りで、頭がぼんやりしてきた。

「一本を向こう側に刺すと、こっち側に一本勝手にピョンと飛び出してくるだろ。それをつかまえて刺す。目を瞑っててもわかる」

何度説明されても、その感覚はよく摑めなかった。握った仲子の一本を反物の向こうぶちぎりぎりのところに圧をかけながら刺す、すると祖父によれば、同じ仲子の逆端がひとりでにこちらに飛び出てくるはずなのだが、博和の小さな手のなかではこれがうまくいかない。なので毎回反物の裏をのぞきこんで、握った仲子の束のうちどれが奥に刺さっている一本なのか、目と手で確かめることになる。いちいち時間もかかるし、祖父の言う感触を求めてつい力んでしまう手が、こわばって動かなくなることもあった。

「できない」

拾いあつめた束をすりあわせながらつぶやくと、祖父は「そりゃそうだ」とまた笑う。

「じいちゃんは同じことを毎日何十年もしてきたんだからな。でもひろは、筋がいいぞ」

博和は腰を上げてふたたび反物の前に立ち、今度こそはと息をつめて握った仲子の一本を刺した。すこし体重をかけて押しつけてみても、手のなかでこれだとわかる感触はない。しかたなくまた反物の裏をのぞきこみ、束のなかからその一本を探りあて、今度はせめて、向きがまっすぐ垂直になるように刺した。そしてまた同じようにもう一本……。博和は吊るされた反物の真んなかあたりに立っていたけれど、左端から伸子張りを始めた祖父は、気づけばすぐ隣まで来ていた。

「飛びこすぞ」

言われてあわてて、新たな伸子の先を布に刺す。すると圧をかけすぎたのか、伸子がまた手を滑って、束がすべて床に散らばる。

「焦るなよ」

祖父はそれからあっというまに反物の端まで伸子張りを終え、頭の手ぬぐいをほどいてごしごし顔を拭いた。


九歳の博和が夏休みを田舎の祖父母の家で過ごすのは、これが三度目だった。去年はすぐ下の妹の純子も一緒だったけれど、今年は着くなり喘息(ぜんそく)が悪化して、そのまま母親に連れ帰られたきり戻ってこなかった。

祖父母の家には、母の年の離れた妹、博和にとっては叔母にあたる道世がいる。去年は頼まなくとも純子のままごと遊びにつきあってくれたけれど、今年は庭の物置小屋に閉じこもり、日中はほとんどそこから出てこない。来年高校を卒業したら東京に出て働くと決めたそうで、夏のあいだは小屋にこもって簿記の勉強に励むのだという。

ままごと遊びがしたいわけではなかったけれど、到着した当日、この若い叔母とは昨年のようにのんきに遊べないことを知って、博和は落胆した。道世はホオズキの実を笛にして鳴らすのがじつにうまかった。地元の小学生たちに交ざって水路でザリガニを取ったり鬼ごっこをして遊んでいるよりは、道世叔母と二人でホオズキを鳴らしているほうが、博和には楽しい。まだ生きているザリガニのぷっくりしたハサミをむしったり、青々とした田んぼに誰かの小さな弟を突きおとして笑っている日焼けした少年たちとは、なじまなかった。だからこの夏、博和の遊び相手になったのは四歳違いの妹の祥子だけだった。

「兄ちゃん」母屋の裏口から、その祥子が顔を出す。「じいちゃんが呼んでる」

おかっぱ頭の祥子は、俵のなかみを空にしてそのままかぶったような、丈の短い簡素なワンピースを着ている。日焼けして、真っ黒な髪はほつれ、裸足だった。ひと月以上一緒にいても、まだ見慣れなかった。やっぱり田舎の子だな、そう思いながら、ここに着くなり東京に帰ってしまった、病弱なすぐ下の妹の青白い肌を思いうかべた。博和自身も、日焼けするとすぐ赤くなって、ひりひり痛む肌質だった。

伸子小屋の外にいた博和は妹を手招きし、棒切れの先でいじくっていた地蜘蛛(じぐも)の巣を見せてやる。それからすぐそばに生えていたブタクサの茎を手折って渡すと、祥子はその柔らかい草を地蜘蛛に向けず、大きく振りあげて博和の腕をぺちんと打った。

「痛いな」

振り払おうとすると、おもしろがって余計に激しく打ってくる。

博和が四つのときに生まれたこの妹は、知らないうちに祖父母の家に預けられ、祖父母の手で育てられることになった。朝晩問わずに泣きわめいて、抱くとあんかのようにほかほかしていた赤ん坊が突然消えてしまった日のことは、よく覚えていない。気づいたときにはもう、祥子は家にはいなかった。母親は年に数日、東京と茨城の実家を行き来していたけれど、上の子どもたちを連れていくのは夏休みだけだった。この田舎の家で過ごす最初の数日、正直博和は、自分にも純子にも、ついでにいえば揃って色白の両親にもあまり似ているところのない活発な妹に、なんとなく腰が引けてしまうようなところがあった。毎日食べているもの、住んでいるところが違うだけで、同じ親から生まれてもこんなに違ってしまうことが、不思議だった。一年経つごとに妹は日に焼け、目鼻立ちがくっきりと浮き上がってきて、目を輝かせて絶えずうろうろ家や庭を歩きまわっているようすは可愛(かわい)いといえば可愛いけれど、見ようによっては腹をすかせた野生の仔猿のようで、なんとなく剣呑(けんのん)な感じがする。

妹のちゃんばら遊びにつきあいながら、博和は祖父に呼ばれているのを思い出して、棒切れを放り投げた。

「じいちゃんとこ、行ってくる」

博和は妹を残して裏口から母屋に入った。祖父は奥の広い畳の部屋で、手湯のしの文度をしていた。大きな湯のし釜の上に載ったT字形の銅の筒からは、うっすら蒸気が上がっている。

「ひろ、手伝ってくれな」

うん、いいよ、返事をすると、ちょうど祖母が絞りの反物を持って部屋に入ってきた。祖父と道具を挟んで、博和が反物の一方の端を持ち、もう一方を持った祖母が生地をすこしずつ引っぱっていく。真んなかの祖父は筒に開いた小さな穴から出る蒸気を生地に当て、表面の皺を伸ばし、幅を均一に指先で整えていく。火傷(やけど)の危険があるからといって、祖父はまだこの仕事を博和に教えてくれない。

毎年の夏、こうしてできる仕事を手伝っているうち、博和は祖父母の営む洗い張り屋の仕事を、おもしろい、と感じるようになっていた。着物の縫い目を解(ほど)いて、洗い、糊(のり)を塗って乾かし、仕立て直す。時間はかかるけれども、どの工程も理にかなったもので、それぞれ特別な音が鳴った。縫い目を解くときにはさらさらと布地が重なる優しい音、洗うときにはガシャガシャ騒がしい音、湯のしのときには蒸気が上がるシューッという音。テンターという電気式の湯のしの機械に厚い結城紬の反物を通すと、パリパリプツプツと、固定用の針が小さな太鼓のような明るい音を立てる。御召(おめし)や紬や銘仙(めいせん)の反物にそっと手をふれて感触の違いを確かめたり、意匠が凝らされた柄を間近に見ているだけでも嬉しかったし、何よりくたびれた着物が祖父母の手にかかって新品のようなぱりっとしたすがたを取り戻していくのを見ていると、博和自身も元気が出てくる。

　手にした反物の残りが短くなってくると、博和は端を持ったまますこしずつ祖父に近づいていった。穴から吹きでる高温の蒸気のせいで、祖父の額には汗が滲んでいる。向こうにいる祖母が、あっ、と驚いた顔をした。振り返ると、手を泥だらけにした祥子が障子の隙間からこちらをのぞきこんでいる。

「お団子」

　隙間からぬっと差し出された両手には、小さな泥団子が三つ、並んで載せられていた。どれも丁寧に紫色の小さな実で飾られているけれど、それは毒があるから触ってはいけないと言われているヨウシュヤマゴボウの実だった。

　あらおいしそう、祖母は布を持ったまま微笑むが、祖父は指先の布地から視線を外さない。

「祥子ちゃん、これが終わったらおやつにするから、お団子は外に置いて手を洗っといで。それからみっちゃんを呼んできて」

　隙間から団子が引っ込んだ。祥子はぺたぺた音を鳴らしながら、裸足で廊下を駆けていく。

「ねえじいちゃん」生地の上で尺取り虫のように動く指先をじっと見つめながら、博和は聞いた。「みっちゃん、ほんとに東京に来るの？」

「そうみたいだな」

「そしたら、うちに一緒に住む？」

「そうだな」

「みっちゃん、料理うまい？」

「なんだ、ひろは道世のめしをあてにしてるのか」

祖父は笑った。博和も一緒に笑ったけれど、みっちゃんが本当に東京の家に来て一緒に住んでくれたら、こんなに嬉しいことはないと思う。毎日宿題を手伝ってくれるかもしれないし、自分の知らない方法で母親を元気づけてくれるかもしれない、それにホオズキの鳴らしかたを、納得するまで教わることができる。

手湯のしの作業が終わると、居間でお茶の時間になった。祖父母と道世と祥子、四人と一緒にちゃぶ台を囲み、麦茶を飲み、ウエハースをほおばっていると、博和は明日迎えにくる母親と東京に帰るのがたまらなく憂鬱になってくる。東京から田舎に向かう道ゆきでは、母親はいつもやけに明るくふるまった。喉が渇く前に甘いジュースを買ってくれたし、ズックが汚れていることに気づくと、水に濡らしたハンカチで汚れを拭きとってくれた。それなのに田舎から東京へ戻るとなると、とたんに静かに、無口になる。そして家に帰ればすぐにくたびれたと言って、「母ちゃんの部屋」でぐったり寝付いてしまう。建築会社に勤める父親の帰りは毎日遅かったから、母親のぐあいが悪いときには博和と純子が自分たちでどうにか食事の準備をした。時々、小暮のおばさんという父親の親戚筋のひとが家事を手伝いにやってきたけれど、母親はこの女性を嫌って、おばさんが来ているときには一歩も部屋から外に出なかった。

「おばあちゃん、ゴロンして」

口の周りを食べかすで汚した祥子が、祖母の丸い背中に寄りかかった。祖母がさっとからだを前に引くと、祥子のからだはゴロンと畳に転がる。何がおもしろいのか、一度始めると祥子は何度も何度もこの「ゴロン」を祖母にせがむのだった。畳に転がされるたび、お腹をよじらせて大笑いしている。祖母も飽きずにかけ声をかけながら、何度も同じことを繰り返している。

眺めているといきなりパチンと腕を叩かれて、わっ、と声が出た。叩いたのは隣にいた道世だった。

「ごめんね。蚊がいたから」

博和の腕でつぶれた蚊を布巾でぬぐいとると、道世は血で汚れた自分の手も同じ布巾で拭いた。

「蚊取り線香、終わってる」

つぶやいた道世が立ち上がると同時に、後ろに垂らしている長い三つ編みが揺れた。畳に転がっていた祥子はあとをついていって、道世が縁側近くの蚊取り線香の灰を片付け、新たな一巻きに火をつけるのを隣でじっと見ていた。祖父はいつのまにか畳に横になり、寝息を立てている。祖母はちゃぶ台に片肘をついて頬を支え、もう片方の手に持ったうちわで自分に風を送りながら、やはり目を閉じている。

このままずっと、時間がゆっくり過ぎますように、できるだけ今日という日が長引いて、できるだけ長く、この四人とここでこうしていられますように。

博和は何か大きなものに祈りながら、一人で黙々とウエハースを食べつづけた。何か大きなものというのは、博和の心のなかにいつもあった。そびえたつような、山のようなもの、心の内側に深く根ざしてはいるけれど、そこから突き抜けて手の届かない遥か高いところにまで届くもの。かみさま、と呼んでみたこともあるけれど、その呼び名はなんだか大袈裟に感じられて、しっくりこなかった。それは名前をつけるにはあまりにもかたちがはっきりしなかったし、とにかくばかでかいということしか、特徴がない。障子の向こうの母親が呼んでも返事をしないとき、ベーゴマで遊ぶ男子の輪にも、人形で遊ぶ女子の輪にも入れないとき、夜に目が冴えて眠れないとき、博和はいつもこの大きなものに話しかけたり、これがいったいいつからどういうわけでここにあるのか、そのぼんやりした影に目を凝らして、じっと考えてみたりするのだった。

ごめんください、突然表から声がした。祖母は目を開けて立ち上がり、瞼をこねるように揉みながら、居間と障子を挟んでひと続きになっている店の座敷に行ってしまった。

祖父もまたからだを起こし、便所に立った。道世はちゃぶ台の上に雑誌を広げていたけれど、頬杖（ほおづえ）をついて顔をうつむけているので、読んでいるのか寝ているのかはっきりしない。祥子は床の間に飾ってあった祖母手製の指人形を十本ぜんぶの指にはめ、一人遊びをしている。ほんの数秒前までは、何をしていようとここにいる全員がきゅっと同じ透明の玉のなかにまとまっているように思えたのに、不意の来客のせいで急にその玉が破れ、皆がばらばらに流れ出してしまったような気がした。

しばらくして戻ってきた祖母の手には、桜色の風呂敷包みがあった。

「祥子ちゃん、きれいなおべべが来たよ。見てごらん」

人形に何か喋らせていた祥子は振り向き、「どれ?」と目を細める。

「祥子ちゃんより、ちょっとお姉さんのだけどね。坂本（さかもと）さんのところの、お孫さんのお祝い着」

風呂敷包みのなかには、桃色の四つ身の着物が入っていた。祥子は駆けよって祖母の肩に体重を預け、なかを覗き込んでいる。きれいねえ、祖母は着物を広げ、祥子のからだに当てた。傍の博和の目には、野生の仔猿めいた佇（たたず）まいの妹に薄い桃色や牡丹（ぼたん）の花柄はあまり似合わないように見えたけれども、祖母はまあ可愛らしいと喜んでいる。

「ちょっと、汚れるよ」

雑誌から目を上げた道世がさっき博和の腕を拭いたのと同じ布巾で、祥子の口もとと手を拭った。祖母は祥子を縁側近くの姿見まで連れていって、着物をふわりと羽織らせた。

「やっぱり、まだ小さいね。祥子ちゃんがもうすこし大きくなったら、ばあちゃんがきれいなおべべを作ってあげるからね」

「ばあちゃん」博和は思わず口を挟んだ。「その着物、うちで洗うの？」

「そう。きれいな着物だね」

「僕がやってもいい？」

「あら、ひろが洗ってくれるの」

「うん。僕がやる」

「ひろ、明日母ちゃんが迎えにくるんだろ」

便所から戻ってきた祖父が、脱いだシャツで汗を拭きながら言った。

「順番があるからな。明日は無理だ。また今度だな」

「明日は駄目なの？」

「駄目だ」

着物を脱がせようとした祖母の手をするりと逃れ、祥子は畳の上を駆けまわり始める。小さなからだが布に埋もれて、巨大な桃色の蝶々が部屋を飛びまわっているようにも見える。

夕方になると祖父母は揃って浴衣に着替え、町内会の集まりに出かけていった。

明日の出発に備えて荷物をまとめておくよう言われたけれど、博和はどうしても気が向かず、結局裏庭に出て妹の泥団子遊びにつきあうことにした。

人形遊びでもままごとでも、祥子がする遊びにはどこか投げやりなところがあったけれど、泥団子作りにかけてはいつも強いこだわりと集中力が発揮された。シャベルで掘り返した土にすこしずつ水を注ぎ、よくこねて、手のひらでくるくる丸めて葉っぱや木の実で表面を飾る。ちょっとでもかたちが崩れたものは、最初からやりなおしになった。公園で集めてきた大きなスズカケの葉に並べられる祥子の団子は、和菓子屋の店先に置かれていても不思議ではないほど、つやつやと照りがあってうまそうだった。

「祥子は大きくなったら、団子屋になれるね」声をかけると、「兄ちゃんもやって」まだかたちにならない土の塊を手のひらに押しつけられる。

「団子屋になるんだったら、学校の前に店を持つといいよ。子どもがみんな来るから、すごくもうかるよ」

「ならない」

祥子はふてくされたように言った。

「じゃあ祥子は、何になるんだよ」

「洗い張り屋」

「じいちゃんとばあちゃんみたいな?」

「うん」

ふうん、鼻を鳴らして、博和は手のなかの土を丸め始めた。手のひらをすりあわせているうち、土の塊は先が尖った、細長い駒のようなかたちになった。不格好な団子を、博和は妹の作った真ん丸の団子の隣に置いた。

「いいな。祥子は、ずっとここにいられて」

祥子は黙って、手のなかの団子を丸めている。

「祥子。ほんとは東京の家に帰りたい？」

祥子は手のひらを開き、丸まった団子をつぶした。それから聞き取れない独りごとをもにゃもにゃ呟いたあと、ひとつまみ土を足し、また手を動かし始める。

「ねえ祥子。交替しようよ。兄ちゃんはここに残るから、祥子は明日、母ちゃんと帰ればいいよ」

いやだ、祥子はうつむいたまま小声で言った。

「なんでだよ。家に帰りたくないの？」

するとと妹は首を横に振った。

「ほら。だったら……」

「ばあちゃんが、おべべくれるって言った」

顔を上げた祥子は怒ったような表情で、母屋のほうを振り向いた。博和は思わず肘で妹の肩をちょっと小突いた。すると祥子はそのまま後ろにコテンと倒れてしまった。泣くかと思ったのに、祥子は泣かなかった。一瞬何が起きたのかわからないような顔をしていたものの、すぐに鼻の穴を膨らませ、兄を睨みつけた。博和は起こしてやろうとしたけれど、団子を丸めた手は泥だらけだった。ためらっているうち自力で起き上がった妹の顔を見ていたら、なぜだか自分のほうが打ち倒されたような気持ちになった。

「喉かわいたな」

博和は祥子を残して裏口から母屋に入った。台所の流しで手を洗い、祖母が煮出して作った麦茶をやかんの口からじかにごくごく飲む。裏庭に戻る気もしなければ、帰り支度をする気にもならなかった。縁側から道世の小屋でものぞいてみようかと思ったとき、畳の上で結び目を解かれたままの風呂敷包みが目に入った。

博和は包みのなかに指先を差し入れ、着物の生地をつまんで、ゆっくりと持ち上げた。それから肩上げされている縫い目を指でなぞり、手のひらぜんたいでそっと生地を撫でてみた。さらさらとなめらかな絹は、砂のように指の股から流れおちていきそうだった。こんなきれいなものがどうやって人間の手で作られているのか、見当もつかない。あまりにもきれいなので、これは花や空なんかと同じものでできていて、つまりは糸を染めたり織ったり縫ったりしたひとなど誰もいなくて、最初からこの着物のすがたで世に生まれ落ちたのではないかと思えるほどだった。想像は際限なく膨らんでいった。ひょっとしたら、この着物は人間がまだこの世に存在していなかった時代からひっそり生き長らえてきたのかもしれない。その秘密の着物が、今日になってどういうわけだかこの家に運ばれてきたのだと思うと、博和はいてもたってもいられなくなった。姿見の前に立つと、淡い桃色は日に焼けた妹の肌よりも自分の肌色にしっくりなじんでいるように見えた。快い手触りに誘われるがまま、博和は着物を羽織った。後ろめたさと喜びが一瞬争って、すぐに喜びが全身を満たした。鏡を覗き込むと、心臓が激しく鼓動を打ち始めた。これは僕の着物だ！　あまりにも強い確信がからだからあふれだして、しっかり足の裏を畳に踏ん張っていないと、いまにも宙に浮いていってしまいそうだった。

するとリリリリリと突然電話のベルが鳴り出して、博和は本当にその場に飛び上がった。

あわてて着物を脱ぎ捨て、帳場に置かれた黒電話を取ると、「博和？」覚えのある声が聞こえてくる。

母ちゃん？　そう言ったつもりが、驚いて声が出なかった。

「博和でしょ？　おじいちゃんかおばあちゃんは？」

「いま、いません」

つい癖で、そう言ってしまった。母親は電話口の向こうで笑った。

「やあね、母ちゃんよ。声でわからない？　おじいちゃんたちはどこ行ったの？」

「じいちゃんたちは……町内会」

「ああそうなの。でもすぐ帰るでしょ？」

「たぶん」博和は口に溜まった唾を飲み込んだ。「母ちゃん、どうしたの？」

「母ちゃんね、いまどこにいると思う？」

いやな予感がした。家、家でしょ、答える前に、「いま電車で駅についたところ」母親は言った。

「これからそっちに行くけど、お寿司でも買ってこうかと思って。おばあちゃん、まだ夕飯の支度してない？」

「してない。母ちゃん、いまから来るの？」

「じゃあお寿司買ってくわね。次のバスに乗っていくから、おばあちゃんたち帰ってきたら、そう言っておいて」

「今日、泊まってくの？」

「ううん。今晩のうちに帰るわよ。支度はしてある？」

「してないよ。でも、帰るのは今日じゃなくて明日だって……」

「明日は純子ちゃんが退院することになったから。いっぺんに二人も迎えにいけないでしょ」

「純子が？　入院してたの？」

「そう、してたの。祥子ちゃんはそこにいる？」

「いるよ。庭にいる」

「良かった。祥子ちゃんにお土産持ってきたの」

博和の返事を待たずに、電話は切れた。ガチャンと音を立てて受話器を置くと、博和はまっすぐ裏庭の妹のもとに行った。スズカケの葉の上には、丸い泥団子が碁盤目に置かれたようにきれいに並べられている。

「母ちゃん、今日来るって」

博和が声をかけると、祥子は無言で顔を上げた。

汚れた手で顔を搔いたのか、妹の頰にべったり泥がついている。手だけではなく、肘から肩にかけても土で汚れていた。

「祥子にお土産持ってくるって」

「手、洗わないと。母ちゃんに怒られる」

博和は妹を洗面所に連れていき、濡らしたタオルで顔と腕を拭いてやった。俵のようなワンピースを脱がせて、棚の上に畳んであった水色の、より清潔そうなものを着せた。ついでに髪をとかしてやり、手を出させて伸びた爪を切った。

「母ちゃんが来るんだから、いい子にしてなきゃだめだぞ」

　祥子は不服そうな顔でうなずくと、洗面所を出ていった。博和は汚れたタオルをすすぎ、自分の顔も拭いた。念のために歯も磨かせておこうと思いついてあとを追っていくと、居間の姿見の前で祥子がしゃがんでいるのが見えた。畳には桃色の着物が脱ぎ捨てられたままになっていて、なぜだか細い煙が立っている。まずいと思った瞬間、

「あっ、祥子ちゃん、どうしたの」

　縁側から道世の声がした。道世は外履きのまま畳に上がってきて、祥子のからだをぐいと引いた。

「駄目、危ない」

　道世は着物をつまみあげて、バタバタと宙に振った。その裾のあたりが小さく真っ黒に焦げているのが博和の目にもはっきり見えた。道世は台所に走った。畳の上では、蚊取り線香が煙を立てている。

　すぐに台所から、水の音が聞こえてきた。博和と祥子はその場から動けず、離れたところからただじっと互いの顔を見ていた。博和の顔は熱くなった。心のなかの、あの得体のしれない大きなものが上にではなく横方向にどんどん膨らんで、すこしでも動いたらパンと破裂してしまいそうだった。顎を引いて自分を眇（すが）めている祥子の目が、それまでになく母親そっくりに見えた。

博和は裏口から外に飛び出し、しばらくのあいだ無我夢中で路地を走った。逃げたのだと気づくまで、すこし時間がかかった。着物の焦げ跡が目に焼きついて離れない。あの焦げ跡が腹のなかに移ってきて、自分をじわじわ内側から燃やしていくような、熱くて冷たい痛みがあった。このまま走り続けて、一人で東京の家に帰れたらいいのにと思った。そうして自分の足で、一人きりで何日もかけて、頑張って歩いて帰った家には、父親がいて、母親がいて、二人の妹がいる。父親は祖父のようなくつろいだ格好をしてホオズキを鳴らしている、母親は端切れと綿で指人形の作りかたを教えてくれる、上の妹は咳をせずににこにこしている、下の妹は日焼けした顔でただそこにいる。そんな家ならいつだって帰りたかった。その次に帰りたいのは祖父母のいるあの家だけれど、こうやって一度逃げ出してしまった以上、もう戻ることなどできそうになかった。

苦しさが限界に達して、ようやく足を止めたときには周りは見覚えのない家ばかりになっていた。肩で息をしながら歩き回るうち、三叉路の細い路地を進んだ奥に、深緑色の木々が生い茂る小さな神社を見つけた。境内には誰もいないようだった。博和は鳥居をくぐって、冬眠する動物が一冬を無事に越せるような秘密の場所を探した。一冬どころか、家をなくした自分はそこにこれから一生住むことになるかもしれないと、すっかり思いつめながら。小さな社殿の裏に廻ると古い井戸があって、その後ろに幹の太いスダジイの木がそびえたっている。さらに木の後ろに廻ると、根本にちょうど尻がすっぽり収まりそうな窪（くぼ）みがあった。そこに腰かけ、ヒグラシの鳴き声を聞きながら荒い呼吸を整えた。

境内の緑はみっしりと濃くて、夕焼けの空を完全に塞いでいる。背中や尻に当たるひび割れてごつごつした木肌は、乾燥した大きな動物の皮膚のようだった。

この大きな木はむかし象だったんじゃないかな？　唐突な思いつきに、博和は不思議と安堵した。自分はむかしこの象の子どもだったんだ、だからこの木と自分のからだはいまこんなにもぴったりくっつくんだ。博和は痛む腹を両手で押さえ、窪みに抱かれながら、象の親子が暮らす家を想像した。


「博和、どこ行ってたの」

ミルク色のワンピースを着た母親の丸い顔は、電灯に照らされて一瞬のっぺらぼうのこけし人形に見えた。

不安に耐え切れず、結局こうしてとぼとぼ帰ってきてしまった自分を情けないと思いながらも、博和は自分が笑みを浮かべていることに気づいた。祖父母と妹が囲むちゃぶ台の上には寿司桶が三つ並べられていたけれど、箸はつけられていない。母親は縁側にかがみ、博和の肩を摑んだ。

「母ちゃん、迎えにいくって電話したじゃない。なんで待ってないの」

ごめん、つぶやくと母親は博和の頬を手で挟み、下瞼を引っぱって目の色を見たり、耳たぶを引っぱって耳のなかを覗き込んだりした。されるがままになっているすがたを祖父母と妹にじっと見られているのを感じて、博和はからだを振って母親の手から逃れた。

「こんなに暗くなるまで帰ってこないで。みんな心配するでしょ。帰りの電車もなくなっちゃう」

「今日は泊まればいいじゃないの」

祖母が言うと、「ううん、今日どうしても帰るの」母親は祥子がだだをこねるときのような口調で返した。

「博和」博和の肩に再び手が置かれた。「祥子ちゃんがお客さんの着物を焦がしちゃったんだって。お兄ちゃんなんだから、いつも近くにいて、悪さしないか見てあげてないとだめでしょ。博和がちゃんと……」

違うよ、僕が……反論しかけたところで、「子どもにそんなこと言うな」と祖父が割って入った。

振り向くと祥子は祖父母のあいだに座り、上半身を祖母にぴったり密着させている。博和は目を合わせることができず、祖母の腕を摑むその手の、自分がきれいにしてやった小さな爪ばかり見ていた。

「でもお父さん、お客さんの大事な着物なんでしょ。帰りがけにあたし、やっぱりそのお客さんのところに行って、謝ってくる。そうしないと気がすまないもん」

「お前がそんなことしなくていい」

「駄目駄目、祥子も連れていかないと。ね、祥子、悪いことをしたときには、ちゃんと謝らないと……」

「祥子はもう謝った」祖父が言った。「いいからもう、ひろ連れて帰ってやれ。明日早いんだろう」

「でもお父さん、悪いことをしたときには……」

「いいから、帰れ」

謝る、謝らないで祖父母と言いあっているあいだ、母親はずっと博和の肩を摑んだままでいた。だんだん指が食いこんできたけれど、博和はその指を振り払わなかった。祥子じゃなくて、僕なんだ、僕のせいなんだ、言いかけたその言葉が、肩から押し込められて、腹の底に沈み込んでいく。祥子はうつむき、ちゃぶ台の寿司桶を見ていた。腹が減ってるんだな、そう思ったとき、博和自身もその場に倒れこみそうなくらいの空腹を感じた。足の裏のほうからぐにゃぐにゃと力が抜けて、肩を摑む母親の手だけを頼りに、博和はそこに立っていた。

荷物はもうまとめられていた。ひと夏ぶんの着替えや宿題のノートが大きな鞄に入れられて玄関に置かれており、その隣に派手な紅色の風呂敷包みが立てかけられている。パンプスに足を入れた母親はその包みを小脇に抱え、空いているほうの手で祥子の肩を正面から摑んだ。

「祥子ちゃん、いい子にしててね。もうお客さんの着物には近づいちゃ駄目」

祥子は口を一本に引き結んでうなずいた。ほら、博和もおじいちゃんたちに挨拶しなさい、そう言われて口を開いたものの、上がり框（かまち）に並んでいる祖父母と妹の顔を前にすると、何もことばが出てこない。

「姉ちゃんたち、もう行くの？」

奥から道世の声が聞こえたような気がしたけれど、そのときにはすでに二人は玄関の戸の外にいた。

来たときより重い鞄を提げて、博和は母親のあとを追った。母親はワンピースと同じ色のハンドバッグと風呂敷包みを抱え、子どもには聞き取れないことばを小声でぶつぶつつぶやいている。

「博和」もうすこしでバス停に着くというところで、母親は急に足を止めた。「やっぱり、あのお客さんの家を教えて」

「……あのお客さん？」

「ほら、祥子が焦がした着物のお客さん」母親はハンドバッグの口を開け、鏡を取り出して乱れた髪を直した。「だって母ちゃん、やっぱり謝らないと気がすまないもん。どこなの、そのおうち」

「僕、知らない」

「だいたい見当つくでしょう。このへんで、あのくらいの女の子がいるおうち」

「わからないよ、僕……」

母親は鏡をしまい、風呂敷包みを抱えていた左手の先にハンドバッグを引っかけ、空いた右手で博和の手をとった。

「連れてって」

博和はもと来たほうを振りかえった。このひと月のあいだ、ほとんど家のなかで祖父母の仕事を手伝っていたのだから、このあたりで小さな女の子がいる家など一軒も知らない。それなのに気づけば母親に引っぱられるように、博和は住宅街の路地を早足で歩きだしていた。

「せっかく母ちゃんが、着物を買ってきてあげたのに」息を切らしながら、母親は言った。「これじゃあ、何にもならない」

博和ははっとして、母親のからだの向こうに見え隠れする風呂敷包みを覗き込んだ。

「それ、着物なの？　そのなか……」

「このあいだ来たとき、祥子ちゃんがおべべほしいって言ってたからね、東京の知り合いに頼んで仕立ててもらったの。でもよその家の着物を焦がした子に、ご褒美みたいに真新しいきれいな着物をあげるなんておかしいでしょ。母ちゃんね、そのおうちの子に、お詫びにこれを代わりに受け取ってもらおうと思うの。あんな豪華なお祝い着じゃないけどね、これだってすごくいい着物なんだから」

「でも母ちゃん、祥子は……」

「おじいちゃんおばあちゃんが甘やかしすぎてるのね。母ちゃんがちゃんとした母ちゃんじゃないから。でもそれでも、母ちゃんはあの子の母親なんだから、きちんと謝らなきゃ」

汗ばんでくる母親の手にぐいぐい引かれ、博和の脚はいまにももつれそうだった。カツカツと夜道に響くパンプスの踵の音が、からだのなかから聞こえる心臓の鼓動と重なったりずれたりした。垣根の向こうに女の子の声が聞こえたり、庭先にままごとで使う使い古しの茶碗が並んでいたりするのを見つけるたび、「この家は？」母親は立ち止まり、博和は首を横に振った。このまま際限なくこんなことを繰り返していたら、夜が明けてしまいそうだった。二人ともくたびれて歩けなくなってしまう前に、どうにかしてまたあの神社まで辿りつけないものか、あの境内のスダジイの木の窪みで一晩からだをくっつけあって過ごしたら、母ちゃんも思い直してくれるんじゃないか……博和は懸命にそう祈っていたけれど、歩けども歩けども目に入るのは誰かの家ばかりで、あの三叉路も神社も現れてはくれなかった。

「もういい」

　母親が急に足を止めたので、博和はつんのめりそうになった。

「母ちゃん、くたびれちゃった」

「母ちゃん」博和は乱れた呼吸にあえいだ。「あのさ、あの着物は……」

「もう何も言わないで。なんだか頭が痛い。踵にもまめができちゃったみたい。もう遅いから帰らなきゃ。バス、バスに乗ろう」

　それまでは誰とすれちがっても会釈一つしなかったのに、母親は角から出てきた犬連れの女性に小走りで近寄り、停留所までの道を尋ねた。いつのまにか、つないだ手は離れている。歩き出した母親のあとを、博和はまた必死で追った。

　電車の駅へ行く最後から二本目のバスが、もうすこしで到着するところだった。母親は明かりのない停留所のベンチに座り、苦しげに肩で息をしながら風呂敷包みを横に置いた。

「あとちょっと」膝の上のハンドバッグをぎゅっと腕で抱え、母親はひとりごちた。

「あとちょっとの我慢だから……純子の喘息が良くなったら……母ちゃんがいつも元気でいられるようになったら……だって母ちゃんはまだ、小さな子の面倒をずっとは見てられないんだから」

母ちゃん、そう声をかけても、母親は自分の足元から目を上げない。もう一度呼びかけると、「ね、あとちょっとなんだから」と今度は深く目を覗き込まれた。

「あとちょっと。博和もあとちょっと、学校のお友だちと仲良くしないとね。気の合う子がいないからって、誰とも口きかないなんておかしいでしょ。母ちゃん、もう先生に注意されるのいや。ほら、そうやって黙ってると怖い顔になる。にこにこして、みんなと仲良く勉強して」

「着物、あの着物は……」

「祥子はまだ小さいんだから。ちっちゃい子は、誰かがちゃんと見てないと駄目なの。ただ母ちゃんはまだ、いろいろ具合が悪いから。祥子もちゃんとそれをわかってくれてる。今日もおばあちゃんにべったりだったじゃない、でもあれじゃあ、あたしを怖がってるみたい」

それから母親はまた大きく息を吸って、それからは吐息と判別しがたい、不明瞭な言葉をつぶやき始めた。

バスが近づいてきた。

母親は立ち上がって、運転手に手を上げた。

プシュウとタイヤがつぶれるような音を立てて、バスのドアが開く。母親の手に引かれ、博和はバスに乗りこんだ。ステップを上がって何気なく振り返ったとき、あの風呂敷包みがベンチに取り残されていることに気がついた。博和は母親の手をほどき、閉まりかけのドアに突進した。ぎりぎりの間合いで外に出ると、博和は風呂敷包みを抱きかかえて振り返った。

バスの通路に立っている母親は、ガラス越しにこっちを見ている。ガラスに反射する光のせいか、その顔はいまにもばらばらの破片になって、剝がれ落ちていきそうに見えた。再びバスのドアが開いた。帽子をかぶった運転手が眉をひそめて「早く乗りなさい」と言った。

「博和!」後ろで母親が呼ぶ声が聞こえたけれど、博和は駆け出した。包みをしっかり脇に抱えて、自分がいまいちばん帰りたい家に帰るために、必死で暗くて硬い地面を蹴りつづけた。

六．泥　棒

　来客を告げるインターフォンのチャイムが二度繰り返し鳴っても、灯里は手を止めなかった。

　平ゴムに刺した安全ピンを、袖口を折り返して作った細い通り道にくねくね通していく。藁（わら）半紙にコピーされた手順書によると、出てきたピンからゴムを外して両端を結べば、ドレスの袖はかわいくふくらんだちょうちん袖になるという。

　すこし間をおいて三度目にチャイムが鳴ったのは、難儀しながらやっと袖を一周させた安全ピンからゴムを外そうとしているときだった。無視していると、カウンターの充電器に差してある電話も鳴り出した。首を伸ばしてリビングの壁にあるインターフォンの四角い画面を見やると、帽子をかぶったいつもの宅配業者ではなく、べつの誰かが映っている。チャイムの音も、電話の呼び出し音も、やまない。どちらにせよ居留守をするつもりで近づいてみると、映っていたのは妹だった。風に髪をあおられ、電話を耳に当て、カメラの位置から微妙に外れた何かを真顔でじっと見つめている。

「あっちゃんじゃん」

ドアを開けるとものすごい強風が流れこんできて、背後でリビングのドアがばたんとしまった。妹は「あ」と小さく声を漏らし、電話を耳から離した。

「いないかと思った」

開かれたドアから逃れるように、梓は二歩後ずさる。いきなり訪ねてきたくせに、逆に突然の来客に不意をつかれたような、迷惑そうな表情を浮かべている。

「どうしたん、急に」

「べつに、用事はないんだけど、ちょっと……」

「上がれば。今日、風すごいね」

灯里は妹の腕を摑んで、沓脱ぎに上がらせた。梓は表面がぼこぼこ歪(ゆが)んだ薄っぺらなボストンバッグを床に置き、ハイカットのコンバースの紐を解く。明らかにサイズの大きいチェスターコートを脱がせると、なかは思い立ってそのまま家から出てきたような、グレーのトレーナーにジーンズ姿だった。

まさか家出してきたとか？　灯里はすばやくそのばあいの段取りを計算し、夕飯は得意な粉もの料理でもてなし、風呂はいちばんに入らせ、義父母が訪ねてきたときと同じように和室に寝かせようと即決する。

「亜由ちゃんは？」

「亜由は幼稚園。二時にお迎えだから、もうすぐ帰ってくるよ。手、洗う？」

「うん。洗うとこどこ？　この家、いっぱい入るとこあるね」

　梓の言うとおり、玄関から南側のリビングダイニングキッチンまで続く廊下の左右には、一つの襖と四つのドアがある。灯里はそのうち玄関からもっとも近い左側のドアを開け、洗面台の温水レバーを引いてやった。妹が手を洗っているあいだ、廊下のボストンバッグをリビングまで運んで、食事をするテーブルの、窓際の椅子の脚元に置く。見た目より軽い、持ち手の革がすりきれたその陰気な枯れ草色のバッグには、どうも見覚えがある。もしかしたらお母さんのだったかもと思っていると、濡れた手をうちわのように振りながらリビングに入ってきた妹が「それお母さんのだよ」と言う。

「だよね。なんか見覚えあると思った」

「お姉ちゃん髪切った？」

「切ってないよ」

「短くなった気がする」

「気のせいだよ。あっでもちょっと待って。最後に会ったのっておばあちゃんの四十九日のときだよね？　じゃあ切った。そういえば夏休みの終わりに切ったんだわ。やってもらってる美容師さんのお母さんが、どこかのお寺のご住職と再婚したって話聞いた。その話、してないよね？」

「うん、してない」

「結婚式がど派手でさ、引き出物が小さい米俵だったんだって。披露宴ではこんなおっきい犬の置物が当たったりして。でさ、その住職の家の家具がまたいろいろものすごいそうでね、イルカの絵とか何百万もするソファとか、わけわかんない骨董品だらけで、うっかりお茶こぼせないって」

「これ何？」

妹はテレビの前のローテーブルに近づき、袖から安全ピンがのぞいた中途半端な状態の、白いドレスを見下ろした。

「それは亜由のお遊戯会のドレス。来月なんだけど、メリー・ポピンズ踊るの。衣装の提出日が明日だから、今日じゅうにどうにかしないといけなくって」

「手作りなの？　すごいね」

「ミシン買うの面倒くさくて、ぜんぶ手縫い。超手抜きだから、一回着たら壊れると思う」

「作業中だった？　じゃましてごめんね」

「いいよべつに。お茶飲む？」

言いながら脱ぎっぱなしのスリッパに足を入れ、また脱いだ。なかが湿っている気がする。バスマットと一緒に丸洗いしたいけれども、ここのところ曇天が続いたのでシーツやベッドパッドなんかの大物はぜんぶ後回しになっていた。でも梓が来るとわかっていれば、来客用のシーツはぜひ洗っておきたいところだった。

夜のうちにいきなり季節が変わってしまったのか、天気予報では西高東低の気圧配置が示され、朝からずっと、乾いた北風が吹きすさんでいる。洗濯物を乾かすのは太陽ではない、風なんだとむかし母親が言っていた。灯里もそのとおりだと思っていて、特に今日のような力強い風が吹く日には、露天商のようにベランダじゅうを洗濯物で埋めつくさないと気が済まない。

「何この音?」荷物が置かれた場所、キッチンカウンターの前のテーブルセットに窓を背にして座った梓は、不審そうに横の壁を見ている。「お隣さん?」

「違うよ。うちの洗濯物。ベランダでハンガーがこっちの壁にごんごん当たってるんだよ、風強いから」

そうなんだ、つぶやいた梓は視線を落として、手前のガラス戸棚に飾ってある家族写真を眺め始めた。あっちゃんが来るのは久々だ、何回目だっけと考えながら来客用のティーカップを軽く水で流していると、また考えを読んだかのように「ここに来るの三度目」梓のほうから言ってくる。

「前はお父さんとお母さんと来た。亜由ちゃんがまだ赤ちゃんだったころ。写真増えたね。これ、亜由ちゃんが作ったの?」

梓が指差しているのは、「おとうさんありがとう」と飾り文字で書かれた横長の写真ボードだった。文字のまわりを、亜由とその父親のツーショットがぴったり十枚取り巻いている。

「ううん、あたしが作った。去年の父の日に。力作でしょ」

「すごいね。亜由ちゃんが作ったみたい」

「紅茶出そうと思ったけど、やっぱり緑茶飲みたいかも。緑茶でいい？」

「緑茶でいいよ」

「お父さんとお母さん元気？」

「元気だよ」

「最近お母さんから電話来ないな」

「家のなかだと、もうあんまりみんな喋んないよ」

「あっちゃんはまだ実家にいるん？」

「いる。お姉ちゃんがいま着てるシャツ、このシャツと同じ？」

梓は写真のうちの一葉を指差した。写真のなか、青い海を背景にして夫と寄り添ってカクテルグラスを傾けている新婚時代の灯里は、確かにいま着ているのと同じ、七分袖の黒いシャツを着ている。せっかくの南の島への新婚旅行なのに、どうしてわざわざ、法事みたいな格好しちゃってるんだろう……五年後のいま、すっかりくたくたの部屋着になりさがったそのシャツを着てカウンター越しに写真を眺める灯里は、他人事のようにそう思う。

「これはいつの写真?」

　ものめずらしげに梓が棚の写真を一枚一枚指差すので、灯里は正面に座って急須の茶を湯のみに注ぎながら、それがいつどこで撮られた写真なのか、ざっと説明していった。ぜんぶ説明しきったところで「それで梓はいま、何やってるん」直截に聞いてみると、「べつに何も」妹はまだ写真の棚から視線を外さずに答える。

　失恋のショックを引きずり人生全般にやるきを失っているというのが、ひと月前に電話で聞いた母親による見立てだった。確かに目の前の妹は、希望にあふれてやるきに満ち満ちているという状態ではなさそうだ。でもべつに、昨日今日でこうなったわけではない。いつも淡々としていて感情の起伏に乏しいのは、子どものころから変わらない。あおって挑発すれば乗ってくるけれど、黙りこんでいることも多くて、だいたい何を考えているのかわからない。それでいて妹というのはいくつになっても可愛い。

「お義母さんからおいしいトマトもらったんだけど、食べない?」

　そう聞いてみて唐突に、二人がまだ小さかったころ、この妹の発案で、家の冷蔵庫から盗んだトマトを庭の隅に埋めたことがあるのを思い出した。どういうわけだかそうするのがトマトのためになるという話になって、埋めた土の上に醬油とみりんと砂糖で作った合わせ調味料を毎朝こっそりかけにいったのだ。そういう遊びを数えきれないほどした。二人で発明した遊びをどこまで覚えているか、順番に思い出していったら楽しいだろうと内心では思っているのに、「型紙班が本を見て型紙を起こしてね、それをみんなで順番に写し取って、布班がオカダヤで生地を買ってきて、めんどうくさいったら……」トマトを切りつつ口から勝手に流れ出してくるのは、子どものお遊戯会のために明日までに完成させなくてはならないドレスについての愚痴なのだった。

窓辺の妹はテーブルで爪の甘皮をいじくりながら、うんうんうなずいて聞いている。銀色の輪が連なった大きなイヤリングが、赤みを帯びた耳たぶから重たげにぶらさがり、風の音を気にして顔を後ろに振り向けたり、首を傾げて前髪を直したりするたびに、かちゃかちゃ音を立てる。部屋着のような気の抜けた格好をしているわりに、薄い眉毛はきれいにかたちをとってペンシルで描いてあって、すこし吊り上がり気味の目の曲線を引き立てていた。痩せたのか太ったのかはわからないけれど、夏の四十九日で会ったときとはなんだか印象が違うと思った。

「こないだ道世おばさんちに行ったよ」

テーブルにトマトを出すと、愚痴の途中に、滑りこむように梓が口を開いた。

「え？　何？　道世おばさんち？　お母さんと？」

「ううん。一人で泊まってきた」

「へえ。なんで。おばさん元気だった？」

「元気だった。着物取りいったの。着物。法事のとき話してたでしょ」

「そうなの？　知らない」

「子どもの着物だったから、お母さんが亜由ちゃんにあげようって。これ、持ってきた」

梓はからだをひねり、床のボストンバッグを開けて、褪せた藤色の風呂敷包みをテーブルに載せた。なんだかあまりありがたいものではなさそうだと思いながらも、灯里はかちかちに縛ってある結び目を苦労してほどき、厚紙の箱を開けた。

「ふうん。これをねえ」

なかに入っていたのは、半透明の紙に包まれた赤い格子柄の着物だった。娘がこれまでに欲しがった服や靴には見たことのない色と柄だ。

「気に入らない？」

「これ、新品なの？　お古？」

「わかんない。古く見えるけど、けっこうきれいじゃない？」

「誰が着てたのかわかんない着物って、なんかいやだなあ。もしかしたら死んだひとのお古かもしれないし」灯里は着物を持ちあげて鼻に近づけた。「それになんか、におわない、これ」

「そう？　鼻つまってるからにおいはわかんないや。亜由ちゃん、気に入るかな」

「どうだろうねえ。でも亜由、この色はあんまり好きくないと思う」

「赤きらい?」

「薄いピンクとか、水色が好き。キキララみたいな色」

お姉ちゃんも好きだったもんね。そう言って梓はまた後ろを気にした。強風のせいで、さっきから絶え間なくごんごん洗濯物が壁にぶつかっている。慣れてしまったのですこしも気にならないけれど、言われてみれば、確かに脅迫されているようにも聞こえる音だ。

「今日は、これ渡しにきたの?」

「うん」

「なんだ、じゃあお母さんのおつかいじゃん。顔が暗いから、家出かと思った」

「ううん。だって、家出する家がないもん」

「あっちゃんのいまの家は実家でしょ」

「実家はお父さんたちの家だもん」

それでようやく気づいたのだが、さっきからなんとなく違和感があるのは、方角と角度の問題らしい。

実家のテーブルでは、台所に近いほうから時計回りに母親、父親、自分、そして妹の順に座るのが決まりだった。小学校の社会科の授業で東西南北を教わったとき、灯里はすぐにテーブルを囲む四人家族をこの方角と結びつけた。東はお父さんがいる方向で西は妹のいる方向、北はお母さんがもっと北にある台所と行き来する方向でそれを正面から見ている自分は南の方向。つまり実家では南から西に座る妹の右斜めの顔に向かって喋っていたのに、いま南にいるのは妹で、自分はその正面の北、母親の位置にいる。着席した状態で妹の顔を真正面から見ている、この状態はどことなく落ち着かない。しかし違和感というなら、二人が実家から遠く離れた川崎のマンションの一室にこうして向かいあっていることじたい、おかしな感じがする。梓越しに見るこの家の景色は、夫や娘越しに見る景色より書き割りのようにうそっぽく見える。

そんなわけない、だってこの家はあたしの家なんだもんね、あたしとユキと亜由の、本物の家。心のなかで呟きながら、灯里は急須の湯を足しにキッチンに立った。立ったついでにトイレに行って戻ってくると、妹は灯里の立ち位置からは死角になる、カウンター上の何かを見ている。

湯を差した急須をテーブルに置くと、「あれ何」思ったとおり梓は聞いた。「土？」

「うん。土」

灯里は手を伸ばして、土の入れものを梓の前に置いた。長細い透明の容器は、もとは二リットルの炭酸水のペットボトルだった。注ぎ口の下を底と平行にむりやりキッチンばさみで切って、ギザギザのふちにさくらんぼ柄のマスキングテープを貼りつけ、その上にさらに教育おりがみで作った小さな蓮の花を飾りつけてある。梓は容器の下のほうをさわって、なかの土をぺこっとへこませた。灯里はさっきまで座っていた向かいの椅子ではなく、いつも亜由が座るテーブルの短い辺の椅子に座った。

「それ、ただの土じゃないよ。なかに金魚が埋まってる」

エ、と手を離し、梓は顔をしかめた。妹の顔は、やっぱりこの角度から見るのがいちばんしっくりくる。

「金魚のピンクちゃんっていうんだけど。夏の縁日でもらっちゃったんだよね、亜由が」

「生きたまま埋めたの?」

「そんなわけないじゃん、死んでから埋めたんだよ。うちに来てひと月くらいで死んじゃった。金魚の飼育って意外と難しいのかな。ちゃんと金魚鉢に入れて、専用のえさもあげてたんだけど。最初はちゃんと外の土に埋めてあげようとしたんだよ。ピンクのお葬式っていって、家族三人で夜にこっそりシャベル持って、そこの公園まで行ってさ。でも亜由が泣いちゃって。ずっとうちにいたのにいきなり知らない外の土に埋めちゃうのはかわいそうだって言うんだよね。まあ確かに、人間のばあいなら四十九日のあいだは室内にお骨を置いとくじゃない。それと同じかなと思って」

「お姉ちゃん、喪主の練習したんだ」

「喪主はユキだよ、あたしはそんなのやらないよ」

「いつが四十九日なの？」

「数えてないけど、もうとっくに過ぎちゃってると思う。でもなんか、そのまんまになっちゃってるね。どうしたもんだか、そのまんま。ユキもたぶん忘れてるんだと思う」

「金魚、もう土に溶けちゃってるんじゃない？」梓は鼻のあたりをくしゃっとさせてから、またペットボトルに顔を近づけた。「ていうか、腐ってるのかな。におってない？鼻つまってるからわかんないけど」

「におってるかもしれないけど、あたしももうわかんない。それにピンクはさ、実はそこにはもういなくて、いまスリランカを目指してることになってるんだよね。角のとこにカレー屋さんあったでしょ？　そこの店主のおじさんがスリランカ人でさ、行くと優しくしてくれるから亜由、スリランカ好きなんだよね。知ってる？　スリランカの首都の名前って超長いんだよ」

　金魚が死んでから数日間、亜由はひどくふさぎこんで昼夜を問わずいきなり泣き出すことがあり、そんなときには何をどう慰めても効き目がなかった。それがあるとき急に、「ピンクがうちに帰ってくる」と言い出したのだ。

　ピンクは死んじゃったからね、天国に着いちゃったからね、戻ってこないよ、天国への道は一方通行。灯里はそういなしたけれど、亜由は諦めなかった。天国にいるのか戻ってくるのか、母娘間でいろいろ話が行ったり来たり脇に逸れたりした挙げ句、いまピンクは土を掘ってスリランカを目指していることになっている。スリランカまで地中を掘り進めて、長い名前の首都の空気を吸ったあとで、掘った道をまた引き返してくることになっている。ピンクの口にはシャベルがくっついていて、口をパクパクするごとに地中を進む。もちろん旅の道連れだっている、蚯蚓だとか迷子の球根だとか猫だとかタイ語を喋る象の赤ちゃんだとか、そのときどきの地勢によって。

「ふうん。ファンタジーの世界だね」

「まあね。でもおかしいんだけどさ、話してるうちに、ほんとにそうかもしれないって自分でも思えてきちゃうんだよね。だってひょっとしたら、金魚には人間とはぜんぜんべつの、命の仕組みが備わっているかもしれないじゃん。それにさ、ピンクがぴちぴちして元気に泳いでたところを見てるからさ、あのぴちぴちした感じを毎日見てたあたしとしては、ピンクが死んでなおぴちぴち土を掘ってたとしてもさ、それがぜったいにありえないことだとはちょっと言えないんだよね。だから毎日、亜由とピンクはいまどこにいるねって話してないと、見失っちゃいそうで不安」

ふーん、梓は身を引いて、折り紙の蓮の花を指先で突っついた。「死んでまで、どこかに帰ってこなきゃいけないなんて、けっこうしんどいね」

「だから、ピンクは死んでないんだってば。旅行中」

「土掘って旅行するより、金魚なんだからほんとはぬるい水のなかで、ふらふら泳いでたいんじゃないかな。帰るとこも、行くとこも特になしでさ。ただ、ちょうどいい水があるだけの世界でさ」

「あたしが死んだら、地獄の底を這ってでもぜったいこの家に帰ってくる」

「お姉ちゃんは魚じゃないもんね。ティッシュもらっていい？」

差し出したティッシュボックスから梓は一枚を取り、大声で叫ぶ準備をするかのように大きく息を吸うと、シャッと鋭い音を立てて洟をかんだ。


背中に「黒山幼稚園」とプリントされた体操服を着た黒山幼稚園の子どもたちが、強い風のなか狭い園庭でおもいおもいの遊びにふけっている。

迎えにきた母親にまっさきに気づくのは「あっ亜由ちゃんのママ」我が子ではなく近くにいる娘の友だちで、「亜由ちゃん」「亜由ちゃん」高い声が連鎖したのち、やがてどことなく不本意そうな雰囲気を漂わせた亜由が、群れの奥から見えないチューブで絞り出されるような感じで金網の向こうに現れる。

「今日はあっちゃんも一緒だよ」

母親の隣に立っている若い叔母を、亜由は上目づかいでちょっとだけ見てすぐ目をそらした。

「あっちゃんこんにちはは？」

こんにちは、からだを振りながら亜由が言うと若い叔母も同じくらいの小さな声で亜由ちゃん、やっほう、と返す。帰り支度をしに亜由は教室に向かい、それと入れ違いに、赤色の光る帯のようなものを手にした担任のみゆき先生がばたばた走って出てくる。

「明日、お衣装大丈夫そうですか?」

「はい、なんとか……」

「これ、ミキちゃんのママさんからお預かりしたんですけど、ベルトみたいにこのラメのリボンを腰のところに縫いつけることにしましょうって。お渡ししますね」

「はい。これをベルトみたいに腰にですね。了解です」

紺色の小さなかばんを持って出口から送り出された亜由は、恥ずかしがって叔母を避けた。梓はむりに近づいていこうとはせず、手をつないで歩道を歩く灯里と亜由の後ろを歩いた。いつもは寄り道したがる亜由が、今日は手をひっぱって、まっすぐ家に帰りたがっている。

「帰ったらあっちゃんの前で、メリー・ポピンズ踊ろっか」

手を振ってみても、亜由は反応しない。「どうしたの、緊張してるの?」ちゃかすとよけいにかたくなになる子だとわかっているのに、どうしてかこの母娘の応酬を後ろの妹に見ておいてもらいたいような気がしてちらりと肩越しに見ると、妹は見てるよ、というふうに無表情でうなずく。

家に帰ると、灯里はまず子どもに手洗いうがいをさせ、汚れた靴下を脱がせた。しゃがんだ肩に置かれた亜由の手がいつもより硬い。梓がトイレに入っていくと、「ママ」亜由が耳元に顔を寄せてささやいてくる。「踊るのやだよ」

リビングのローテーブルには、作業が中断されたままの白いドレスがすでに一晩踊り明かされたような風情でだらりと載っかっていた。亜由は赤いラメのリボンをネックレス風に首に巻きつけ、病人の脈をとるようにスカートのチュールの厚みを指に挟んだ。

「亜由。あっちゃんが亜由にプレゼント持ってきてくれたよ」

梓がトイレから戻ってきたところで、灯里は着物の箱をカーペットの上で開けた。まだチュールをつまんでいる亜由の肩に着物の肩を当ててみたけれど、予想通り、柔らかい猫っ毛をポニーテールにした亜由の頭は着物の鮮やかな赤い色とまったく調和せず、どことなく顔色にも影が出て、我が子ながら古びたお地蔵さんのようにも見える。

「亜由、よかったね。あっちゃんがこの着物くれるって。でも亜由にはまだちょっと大きいみたいね」

「子どもの着物って、いろいろつまんだりたくしあげたりして着るものらしいよ」後ろから梓が言う。「純子おばさんが着付けできるから、着付け教えてもらえってお母さんが言ってた」

「亜由、あっちゃんにありがとうは?」

ありがとう、小声の礼に「おばあちゃんに言っとくね」と梓は答え、ふだん「ありがとう」を言われたらかならず「どういたしまして」を返すよう教育されている亜由は困ったように母親を見上げた。

「亜由、あっちゃんにダンス見せてあげたら」

灯里はしつこく水を向けてさりげなく着物を畳み箱にしまった。箱の角は四つすべてつぶれて白くなっている。年末のバザーに出してしまおうかという考えも一瞬浮かんだ。

「あと何したら完成なの、このドレス」

ローテーブルの前のソファに座って、梓が言った。

「ええとね、まずゴム入れてちょうちん袖作るでしょ。それから襟とスカートの裾にレースをぐるっとくっつけて、さっきもらった赤いリボンを腰につけたら終わり」

「そうなんだ。じゃあじゃまするの悪いから、もう帰ろっかな」

「えっ待ってよ、せっかく来たんだから、夕飯一緒に食べようよ。たこやきパーティーしない？　亜由も大好きだから。ね、亜由、たこやき好きだよね？　好き？　だよね、ほら。人数多いほうが作りがいがあるから、食べてってよ。ドレスは夜ちゃちゃちゃっとやっちゃえばどうにかなるし」

立ち上がろうとしたところで、ピンポン、とまた玄関のチャイムが鳴った。インターフォンにはいつもの宅配業者の顔が映っていて、出てみると、ちょうど切らしたところの炭酸水十本セットの段ボール箱がドアの前に鎮座している。物置部屋に運びこみ、ついでに段ボール箱をつぶして戻ってくると、リビングに亜由の姿は見えず、梓が亜由の首にかかっていたはずのリボンを手にして指にくるくる巻きつけている。

「これ、ここにつけるんだよね？」

「うん。亜由どこ行った？」

「やったげよっか、たこやきごちそうになるかわりに」

「え、ほんと？　やってくれたらすごいうれしいんだけど、その前に袖のゴムが半端になってるから、そっち先にやってくれない？　安全ピン外して、ゴムを結んでくれればいいだけだから。終わったらもう片方も。そこに手順書あるから」

　灯里は冷蔵庫に入れたばかりの炭酸水のペットボトルを力いっぱい開け、氷を入れたグラスに注いでローテーブルに持っていった。それからカーペットにぺたりと尻をつけてソファに寄りかかり、袖にゴムを通す妹の手先を見ていた。テーブルに置いたグラスの炭酸水が、さわさわすくすく音を立ててなかなかやまない。水面に気泡が弾ける音は、妹の手の動きによってテーブルの上をこすれるチュールのかすかな音と混ざりあい、じっと黙って聞いていると眠気を誘われた。

「さっきさ」梓が口を開いて、灯里ははっとした。「亜由ちゃんにピンクのこと聞いたけど、知らないって言ってたよ」

「え？」

「ピンクちゃんのペットボトルのこと。知らないって」

「知らないって？　ああ、あの子はそういうふうにとぼけること、ときどきあるから」

「そうなんだ」

「さっきは言わなかったけどさ、スリランカの話した次の日には、やっぱりピンクを池に放してあげようよって言うこともある」

　一貫しないけれども、その日の心の雲行きによって、スリランカを目指してせっせと土を掘るピンクより、梓が言うようなぬるい水の世界を恋しがるピンクのほうが切実に感じられる、そういう娘の気持ちはわからないではなかった。そんな日は、ペットボトルの土ごと公園の池に放してやれば、ピンクは喜んですいすい泳ぐんじゃないかと亜由は言う。

　六月の祖母の葬儀には、家族そろって参列した。亜由は棺（ひつぎ）が炉に入れられるところも見ていたし、父親と一緒に長い箸で骨を拾い、その骨が壺（つぼ）のなかでざりざりつぶされる音も聞いているはずなのだが、四歳の子どもの心にその一連の流れと金魚の死がどう結びついているのかいないのか、母親とはいえ使いなれないことばで娘の思考に無遠慮に分け入っていくのは憚（はばか）られた。

　あのさ、亜由は大おばあちゃんが入った箱が燃やされるところ見たでしょ、お肉とか目とかぶよぶよしたものでできてる人間のからだは死んだらまずかちかちになって、それからまたぶよぶよしてくる、焼かれて骨になったり、焼かれないでほっとかれておいても最後にはやっぱり骨になる、だからピンクはこの土のなかでいまごろたぶん細くて透明のテグスみたいな骨になっちゃってるんじゃないかな、見たかったら見てもいいよ、ママはほんとのこと言ってるよ、ママもパパも亜由もみんな最後にはこうなっちゃうんだよ……こういうことはできるだけ言いたくない。できるだけ曖昧にしておきたい。親である自分も夫もいつかは死ぬ、でも子の亜由だけはすべての困難を免れて永遠に生き続けるのではないか、なんてめでたい子どもなのだと思える瞬間が日常生活にまだある限り、そんなことはとても口にはできない。それに灯里自身、卯月原町の子ども時代、母親にそんなことを教えられたことは一度もないのだった。

体育教師だった母親が灯里に教えてくれたのは、洗濯物を乾かすのは太陽ではなくて風だということ、アイロンをかけづらいシャツの袖口のごまかしかた、親指のところが破れた靴下のかがりかた、生きているだけであらゆる場所に埃がたまるという不可解な現象、学校のテストの点数は勉強法にたいする点数なのだから、点数が高ければ高いほど効率の良いやりかたをしているということ——百点取ったからって、あんたの頭が百点なわけじゃないんだからね、ただやりかたが百点だったってだけ——おもちゃでも漫画でも誰かに何かを横取りされたらすぐに声を上げなきゃ駄目、あとでどうにかしようと思っても、持ってかれたものは二度と同じ状態では戻ってこないよ——旅行に行くならかならず部屋を整理整頓して、ボロボロのパンツなんか穿いてかないこと、でないと何かあったとき恥ずかしいでしょ——なんていう、ひたすら生きることに関しての細々とした知恵だった。

そういう母の教えが過去のレジェンドが授けた戦術のように自分の娘のそのまた娘に代々伝えられていくことを考えると、灯里は興奮で昼夜を問わずバッチリ目が冴えてしまうのだが、その大事な娘はさて、いま、どこに行ったのか。

「亜由どこいった？」

あっち、と呟いた梓はすでに、赤い糸を通した針を手にしてリボンを縫いつけ始めている。

灯里はリビングと続きになっている和室の襖を開けた。昼寝用の布団が敷いてあるけれど、亜由はいない。廊下に直接つながる襖を開けて「亜由」と呼びかけてみても、返事はない。将来は亜由の部屋になる予定の物置部屋から始め、ベッドが二つくっついた寝室、洗面所、トイレとドアを開けていっても、亜由はいなかった。念のため寝室に戻って、クローゼットを開けてみる。それから洗面所に戻って、浴室のドアも。子どもはどこにも見つからない。

「亜由、かくれんぼ終わり！　出てきて！」

叫びながらリビングに戻ると、年老いたひとのように背中を丸めて縫いものをする妹の後ろ姿が、双眼鏡を逆にしてのぞく世界のように妙に遠くに見えた。この家に自分のもと家族がいて、ぽつんと縫いものなんかしている光景は、やっぱり奇妙な感じがした。このひとはいまやよそからやってきたひとであり、同時に灯里自身の過去からやってきたひとでもあった。血のつながった肉親にもとも何もないけれど、いま現在の家族の運営に熱中している灯里にとっては、父親、母親、そしてこの妹は、かつて家というコートでボールを打ちあった、懐かしいチームメイトのように感じられるところがある。結婚したときだって、家族が増えたというより、一つの家族からべつの違う家族に移籍しただけのような気がした。二つの家族の時間は、灯里のなかではいつまでも自然に混じらない。

グラスの炭酸水が空になっていたので、灯里は冷蔵庫から炭酸水の重いペットボトルを取り出し、背後から近づいた。正座を崩して座っている梓の、黒い靴下を穿いた足の裏がカーペットの上に投げだされている。ペットボトルを握ったまま、灯里はその足をじっと見つめた。

ずっとむかし二人が同じ家に住んでいたころ、くだらない喧嘩の最中に姉が妹の手に嚙みつき、その報復として妹が母親のダイエット用のダンベルを姉の足に落としたことがある。薬指と中指の骨が折れて、全治二ヶ月のけがになった。二人ともまだ小学生だった。ふだんはすっかり忘れているけれど、大人になったいまでも、こんなふうに持ちおもりのするものを手にして妹に近づくたび、灯里はかならずそのことを思い出す。ダンベルを落としたのは妹だというのに、そういう思い出しかたをしていると、重たいものを取っ替え引っ替え手にして妹に近づこうとする、そのわずかな時間の継ぎ接ぎだけが、自分たち姉妹の時間のすべてであったような気さえしてくる……埋めたトマトを合わせ調味料で弔ったり、ほかに楽しいことはやまほどあったのに。あるときはお湯の入ったポットを、あるときはジーニアス英和辞典を、あるときはホルンを、あるときは赤ちゃんの亜由を、そしていまは二リットルの炭酸水のペットボトルを手にして、灯里は妹に近づいている。

「どうしたの？」

振り返った梓の横に座り、灯里は炭酸水をグラスに注いだ。赤いリボンはもう半分ほどがドレスに縫いこまれている。

「あっちゃんは器用だね。お母さんも、むかしお揃いのサマードレス作ってくれたね。あたしはぜんぜん駄目だ。ぶきっちょで」

「お母さんのサマードレス、かわいかったね」

母親の足踏みミシンの音は大嫌いだった。ペダルを踏んでいるあいだは近よらなかったけれど、手縫いで細かいところの調整をするときには、灯里はいつも母親のそばに座ってその手元を見ていた——金平糖のような色とりどりの待ち針がたくさん刺さったぷっくりした針山を、押したりへこませたりしながら。

家のなかで、家族の手で、何かが作られていくのを間近に見ているのはなんと快いことだろう。いま隣にいるのは妹で、妹が作っているのは自分の娘が着るドレスだけれど、ずっとむかしに手を動かす母親の傍にはべっていたときのような、懐かしい甘さが灯里の胸にどんどん広がった。もっといえばあのお母さんでなくても、どのお母さんでも、どんなドレスでも良かったのかもしれない。ただ何かが出来上がるのを待っている子どもでいられること、それが何よりも甘美なのだった。重たい裁ちバサミがしゃくしゃく布を裁ち、ルレットのぎざぎざの輪が型紙を走り、銀のボビンケースがかちっと秘密めいた音を立て、あかり、あずさ、ここ押さえてて、いつもちょっとだけ怒ってるみたいな、母親の低い声がすぐ近くで聞こえて……。

「ママ」

強い風を感じると同時に振り向くと、ベランダの窓がすこし開いていて、向こうで娘がじっとこっちを見ていた。

「なんだ、そこにいたの」

灯里はベランダに素っ飛んでいき、娘の肩を摑んだ。

「やめてよ、危ないでしょ、ベランダは一人で出ちゃダメってママいつも言ってるでしよ。風強いんだから飛ばされちゃうよ。ほら、入って入って」

亜由は首を振って動こうとしない。肩を引っぱり無理やり入らせようとすると、ぐいとスカートを摑まれてそのままベランダに引っぱられた。サンダルを履く余裕も与えず、そのまま吊るされた洗濯物のなかを突っ切ると、亜由はベランダの端まで母親を連れていった。

「何、亜由、あっちゃんに見つけてもらうの？」

乾いた風がびゅうびゅう吹きつけ、髪が視界のじゃまをする。亜由のポニーテールも乱れていたのでしゃがんで直してやろうとすると、亜由は顔を後ろに振り、「秘密だったのに」と睨みつけてきた。

「え？　何、どうしたの、何怒ってるの？」

「ピンク」

「え？　ピンク？」

「ピンクのことは秘密なんだよ」

「え？　そうなの？」

「なんで言っちゃうの」

「ああごめんね、秘密だったんだ。ママ、あっちゃんに言っちゃった。ごめんね。でも大丈夫だよ、それでピンクが危ない目にあうことはないよ、あっちゃん口かたいし」

「ピンクは溶けちゃったって言ってた」

「え？　あっちゃんが？」

　亜由は黙ってうなずいた。

「溶けちゃったって……土のなかにってこと？」

　うなずく代わりに、亜由は目を細め、それ以外には無表情にも近い、まだたどたどしい怨恨の表情を浮かべた。

「そっかあ、あっちゃんはそう思ってるかもしれないけどさ、ママはピンクはやっぱり元気に土掘ってると思うよ。いま、チベットの下あたりにいるんじゃないかなあ。スリランカに着く前に、いろいろ寄り道してるかもね。亜由もそう思わない？　亜由がそう思うなら、それでいいじゃん、そのほうが楽しいじゃん」

　意識して明るく言ってみたけれど、亜由は笑わなかった。取りつくしまのまったくない、硬い表情を崩さなかった。嫌われたな、あっちゃん。黙って同情しながら、灯里はずっしりと重い娘を抱き上げて室内に戻った。

　それほど長い時間ベランダにいたわけでもないのに、ドレスの腰にはぐるりと赤いリボンが縫いつけられ、梓は糸の始末をしているところだった。亜由はそこを素通りし、和室の襖を開けて布団に潜った。お昼寝するの？　聞いても返事がないので、灯里は襖を閉じてリビングの妹のところに戻る。

「この家、好きだな」

　梓がやにわに言った。

「そう?」

「うん。広いし、ずっといたら、外の世界があることうっかり忘れちゃいそう。家のなかの家って感じ。お姉ちゃん、ここに住んでるんだね」

　家のなかの家、灯里は妹のことばを繰り返した。そのことばがいたく気に入った。結婚してすぐにローンを組んで購入したこの川崎の中古マンションは、駅から遠く共同玄関のオートロックもなかったけれど、何より日当たりの良さと窓からの眺めが素晴らしい。目の前には遊歩道とも公園ともつかない広葉樹がみっしり茂る一角があり、その向こうに広がる家々の屋根のさらにずっと向こうには、半分に切った瓢簞(ひょうたん)を横に倒したようなかたちの小山が見える。内見のとき、あの山なんていうんだろうね、瓢簞山かピーナッツ山かな、と夫とふざけたきり、正しい山の名を知ることもなくもう五年が過ぎてしまった。夫の実家の近くというだけで縁もゆかりもなかったこの土地に、灯里はすぐに慣れた。なぜなら生活を営むこの家があるからだった。この家を守っているのはあたしだ、そういう自覚があった。

　灯里にとって、守る、ということばにくっついている「家」とは、ぱんぱんになった靴箱や栓を抜いた浴槽に現れる渦巻、洗濯機の底にいつのまにか溜まってしまう汚れや瓢簞山の眺め、就寝時にはスウェットではなく上下の揃ったパジャマを着、歯列が乱れないようかならず透明のマウスピースをはめる夫と、薄いピンク色と水色が好きな娘の亜由のことだった。守っている、と感じれば感じるほど、守られている、という実感も強くなる。特にこんな、日本じゅうの洗濯物をスリランカまでふっとばしそうなほど風の強い日には。

「あたしは梃でも、この家を動かないよ」

言った瞬間、妹はさっきのことばを皮肉で言ったんじゃないかという考えがよぎった。そうでなければ、自分の口調がこんなにむきになった感じになるはずがない。

「そうだろうね」梓は炭酸水を口にふくみ、すこしたったあとしゃっくりのような小さなげっぷを一つした。「お腹すいたかも」

キッチンには小麦粉があって、削り節があって、青のりがあって、卵、だしの素、天かす、オタフクソースもあって、たこだけがなかった。和室の亜由を起こして買いものにいこうと誘うと、行かない、ここにいる、と言ったきり、布団をかぶって動かない。

「それじゃあみんなでたこやきできないよ。たこがないんだから。みんなでいずみストアまで買いにいかないとたこやきできないんだよ、どうすんの亜由、ママ知らないよ」

「お姉ちゃん、わたし行ってこよっか？」梓が後ろから言う。

「いいよ、だって道わかんないでしょ。いてよ。あたし、ひとっぱしりしてくるから、ちょっと留守番しててもらっていい？」

「うん。じゃあ、待ってるあいだ、レースもつけちゃうよ。襟と裾にぐるっとつければいいんだよね？」

「ああそうだ、買いものよりそっちのほうがずっと助かるわ。じゃ、よろしく」

灯里は壁の鏡の前でリップクリームを塗り、もう一度襖の奥をのぞいて娘のようすを確かめた。布団は岩のように膨らんでいて、結わえた髪の先が、ほんのすこしだけふちからのぞいている。じゃあ行ってくるね、妹の背中に声をかけて玄関で靴を履きかけたとき、ふと頭に浮かぶことがあって、廊下の一直線を足早に戻った。

「あっちゃん。亜由にへんなこと言わないでね」

梓はゆっくり振り返って、言わないよ、大丈夫だよ、と答える。太陽が雲に隠れたのか、室内が急に翳(かげ)って、その横顔の表情がよく見えない。


いずみストアはマンションから歩いて十分ほどの街道沿いにあり、入り口の花壇には丸い目をうるませた柴犬が「ここに犬をつながないでください」と書かれた看板の脚につながれ行儀良く座っていた。

自動ドアを通った灯里はカット果物とサラダのコーナーを抜け、野菜売り場の通路を通って鮮魚コーナーまで脇目もふらずに進み、いちばん容量の大きいボイルたこのパックを摑んだ。レジに向かう途中で思い直して野菜売り場まで戻り、亜由が好きなゴールデンキウイの四個パックを手に取る。その上にたこのパックを重ねてなぜだか異様に長く延びているレジの行列に並ぶと、

「あっ亜由ちゃんのママだ」

後ろから声がした。振り向くと、亜由と同じ幼稚園に通う子ども、見覚えはあるけれども名前はわからない男の子がこっちを見ていて、すぐ横に立っていた背の低い丸顔の女性が「こんにちは」と微笑みかけてくる。持っているプラスチックの籠には、大量の冷凍食品が本棚の本のようにきれいに縦に並べて詰めてあった。

この子は何くんだったっけ、思い出そうとしながら「こんにちは」と挨拶を返すと、男の子は「それたこ？」と指差してきた。母親がすかさず、やめなさいとその手をひっこめさせる。人手不足のようで、開いているレジは二台だけだった。総菜部よりレジ応援お願いします、さっきから店内放送が繰り返し流れているけれど、いっこうに応援はやってこない。

「お遊戯会の衣装、もうできました？」

母親が話しかけてくる。剝き出しになった額がすべらかで、快活そうなひとだった。

「あ、ええ、いま作ってるとこです。もうほんと、ひどい出来ですけどなんとか……」

「ちょっと細かすぎますよね。うちもいま作ってますけど、一括外注で、ちょっとした

手直しだけ各自でするくらいでいいんじゃないって思いません？」

「それはそうですね」

「子どもは手作りかそうでないかなんて気にしてないですからね。とっぴな格好ができればいいだけで」

「そうですね」

「ママたちのあいだで、要望書を出そうって話があるの知ってます？」

「あ、そうなんですか」

「内藤さん、ゆめかちゃんとこのお母さんですけど、内藤さんが音頭を取って、今度の保護者会で先生たちにお願いしようって話になってるみたいです」

「そうなんですね」

レジの行列はなかなか進んでいかなかった。あせってじりじりしていると、余計に進みがのろく感じられる。ようやく手が空いたのか、四角い衛生帽をかぶった総菜部の誰かが、隣のレジを開けようとしていた。開いたらすぐにそちらに移動しようとかまえていると、

「泥棒！」

突然大声が上がった。店内がざわめき、男の子の顔がこわばる。緑のエプロンをつけた店員が、入り口に走った。泥棒と呼ばれたほうは、灯里には後ろ姿しか見えなかった。

髪が短く、灰色の服を着て、男とも女ともつかない、若者とも老人ともつかない、匿名の夢から抜け出してきたような、印象に残らないのに見覚えのある後ろ姿……一瞬の出来事だった。外の犬がウォンウォン吠えだした。

「ああびっくりした。泥棒だなんて、久々に聞きました。万引きですかね。捕まったかな」

ですかね、後ろの母親に答えた瞬間、灯里は透明な杖で正面からどんと胸を突かれたような衝撃に打たれた。目にしたばかりの誰かの残像が、予感なのか記憶なのかわからなくなった。列が急に崩れたと思ったら、隣のレジが二台一気に開いた。順番はすぐにやってきた。そそくさと財布から千円を取り出すと、灯里は後ろの親子に挨拶するのも忘れ、たことキウイのパックをそのまま摑んでスーパーを走って出た。

乾いた強い風は心に落ちた暗い影を吹き飛ばしはしなかった。それどころか、街路樹の落ち葉を巻き込み瞼の奥へと入りこんで、その影の色を濃く燃やした。

息を切らして玄関のドアを開けると、灯里は靴も脱がずに廊下を駆け、和室の襖を開けた。岩のように盛り上がっていた布団が、ぺちゃんこになっている。

「亜由？」

リビングのローテーブルには、襟と裾に白いレースが縫いつけられた、白いドレスが四角く畳まれていた。

誰もいない家のなかで、灯里はベランダに続く窓をめいっぱい開けた。風が一気に吹きこんできた。欄干を摑んで乗り出すと、欅(けやき)の木立の隙間に自分がいま来たばかりの道を歩く妹の後ろ姿が見えた。

片方には亜由の手を握り、もう片方の手には折り紙の蓮で飾られたペットボトルを摑んでいる妹は、荒れる海をゆく帆船のように左右に大きく傾ぎながら、前へ前へと進んでいく。

七. 山の絵

ただいま。

玄関のドアを開けると、タイル敷の沓脱ぎが街灯の光を受けてぼんやり四角く浮かびあがった。

右手の壁に掛かっている山の絵の、額縁だけが鈍く光る。廊下と二階に続く階段は、奥に向かって厚く塗りこめられていくような影のなかに沈みこんでいる。後ろ手にドアを閉めると、沓脱ぎも額縁も廊下のグラデーションも、たちまちのっぺりとした暗闇に消えた。一日の汗で湿った革靴を脱ぎ、暗い廊下を進む。見えなくても、左手にトイレのドアと、浴室に繋がる洗面所のドアがあるのがわかる。足が覚えている。廊下と部屋、あるいは部屋と部屋を隔てるこの家のすべての戸は開け放たれている。その気になれば、いつまでも風のように家じゅうをぐるぐる歩きまわることだってできるのだ。

台所と続く十二畳の居間で、滋彦は作業着のポケットから蠟燭を取り出し、ライターで火をつけた。ぽっと小さな炎が灯る。同時にヨモギのような苦みのある、青っぽい草の香りがふわりと広がってすぐに消える。この蠟燭は去年、南フランスのどこかの市場で買われてきた。あまたの似たような蠟燭のなかからこの一本を摑んだそのひとの、その手、その髪に照りつけていた陽光が、目の前の小さな炎のなかにまるごと燃えている。

　居間には布団を取りはらった四角いこたつ台と、カバーを剝がれた裸の座布団だけが残っていた。蠟燭を台に置き、畳に直に座って尻ポケットの新聞をこたつ台に広げる。蠟燭のたよりない灯りの下では、小さな活字はほとんど読み取れない。それは今朝、明るい食卓で確かにさっと目を通したはずの新聞に違いないのに、この暗い家のなかではもう何百年も前の遺物に見えた。とっくのむかしに片がついた、いまとなってはもうどうにもできない出来事の記録、もはや自分には読解できぬ古語で書かれた、遥か遠い一日の記録のように。

　滋彦は蠟燭の炎を吹き消し、目を瞑った。外の暗闇より瞼が作る暗闇はほのかに明るい。その明るさが網膜になじんでふたたび真っ暗になるまで、しばらく身動きせずにいた。あるかなきかの時間がしんしんと過ぎていった。もういい、と思ったところで膝を突いてゆっくりと立ち上がると、圧を受けた畳が妙に高い音を立ててきしんだ。一瞬、下に猫か鼠でもいたのかと思った。ゆっくりと捨てられていくこの家が、いまなおそんな生きものめいた音を出すのが意外だった。

　内なのか外なのかわからぬところで、ひゅうひゅう風が吹いている。息をこらし、暗い廊下をふたたび足の記憶だけで渡ってゆく――家に帰るために。家に帰りなおすために。

「お父さんも見たら」

蛍光灯が照らす居間では、夕食が終わりかけていた。それぞれ箸を持ちながら卓の角を挟んで、妻と娘が顔を寄せあい、スマートフォンの小さな画面に見入っている。その顔が、ぎょっとするほど似ている。梓ちゃんはお父さん似だねと子どものころにはよく言われたが、実はそのころから、どう見てもこの子は母親似だと思っていた。吊り上がり気味の目元や丸い鼻など、同じ型で抜いたかのようにそっくりだ。夏に帰ってきて以来、娘はややふっくらして、家のなかで着ているものも母親からの借りものが多いのか、テーブルに広げた新聞にかがみこんでいる姿など、ほとんど妻と見分けがつかない。

「亜由ちゃんの写真」祥子がちらりと目を上げて言う。「灯里が送ってきたよ」

近づいて覗き込むと、白いもっさりしたドレスを着た孫の亜由が、同じ格好をしたほかの子どもたちと一緒に両手を上げてポーズを取っていた。

「先週のお遊戯会の写真だって。かわいいね」

祥子は茶碗に残った炊き込みご飯をかきこむと、台所に立った。「見る？」梓は向かいに座った父親に画面を向け、同じ角度から撮られたさまざまなポーズの子どもの写真を次々表示させていく。

「また大きくなったな」

「うん」

「灯里の写真は？」

「お姉ちゃんのはない。亜由ちゃんだけ」

栓を抜いたビール瓶とガラスのコップがドン、と音を立てて食卓に置かれる。祥子は何も言わずにまた台所に戻り、電子レンジやガス台の前に立ってせわしく動く。「指で動かせば、拡大できるから」梓はスマートフォンから手を離し、食べかけの鯖の味噌煮に箸を伸ばした。

「見にいけなくて、悪かったな」

なんの気無しに言うと、「お父さんは行けばよかったじゃない！」すかさず台所から大声が飛んでくる。

「あたしだって行きたかったけど、お葬式に出ないわけにはいかなかったからね。ほんと松木さんお気の毒だった。一気に老けこんじゃって。松木さんとこはご夫婦だけでお子さんがいないからね、見ててもう、どうしようって気持ちになっちゃった。お父さんは孫だっているんだからさ、元気なうちになるたけ孫孝行しておいたほうがいいんじゃないの」

運ばれてきた一人ぶんの鯖をつつきながら、滋彦は「そうだな」と返す。

「あたし抜きでも、お父さんと梓で行ってきたらよかったんだよ。どうせひまな二人なんだから」

「でもわたしは、先月行ったから」

梓は空にした皿を持って席を立った。この娘が帰ってきてから、もうすぐ四ヶ月が経とうとしている。母親に小言を言われるたび、じきに東京に戻って職を探すつもりだから干渉してくれるなと言い返しているが、その「じきに」というのがなかなかやってこない。

父親としては、実家にいたいならいくらでもいたらいい、何も気張って東京に戻らなくとも、この家から通える地元の企業にでも就職すればいいと思うのだが、それを直接娘にではなく妻に言うと、「お父さんは甘い。まだ子育てしたいんなら、一人でやって」と一喝された。ひややかな母親だと落胆したけれども、痛いところを正確に突かれておののきもした。実際、先週急な葬儀で妻がお遊戯会には行けないと決まった際には、娘と水入らずで二時間近くも隣りあって電車に揺られることを考え、なんともいえぬ不安に駆られたのだ。「一人で行ってもしょうがないし」娘の一言に、声を上げて反対する理由もなかった。

「ねえそれにしてもさ、このドレス、ぶかぶかじゃない？」食後のお茶セットを準備して食卓に戻った祥子が、また写真を覗き込む。「ぜんぜん亜由ちゃんのからだに合ってない。ほら、この袖のところなんか、腕あげてるからガバッと下着が見えちゃってる。隣の子の袖はちゃんとふんわりふくらましてあるじゃない。灯里ももうちょっと気を入れて作ってあげたらいいのにね」

「そこはわたしがやったんだよ」ヨーグルトのカップを持って戻ってきた梓が、写真を見て言う。

「え？　何？」

「袖。わたしが手伝った。先月お姉ちゃんのとこに行ったとき」

「ああ、あのとき？　何よ、ひとにやらせてんの」

「お姉ちゃんぶきっちょだから。来年は、お母さんが手伝ってあげたほうがいいと思う」

「まあ向こうがそう言ってきたらね。そういえば純子姉ちゃんから今日電話あった。こないだ灯里、姉ちゃんちに持ってきた着物忘れてったって。亜由ちゃん連れて着付け教わりにいって、そのまんま。わざとなんじゃないの」

「亜由ちゃん、あんまり気に入ってなかったみたいだしね。お姉ちゃんもなんかにおう、とか言ってた」

「てえ！　せっかく持ってってあげたのにね」

黙って聞いている滋彦のポケットのなかで、携帯電話が短く震えた。妻の口ぶりはますます陰気な熱を孕みつつあったけれども、滋彦は適当な相槌を打ちながらそそくさと箸を動かし、すべての皿を空にした。

　食後のお茶は後回しにして、台所の換気扇の下で煙草を吸う。むかしはよく、ここで一服しながら隣で食器を洗う妻ととりとめなくお喋りをした。でもいつからか妻は副流煙で殺されたくないと言って、煙草を吸う自分の隣には立たなくなった。振り返るといまその妻の背中からは、うっすら煙が立っているように見える。これも昨日今日に始まったことではない。あるときから、後ろ向きの妻はいつもこんな薄煙を漂わせるようになり、滋彦の目にぼやけて映った。もっとよく見ようと目を凝らすうち、その表側にくっついているはずの見慣れた顔さえも、うまく思い出せなくなってくる。すべては煙のせいだった。煙の発生源、そのからだの奥には不穏な音を鳴らして爆（は）ぜつづける熾火（おきび）があり、その音が滋彦を惹きつけ、拒みもする。若い時分だったら、足元にひれ伏さんばかりの勢いでその熾火（ひ）を見せてもらおう、熱を分けてもらおうと躍起になったかもしれないが、いまの滋彦はただ、その煙がいつか二人のどちらかを殺してしまうのではないかとおののきながら、かといって逃げることもできず、遠巻きに眺めているだけなのだった。

　携帯電話を取り出すと、西野瑛（にしのあき）から「解体の日が決まりました」とメールが届いていた。今週の土曜に、最後の片付けにやってくるという。一瞬、目の裏が暗くなった。これがいよいよ、最後になるということだ。

その家を初めて見たのは、突如発生した竜巻がこの町を襲った、三年前の秋だった。竜巻は平日の日中にやってきた。ものすごい音がしたんだから、あれはとても風とはいえなかった、見えない、ばかでかくてすばしこいヘビが町じゅうのたうちまわってるみたいだったんだから。帰宅した滋彦に、祥子は興奮したようすでそう話した。その後風呂から上がったところで「お父さん！　テレビ映ってるよ！」と呼ぶ声がして、あわてて居間に行ってみると、竜巻に襲われた片田舎の町の惨状が確かにテレビに映っていた。

「あれはたぶん県道の向こう側だね。市川さんが住んでるとこだわ。ひゃあ、あんなおっきな木も倒れちゃって。ちょっとやそっとの風じゃないと思ったけど、あーあ、こんなことになっちゃってたんだ」

傍の妻は声を上げながら心配そうに画面に見入っていたけれど、木が倒れ家々の屋根が剝がれたその町が、滋彦にはまるで縁のない、どこか遠くの町に見えた。大きな被害があったのは町の西端、隣の市との境目あたりで、このあたりの川沿いの住宅街からは実際に距離がある。それにしても画面の片隅に「卯月原町」という表示がなければ、この町が自分の暮らす町だとは絶対に気づかなかったに違いない。「あ、市川さん？　大丈夫だった？」さっそく電話で友人の安否を気づかう妻を眺めながら、滋彦は後ろめたさのあまりチャンネルを替えてしまった。

翌日は土曜だった。夫婦は車で竜巻に巻き込まれた地区を見にいった。前日のニュース番組では、倒れた木や瓦が落ちたり一部がごそっと剝ぎ取られたりした屋根がありありと映されていたけれども、一日経てば早くも木はすでに撤去され、屋根にはブルーシートがかぶせてあった。実際滋彦が目で見て驚いたのは、被害にあった家々のほとんどが、三十年近く前にローンを組んで購入した我が家と似たようなタイプの建て売り住宅であることだった。「うちも危ないな」冗談で言ったつもりが、骨太でつねに気丈な元体育教師の妻は、珍しく黙って青ざめていた。

ハンドルを切って県道に戻ろうとしたところで、一軒の家が滋彦の目を引いた。他の家のようにブルーシートがかぶせられておらず、屋根の破損が剝き出しになっている。表通りからはすこし離れた、畑とも空き地ともつかない中途半端な土地に囲まれたところにぽつんと建っていて、外見はそっくり我が家と同じように見えた。同じ時代に同じハウスメーカーが施工した家々から成る住宅街だから、似ているような家なら近所にいくつもあったけれど、この家はまったく同じと言ってよかった。そのぶんこの家が蒙(こうむ)った惨状に、滋彦は少なからずショックを受けた。なだらかに傾斜した屋根の左側を覆うパネルが、大きくぼろっと剝がれて、木の骨組みが剝き出しになっている。昼間だというのにすべての窓には雨戸が閉まっていて、ひとの気配がまるでなかった。空き家なのかもしれない、そう思うと、なんとなく背筋が薄ら寒くなった。「あの家見てみろ、うちとそっくり同じ家だぞ」隣の妻にそう言えばよけいに動揺させてしまいそうだったから、黙ったままその地区をあとにした。

町の反対側に、我が家とまるでそっくり同じの、しかし屋根が壊れた家がある。すぐに忘れてもいいことだった。ところが壊れた家のイメージが、その晩からしつこく頭につきまとってなかなか消えなかった。思い出すのは名古屋に暮らしていた子ども時代、何かと言うと両親が口にしていた伊勢湾台風の話だった。

「おまえが生まれるすこし前に伊勢湾台風がやってきて……」つねにおごそかな口調で始まる昭和三十四年の伊勢湾台風の話は、もっぱら不活発で周囲の子どもとなじまない滋彦の反省を促すために繰り返されたのだが、この話の一番の聞かせどころは「一日間違っていたら、おまえはこの世には生まれてこなかったかもしれないんだから」という一節にあった。何でも、台風が街を襲った当日は母方の故郷の甲府で法事があり、前日から夫婦揃って新築したばかりの家を留守にしていたのだという。臨月の母親を甲府に残し一足先に父親が家に帰ってみると、屋根の一部がごっそり剝がれていて、天窓のように家のなかから青い空が見えたそうだった。周囲にはもっと甚大な被害を蒙った家ばかりで、穴を塞げるような木材もなく、なかなか職人の手も空かなかったので、父はしばらく一人でその穴の空いた家に住み続けた。母親はそのまま甲府の家に残り、三週間後に近くの産院で滋彦を産んだ。

そういうわけで、ただでさえ臆病だった少年時代の滋彦は、「一日間違っていたら……」という例の一節をぐずぐずと気に病み、台風が来るたび震え上がって恐怖した。激しい雨風が吹きすさぶ晩、芋虫のような胎児の自分がベシャッとつぶされたり濁流に飲みこまれたりしているところを想像すると、恨めしさと心細さでたまらなくなり、母親の寝床に潜ってしっかりとその腕を握らずにはいられなかった。

いまではさすがに、そんな衝動は消えている。とはいえ、雨戸に打ちつける雨風の音を聞きながら夜を明かした台風一過の朝、庭の植木鉢が倒れていたり物干竿（ざお）が吹っ飛んでいたりするのを目にすると、からだが痺れたようにぼうっとなった。知らぬ間にこらえていたらしい恐怖が、今回もどうにか生き長らえたという安堵に変わるのがはっきりわかるのだ。そしてそんな幼年時代の恐怖が、これだけ年老いても魚の小骨のようにいまだからだの深くにつっかえているのを感じ、しみじみと郷愁めいたものさえ抱く。

この淡い郷愁が、実はもうずっと長く尾を引いていたということなのかもしれない。仕事帰り、あるいは週末、滋彦は週に何度かわざわざ遠回りをして、竜巻に襲われた地区の家が修繕されていくようすを車で遠巻きに眺めるようになった。次々元通りになっていく家々のなか、件（くだん）の家だけは、いつまでも修繕がされず放置されていた。一度、思いきって家からすこし離れたところに車を停め、玄関ドアの前に立ってみたこともある。西野と書かれた表札がドアの脇の壁にくっついていたが、このくっつきかたも素材も書体もやはりそっくり鏑木の家と同じだった。周囲の空き地と家の敷地を区切る垣根や塀はなく、境界のはっきりしない庭には雑草が生い茂っている。大きな窓は相変わらずすべて雨戸で塞がれていたけれど、唯一、玄関脇にある真四角の小窓だけには雨戸がついていなかった。その窓からなかをのぞいてみると、がらんとした沓脱ぎと、横の壁に額縁入りの小さな絵らしきものがかかっているのがかろうじて見てとれた。

この小さな習慣が続いて三ヶ月ばかりしたころの土曜日の朝、いつものように道端に車を停めた滋彦は思わず「あ」と声を出した。あれほど痛々しく傷ついていた屋根が、何事もなかったかのようにペロリときれいに修繕されていたのだ。いったいどうしたのだろう？　唖然(あぜん)としているうちコンコン、と助手席の窓がノックされて、振り向くと腰を屈めた女が車内をのぞきこんでいた。窓を開けると、「業者のかたですか？」相手が言う。細面でひとえ瞼の、ひとなつっこそうな若い女だった。

「やだ、三時からじゃなかったでした？　まだうちごちゃごちゃで。いまから整理始めるとこなんですけど、いいですか？　ピアノとか簞笥は……」

「違うんです」滋彦は慌ててさえぎった。「違うんです。通りすがりのものです」

とおりすがり。女は外国語のレッスンのように、一音一音はっきりそう声に出して繰り返した。

「すみません。うちと、よく似ているものですから……」

「え、わたしですか？」

「違います。家です」

「家」女は目を見開いた。「家がですか」

「おたくと、うちが、そっくりなもので……」

　車のなかと車の外から、二人はそれぞれの事情を手短に説明した。秋の竜巻以来、我が家とそっくりのこの家が気になって、ちょくちょくようすを見にきていたこと。一方は、昨年の春先に亡くなった父が一人で暮らしていた家を、この正月休みからようやく片付け始めたこと。

「竜巻のときには、出張で海外にいたものですから」

　続けて女は、ふだんは東京に暮らし、海苔や佃煮など日本の食材をヨーロッパに売り出す仕事をしているのだと説明した。年に数回、海外への長期出張があって、なかなか実家の片付けに来られなかったのだという。

「三時から業者が家具買い取りの見積りに来るんです。すぐじゃないけど、ゆくゆくは家を解体するつもりで」

　かいたい。今度は滋彦が、外国語のように同じ言葉を繰り返した。かいたい。解体ですか。

「どうせ壊しちゃうんだから、屋根の穴ぼこもほうっておけばよかったんだけど。やっぱり片付けのときに雨とか雪が降ってきたら困りますから」

すでに壊されることが決まっているという家に滋彦が視線を向けると、女は「そんなに似てます?」と聞いた。「この家。おたくに」

「はあ、ええ……まあ、きっと同じ時期に売り出された建て売り住宅ですから、似たような家はほかにもたくさんあるんでしょうが……似てるというか……というより、そっくり同じなんです」

「へえ、そうですか。外はそっくりかもしれないけど、さすがになかは違うでしょう。どうせ壊しちゃう家ですし、見たかったら見てってください」

女の屈託のなさにつりこまれて、滋彦はふらりと車を出てしまった。

玄関の小窓から見えた絵は、開いたドアから差し込む昼の光のもとで見てみると、雪をかぶった山の絵だった。

靴を脱ぐ前に数秒、滋彦はその絵に見入った。名古屋の少年時代、空気の澄んだ冬の朝に小学校の屋上から見えた遠い御嶽山(おんたけさん)のかたちにすこしだけ似ていた。絵の下、沓脱ぎの右側には自宅玄関に備え付けられているものとそっくり同じシューズボックスの戸が全開になっている。傍に転がっている半透明の大きなゴミ袋には、さっきまでそこに入っていたのであろう、古びた靴が乱雑にまとめられていた。

女は驚くほど開けっぴろげな、そしてどこか投げやりな態度で、片付け途中の物がごちゃごちゃあふれる室内をぐるりと回って案内した。外見だけではなく、間取りもそっくり滋彦の家と同じだった。一階が終わると二人は一列になって階段を上がっていったが、二階にある二つの部屋のうち、鏑木家でいえば娘たちの部屋（机と洋服箪笥で一つの部屋を二つに区切っており、いまはその片方のベッドに祥子が寝ている）のドアは開かれなかった。

「ここはわたしの部屋だったんですけど、親でも立ち入り禁止です」言うと女は、アハハと笑った。もう一つの部屋のドアは開け放されていた。ここは鏑木家でいえば滋彦の寝室（かつては夫婦の寝室だった）にあたるのだが、壁際には埃をかぶった古いアップライトピアノが置かれ、床は口の開いた段ボール箱だらけで文字どおり足の踏み場がない。

それから二人は一階に下り、鏑木家ではかつて「お母さんの部屋」と呼ばれていた玄関脇のフローリングの小さな部屋に入った。開けっぱなしのクローゼットの衣服処分の最中だったのか、口を縛られた袋がいくつもごろごろ転がっている。女が喋りながら作業の続きを始めたので、滋彦も部屋の入り口に立ったまま、なんとなくその作業を見守った。とはいえ他人の家、しかも我が家そっくりの他人の家によく知らない女と二人でいる居心地の悪さに長くは耐えられず、五分も経たぬうちに室内見物の礼を言って、玄関に向かった。

別れ際、女はさっと水色の革のカードケースを出して、滋彦に名刺を渡した。西野瑛という名前の上に、「フード・プロデューサー」と書いてあった。家の表札に書かれているのと同じ名字を目にして、未婚なのだな、と思ったけれど、もしかしたら何度も何度も山ほどの結婚を繰り返して、あらためて新調されたばかりの名字なのかもしれない。

最後にもう一度山の絵を一瞥(いちべつ)し、滋彦はその家を出た。それから車に戻ってエンジンをかけた。アクセルを踏み込む前にダッシュボードからよれよれになった自分の名刺一枚を探り当てると、すこし考えてから、また玄関に引き返した。

メールによると、西野瑛は土曜にやってきて、解体作業前の最後の確認をするという。作業は彼女の立ち会いなしに、来週の水曜から始まるそうだった。

初対面からひと月後、メールで控えめに片付けの手伝いを乞うてきた瑛の誘いを、滋彦はうまく断れなかった。夏までに二度、その後は半年に一度ほど、滋彦は家の片付けを手伝った。隣の市にあるＪＲの駅から本数の少ないバスで来るのが不便だというので、最初のころ、瑛はいつもタクシーを使っていた。とはいえこのあたりでは駅からタクシーを使ってやってくるのは冠婚葬祭の客だけと決まっている。駅まで迎えにいくと申し出たのは滋彦のほうなのだが、それもほとんど自分の意思というよりは、女にそう仕向けられただけだと感じた。つまりは便利に使われているのだ。それでいて、それがべつに不快でもない。妻には一度、話そうとしたことがある。あのあたりにはなんとかさんという知り合いが住んでいるそうだし、そこから奇妙なかたちで話が漏れ伝わってきたら、かなり気まずいことになる。ちょっと前、竜巻で屋根が壊れた家があっただろう、あの家の一つにうちとそっくりな家があって、その家の主はすでに亡くなっていて、仕事の合間をぬって、ときどき東京から一人で片付けにやってくる娘がいて……。

「は？　誰それ？　あたしは腰痛いんだから、よそのことじゃなくてうちのことやってよ」

そのころ祥子は長く患っていた坐骨神経痛が悪化して、長年続けた体育教師の仕事を辞したばかりだった。家のなかでむっつり押し黙っていたかと思えば些細なことで激しく怒り出したり、思春期のころの娘たち以上に妻は荒れていた。例の煙もいよいよ濃くなって、夫婦は家のなかでいつもむせこんでいた。

瑛の話をしようとしたその日も途中で激しくどやされて、滋彦は口をつぐんだ。西野瑛とは何も道ならぬ関係に陥っているわけではない、初対面のときには若い女だと思ったけれど、実際には自分と一回りしか違わない四十代半ばの女だった。海苔や佃煮をスーツケースに入れて単身で世界のあちこちを飛び回る、勇ましい商売人……そういう彼女に、善意の運転手や片付け要員として都合良く使われているだけなのだ。思いあがってはいけない。仮にもし天地がひっくり返って、万万が一、向こうから迫ってこられるような事態に陥っても、自分はすぐさま背を向けこの妻のもとに一目散に逃げ帰れるという自信がある。指をさされ笑われてもかまいやしない、腑抜け者には腑抜け者の矜持がある。

そんなことを自分で自分に言い聞かせつつ、胸のなかには栗鼠のような、温かくて小さな生きものが絶えず駆け回っているような感じがあった。

土曜、駅のロータリーで待っていた西野瑛は、滋彦の車を見つけると肩の高さに手を上げて軽く頭を下げた。

丈の長い、ベージュの柔らかそうなコートを着ていて、上げた手には焦げ茶色の革の手袋をはめている。往来の激しいロータリーで、その立ち姿はひときわ目立っていた。にっこり笑って近づいてくる女に、滋彦はぎこちない笑みを返した。

「ごめんなさい、いつも」

助手席に乗り込んできた瑛は手袋を脱いで手を擦りあわせ、それから両頰に当てた。

「寒くって……」

滋彦は彼女のために暖房の温度を上げておいたのだが、それをまた何度か上げた。

近況報告を聞きながら、駅からすこし離れた、小さなうどん屋に車を走らせる。これもまた、瑛が片付けにやってくるときの習慣になっていた。大学入学と同時に彼女は卯月原の実家を離れたそうだが、それまでは日曜日の昼、よく家族三人で食べに通った店だという。一方、滋彦が家族四人で暮らしていたころ、日曜日の昼に一家で食べにいったのは、県道沿いの「ことぶき」という天ぷら屋だった。子どもたちはここの甘いつゆのしみた天丼が大好物だった。会計をして帰る際、妻は必ずポリ袋に詰められレジ脇に置いてある無料の天かすを持ち帰った。その晩の食卓で、天かすは冷や奴にまぶされていたり、お好み焼きの具になった。

瑛は山菜うどんを、滋彦は力うどんを注文した。瑛はうどんを上手にすすり、そしていつも早食いだった。子どものころからの習慣なのかもしれないが、自分のどんぶりをあっというまに空にして最近旅した街のようすやそこで起きたトラブルについて喋る瑛を見ていると、そんなに焦らなくてもいいではないかと諭したくなることがある。娘の梓だって、むかしはどちらかといえば食べるのは遅いほうだった。それがいまでは、同時に食事を始めても滋彦がようやく焼き魚を半分食べ終えるというところで、梓はすでに食後のゼリーの蓋をめくっていたりする。せわしい都会に長く暮らした女は、常に何かに追われているような心地がするのだろうか、そう察しをつけるけれど、思えば妻の祥子も早食いだった。ということはひょっとして、この自分が周りの女を自然と早食いにしてしまう迷惑な性質を備えているということなのか？　そう考えると冷や汗の出るような焦りに駆られ、混乱してしまうのだが、なぜだか食欲は増進する。

迎えに来てもらっているから、という理由で、会計はいつも瑛が持った。最初は断っていたものの、この問答も繰り返されるうちに白々しいそぶりに思えてきて、結局この一年ほど、滋彦はレジの後ろで金を払う女の後ろ姿を手持ちぶさたに見ているだけだった。

これが最後になるのだろうから今日ばかりは自分が会計を持とうとすると、やはり押し切られて払われてしまった。

「寒いけど、天気がいいですね」

助手席で機嫌の良さそうな瑛を横目に、滋彦は左右を確認して、うどん屋の駐車場を出る。

「良かった。あの家と最後のお別れになるっていう日に曇天とか雨だったら、寂しすぎるから。こういうお天気だと、気持ち良くお別れができそう」

家のことを言っているのはわかっているのだが、聞いていると胸苦しい。

「解体のあとは、もうお見えにならないですか」

「たぶん、しばらくは。来週からまた二ヶ月出張なんです」

「今度は、どちらに」

「フランスのビアリッツです。スペインとの国ざかいのあたり。おにぎりのワークショップを開きたいって現地の知りあいにお願いされたので。それが終わって、東京でひといきつけたら、一度ようすを見にくるかな」

「そうですか」

「お嬢さんは」

「え？」

「お嬢さん。まだおうちにいるんですか」

前回会ったのは、秋口のことだった。東京の家を引き払って帰ってきた梓に、祥子が目に見えていらつきはじめたころだ。家の空気がどうもぴりぴりしていると、滋彦は食器棚の食器を不燃ごみ袋に入れながら瑛に話していたのだった。

「ああ……ええ、まだいますよ」

「もう完全に、こっちに戻ることになったんですか？」

「さあ、どうだか……」

「でもまだ若いんだから。きっとそのうち、自分の家を見つけますよ」

「瑛さんの家というのは、やはりこの町の家ではなくて、いまの東京の家ですか」

「ええ、そうですよ。東京の家がわたしの家。そんなに立派なものじゃないけど、自分一人ぶんの家があるっていいものです。ちゃんとガスも水道も通ってますよ」

東京の家の話をするとき、瑛はまるで生まれ育った故郷の話をするかのように、いつも嬉しそうだった。三十九歳のとき、それまで貯めていた貯金を頭金にして、千駄木にある中古マンションを購入したのだという。そこにはきっと、吟味して選んだ寝心地の良いベッドや仕事机があるのだろうし、もしかしたら犬や猫だって飼っているのかもしれない。

自分一人ぶんの家……瑛の言ったことばを、滋彦はぼんやり反芻した。

考えるまでもない、自分にとっての家とは、当然、妻と、帰郷した下の娘が時折ぴりぴりした空気を醸し出しているあの家に違いなかった。確かにそうだ。すでにローンだって返済できている。三十年以上暮らした家族の家、自分の頭のかたちにへこんだ枕と妻の尻のかたちにへこんだ座布団がある我が家。しかし自分一人ぶんの家、たんなる家ではなく、いま瑛が口にしたようにある喜びをこめて「わたしのいえ」と口にするとき、滋彦の心にまっさきに浮かぶのは、あの家ではなかった。浮かんでくるのはこれから向かおうとしているかつての住人が去った家、廃墟になりかけたあの家の、暗くて静かな空間だった。

一年ほど前、瑛が鍵を持ってくるのを忘れて以来、玄関脇の小窓の桟の隙間がスペアの鍵の隠し場所と決まった。それをいいことに、滋彦はこの鍵を使ってたびたびこっそり家に上がりこむようになった。会社で荒っぽい人員整理を押しつけられた日、統括している地方工場で大幅な出荷ミスが発覚した日、朝の妻の機嫌が思わしくなかった日、古い友人の訃報を受けた日……ほとんど衝動のように向かいたくなるのは抜け殻になった他人の家、我が家そっくりの誰もいない家なのだった。

十五分から長いときには一時間ほど、壊されるのを待つ空き家のなかにじっとしていた。手持ち無沙汰に蠟燭の光のもとで新聞を開きながらも、大半の時間は頭に去来するおぼろげな記憶の跡を追っていた。自分が生まれる前に父親が屋根の穴から見ていた空、少年のころに眺めた冬の御嶽山の輪郭、高校時代の友人と旅行した横浜の港の夜景、喧嘩する娘たちを叱りつけながらレジ脇の天かすのポリ袋をしっかり摑んだ、妻のたくましい腕……大きな記憶のかたまりが、すこしつついてやるだけで脆い鉱石のようにほろほろと崩れて、細かな断片となり、暗闇に漂う。とうのむかしに消えたはずのやっかいな欲望、使命感、人生には人生以上の何かがあるという期待がその断面から漏れ出し、一つ一つのかけらに輝かしい縁を作る。座っていると、もう長過ぎるほど生きてしまったような気も、それとは逆にまだ生まれてもいないような気もしてくるのだが、どちらにせよ最後には必ず伊勢湾台風の轟音が響きはじめる。

「誰だって、きっといつかここだっていう自分の家を見つけるんですよ」

助手席の瑛が言った。滋彦は息を吐いた。

家の前で車を降りると、瑛はまずスマートフォンを横にして家の写真を撮った。撮ってもらえますかと言われたので、玄関に立つ彼女がちょうど真んなかに来るよう画面に収め、ここを押してと言われた画面の丸いボタンを押す。画面を確認した瑛は、「うーん、ブレてるな」と顔をしかめて、何度かやりなおしを命じた。

瑛は自分の鍵を使わず、小窓の桟の合鍵を使って玄関を開けた。久々に明るい陽にさらされた山の絵を目にした滋彦は、衝動的にその絵を欲した。この絵一枚に、ここで思い出されたすべての記憶が収斂(しゅうれん)している気がしたのだ。

「絵は。この絵はどうするんですか」

聞くと瑛は、いま初めて気づいたというふうに壁を見やる。

「ああ、これ……そういえば。ずっとここにあるから、もう絵とも思ってなかった。好きですか？　この絵」

「はい。好きです」

「じゃあどうぞ持っていってください。絵だけじゃなくて、うちにあるものはもうなんでも」

ピアノや箪笥やベッドなどの大型の家具はすでに買い取られ、室内はがらんとしていた。家具を残すと匁(もんめ)単位で追加料金がとられるそうで、最後まで買い手のつかなかった古いベッドや食器棚は、やむをえず家と共に処分してもらうのだという。

どうせ重機で一緒くたに破壊されてしまうのだから、滋彦には甲斐ないことに思えるのだが、コートの袖をまくった瑛は廊下に伏せてあったバケツに水を汲み、そこにモップをひたした。「廊下は風の通り道ですから」そう言って、掃除番を命じられた中学生のように殊勝な表情を浮かべて廊下を磨き始める。ただ突っ立っているわけにもいかず、滋彦も傍にあった雑巾を水に浸し、ドアノブや棚の背をほとんどうわの空で拭いた。やがて廊下を磨き終えたらしい瑛は、「二階を見てきます」とモップを立てかけ階段を上っていく。ステップを踏む薄茶色く汚れたストッキング越しの足の裏を、滋彦は下からちらりと盗み見た。

二階の奥の部屋は、結局一度も足を踏み入れる機会がなかった。親だって立ち入り禁止だった、と言われれば、恐れ多くて部屋の主がいようといまいと、あえて侵入する気にはならない。耳をすましてみるけれど、上から物音は聞こえてこなかった。機械的に雑巾を往復させながら、滋彦は瑛が下りてくるのを待った。そうしているうち、待っているのは自分ではなく実は彼女のほうなのではないかという胡乱な考えが、つぶてのように頭を打った。それで慌てた。あの部屋のドアの向こうに、ベージュのコートを脱いだ瑛が、何もない裸の床に座っている。そして部屋に残されている彼女の少女時代の思い出を、窓から見える景色を、自分に見せようとしている……想像すると息が止まりそうになった。

結局それから小一時間ほどもして笑顔で階段を下りてきた瑛は、摑んだモップを玄関脇に逆さに置きなおした。

「済みました」

「何してたと思います?」

コートのポケットに手を入れて、彼女は寒そうに肩をすぼめる。滋彦が口ごもっていると、「放火」思いがけぬことばが聞こえてきた。

「放火しようとしてたんです。でも、火だけじゃ燃えなかった」

「そんな、物騒な……」

「冗談ですよ」

「あ……」

「中学生のころ、一度やったことありますけどね。親と喧嘩して、マッチでカーテンに火をつけたけど、防火カーテンだったから燃えなかった」

本当に冗談だったのか確認する間もないまま、瑛は「もう出ましょうかね」とバケツの水を台所に流しにいった。滋彦はじわじわ溺れかけていたひとがようやく呼吸を取り戻したような体で、不自然な動悸を抑えつつ雑巾を玄関脇のモップの隣にかけ、靴を履いた。

「外で待ってますね」

遠い赤城山から吹きつけてくる晩秋の風は、乾いて冷たかった。この家の庭も周辺の空き地も荒れ放題で、緑と茶色の割合が半々の雑草が生い茂っている。娘の梓が夏からむきになって草取りに励んだせいで――あの子は何もしていないのではなく、草取りだけは確かにしていたのだ――鏑木家の庭は痛々しいほどに地面が露出していた。草がまったくないというのもつまらないものだったが、野放図にありすぎるのもやはり寂しいような気がした。

そして気づけば、またもや待たされている。とはいえ今度は先ほどとは違い、相手は自分が来るのを待っているのではなく、自分が去るのを待っているのではないかという疑念が湧いた。つまり玄関の向こうに一人でいる瑛は、このまま赤の他人である自分に完全に消えてもらいたがっているのではないか。冷静に考えてみればいまだけではなく、実は先ほど二階に一人でいたときだってそうだったのかもしれない。子ども時代に長く暮らした故郷の家に別れを告げるという日に赤の他人が近くでうろうろしていては、ゆっくり思い出に浸ることだってできないだろう。先ほどの一時間の不在は、そういう瑛の意思表示だったのではあるまいか。

「お父さんはいつも察しが悪いんだよ」かってたびたび自分に向けられた妻の文句が久々に脳裏に響いて、滋彦は苦笑した。それで運転席のドアを開けたのだが、そういうわけにもいかないとすぐにドアを閉めなおした。何しろあの絵を、まだもらっていない。

　これまでもう何度握ったか知れない金属のレバーハンドルを引き、玄関ドアを大きく開けた。するとちょうど瑛が沓脱ぎの向こうに立ち、革の手袋をはめているところだった。

「絵を」滋彦は言った。「絵をもらうのを……」

　ああ、と瑛は微笑んで、はめかけていた手袋をさっと脱いだ。そして次の瞬間、シューズボックスに左手をついて上体を傾げ、左足を軸にして右足を膝の高さまで後ろに振り上げ、右手をまっすぐ壁の絵に伸ばした。滋彦は思わず息をのんだ。一瞬のことだったけれど、すばしこく伸びやかで無駄のない、器械体操を思わせるような優美な動きだった。

「はい、どうぞ」

　額縁の埃を払って絵を手渡す瑛の顔を見ながら、滋彦の頭に再び胡乱な疑惑が浮かんだ。ひょっとしてこの女性は、かつて自分の妻に体育を教わったことがあるのではないか。その種の考えはこれまで不思議と一度も頭に浮かばなかった。浮かばないように無意識に抑えつけていたのかもしれないが、妻は五十九で瑛は四十代半ばだというから、年齢的にもじゅうぶんにその可能性はある。絵を外す一瞬に瑛が見せたあの機敏な全身の動きは、滋彦にとって新鮮だけれど同時になじみぶかいものだった。自分のからだで再現しろと言われてもとても無理だが、妻のからだがそう動くところであれば、想像は容易だった。物干竿の端に引っかかった靴下を取るとき、台所の壁掛けフックにぶらさがるしゃもじを取るとき、妻はいつもああしてからだを使ってはいなかったか。

何にも包まれず、裸の状態で渡された埃っぽい絵を抱え、滋彦はひとあし先に車に乗った。瑛は玄関からやや離れたところに立ち、また家の写真を何枚か撮った。

「玄関の、市松模様のポーチ」ようやく助手席に乗りこんできた瑛は、まず言った。

「あれが好きだったんです」

「うちも、同じ模様ですよ」

「雨が降って濡れると、チョコレートみたいに見えて……」

「もうすこし、見ていますか？」

「いいえ」瑛は玄関を見つめながら言った。「もういいんです。行きましょう」

暮れてゆく西日のもと、別れを告げられた家はすこしずつ縮んでいくように見えた。いつか自分の家も、こんなふうに残されたものの目、それはおそらく年老いた娘たちの目ということになるが、そんな目で眺められるのだろうか。

横目で隣の瑛のようすを窺ってみると、その目は恐れたようには潤んでいなかった。むしろ光の加減なのか、ふだんより乾いた、磨りガラスのような質感に見えた。知り合って三年近くにもなるというのに、この女性が東京の家でいったいどんな暮らしをしているのか、自分がまったくといっていいほど知らないという事実に、いまさらながら滋彦は驚いた。

「寂しいですね」

県道に出てから呟くと、「さびしいですね」初めて会ったときのように、瑛は滋彦のことばを一音一音はっきりと繰り返した。

「育った家がなくなるのは、つらい」

伊勢湾台風の被害を乗り越えて滋彦が育った名古屋の家は、もうあとかたもない。上京して就職した年に父親が亡くなり、関東内で何度か異動を繰り返したあとこの町で所帯を持ってからは、残された老母をこちらに呼び寄せた。そしていま瑛がしているように何度か名古屋の家に片付けに通い、同じように解体工事をして土地を売った。

「でもいつまでも、放っておくわけにもいかないから」瑛は言った。「誰も住んでいないのに、残っている家のほうがかわいそうです」

「でも、何もなくなってしまうのは……」

「何もなくなるんでしょうか」

瑛は手袋の両手をすり合わせ、祈るようなかたちに拳をまとめた。

「確かに、家っていう……家という建物はすっかりなくなっちゃうわけですが……でもわたしが、父や母のことを考えるときには、どうしたって三人全員、あの家にいるんです。あの家以外には、親もわたしもいないんです」

　滋彦は黙って車を走らせた。瑛のことばはすぐには理解できなかった。頭のなかには住む者のない家が解体されたあとの、荒涼とした更地のイメージが広がるばかりだった。真横から差す西日がまぶしくて目を細めると、瑛はその表情に気づいたのか、口調を和らげて続けた。

「すみません。鏑木さんには、本当にお世話になりました。なんだか管理人みたいにしてしまって、毎回、送り迎えまでしてもらって……」

「いえ、いいんです。これも同じ家に住む人間の、というか、まぎらわしいですけど、同じかたちの家に住んでたもの同士の、縁みたいなものでしょうから……」

「でも、鏑木さんだって、ご自分がいま住んでる家と同じ家がなくなっちゃうのを見るの、ちょっとつらくないですか」

「はあ、それはまあ……」

　黙った滋彦は、最後の最後に相手をほんのすこし驚かせてみたくなり、思いきって口を開いた。

「正直なところ、かなり寂しいですよ。実は時々、ようすを見に……いえ、それは言い訳なんですが……一人であの家に上がらせてもらって、ぼんやりしていたんです。仕事を終えて家に帰る前に、十五分とか、長いときには一時間くらい、何をするわけでもなく、ただ座っていたんです」

「えっ、あの家に？　一人で？　忍び込んでたってこと？」

気味悪がられるかと思ったが、瑛はおもしろがっているようだった。

「ええそうです。こっそり忍び込んで、くつろいで、瑛さんの言う、自分一人ぶんの家のように思っていたんです。すみません」

「じゃあ鏑木さんには、二つのそっくり同じ家があったということなんですね」

瑛は笑いながら言った。

「むかし映画で観たんですが、フランスの田舎には、二人の妻を持つ者は心をなくし二つの家を持つ者は分別をなくす、っていうことわざがあるそうなんです」

滋彦はドキリとした。二つの家を持つ者は……「分別」瑛が言った。「鏑木さんもなくしましたか？」

その瞬間、西日が差し込む視界の右側に黒い大きな影が侵入し、滋彦は反射的にハンドルを左に切った。ブレーキをかける前に、中途半端な衝撃の感覚があった。

「大丈夫ですか」

隣の瑛はやや前傾姿勢になって、口元に手を当てている。大丈夫です、という返事を聞いて胸の内に広がった安堵が、思いのほか豊かだった。しかしながらこの安堵は隣の女性が無事だったことにたいする純粋な安堵ではなく、病院に行ったり妻に状況の説明をしたりといった、耐えられそうにない面倒を避けられたことにたいする打算的な安堵であることが、その豊かさゆえにひしひしと感じられた。

窓の外では、自転車と若い男女二人が道に転がっている。二人乗りをしていたところそのまま横倒しになったらしく、二人とも片方の足が自転車の下敷きになっている。どうやら面倒は避けられたわけではないらしい。

「大丈夫ですか」

運転席のドアを開け、起こしてやろうと一歩外に出た途端、滋彦はあっと息をのんだ。転がっていたのは祥子だった。妻を轢いてしまった！　ところが上半身を起こし、転げたばかりだというのに何時間も待ちぼうけをくらったような退屈そうな顔を見せている女は、よく見てみれば娘の梓だった。

まったく、家でも外でも、この子は同じ顔をしてるんだな。状況には似つかわしくない、さきほどの安堵とはまた違う種類の安堵が心を満たしていくのを感じ、滋彦は苦笑した。

「あ。お父さん」

梓もまた父親に気づいて、転がってもなお退屈そうだった表情が、即座に驚きの表情に変わった。

「大丈夫か」

梓はからだをもぞもぞ動かし、自力で自転車から這い出してくる。ところが前に乗っていたがたいの良い男はうーんとうなるばかりで、なかなか動かない。

「やだ、お父さんに轢かれるとこだった。ねえ、これ、うちの父」

娘が言うと男はいぶかしげに眉を寄せたが、並んだ二人の顔を見比べると、これはまずいという表情に一変した。滋彦は自転車をどかしてやり、男の腕を引っぱってどうにか立ち上がらせた。足が折れていたりしたら厄介だと思ったが、男はたぶん大丈夫だと言う。

「野田です」男は自ら名乗ったが、梓は彼を友人とも恋人とも紹介せず、「家に帰るとこだった」とだけ言った。それで遅まきながら慌てたのは滋彦のほうだった。娘の視線はすでに、車の助手席に座る女に向けられている。

「お父さんも、帰るところだった」

娘は助手席を見つめたまま、「ふうん」と言った。

「あのひとは東京から来たひとで、これから駅まで送って、それから帰るところだ」

梓はまた「ふうん」と言った。

数分後、後部座席には娘と娘から友人とも恋人とも説明されなかった男を、そしてトランクにはハンドルの曲がった自転車を載せ、車はふたたび道を走り出した。

後部座席の若い二人のあいだには、例の山の絵が仕切りのように挟まっている。隣の瑛は遠慮したのか、最初に挨拶をしただけであとは何も喋らなかった。瑛だけではなく、皆が無言を貫いた。

　この近くに住んでいるという男に案内をさせ、まだ建てて数年も経っていないように見える立派な家屋の前で自転車と一緒に降ろした。白いマーブル模様の石の表札には、確かにローマ字でＮＯＤＡと彫ってある。男は頭を下げて、やや片足をひきずりながら、自転車を押して車から遠のいていく。別れ際、梓は「お大事に」と言っただけで、ドアが閉められると男が座っていた場所に山の絵をどかした。

　それから駅について、瑛が降りた。ありがとうございましたと今日再三繰り返された礼をまた繰り返し、目新しいことはもう何も言わない。すこしためらうような表情のあと、瑛は「ではまた」とつぶやいて控えめな笑顔を見せた。滋彦も同じことばを返し、軽く頭を下げた。後ろの娘は無言で同じように頭を下げた。

　ベージュのコートの裾を翻してロータリーを去っていく女の後ろ姿を、滋彦は他人のように眺めた。事実、他人なのだった。

　後部座席を降りて助手席に移動してくるかと思ったけれど、梓は動く気配を見せず、後ろに座ったままでいた。

「この絵、何？」

　ロータリーを出発してすこし経ってから、ようやく聞かれた。

「その絵は、山の絵だ」

「山はわかるけど……どこの山？」

「お父さんが、小さいころに見てた山」

「名古屋の？」

「うん」

「もらったの？　買ったの？」

「もらった」

　ふうん、梓は言って、それ以上は何も聞かなかった。

　県道は卯月原の町に入った。やがて左手に、竜巻に巻き込まれた地区が現れる。三年の月日が経ったいまでは竜巻被害のあとはもうどこにもなく、家々の瓦屋根がそれぞれの角度で夕日を反射している。一日の終わりの光に照らされた土地の片隅で取り壊されるのを待つあの一軒家を、滋彦は古い一葉の写真のように思い出した。

「梓」呼びかけてから、続くことばを探した。「お腹すいてるか」

「お腹？　そんなにすいてない」

「『ことぶき』にでも行くか」

「いま？」

「いま。あそこの天丼、好きだったろう」

「天丼ね……」

やがて県道の右側に、天ぷら屋の看板が近づいてくる。すごく腹がすいている、お父さんはすごく腹がすいているんだ。滋彦はそう後ろの娘に言いたかった。一つ前の交差点で信号が赤に変わったとき、梓が言った。

「食べたいけど、お母さんがもう、晩ご飯作ってると思う」

「そうだな」

「また今度ね」

「そうだな」

信号は青に変わった。

車は天ぷら屋を通りこしてまっすぐ県道を進み、芋畑に囲まれた住宅街に入る交差点で右折した。その拍子に山の絵がシートを滑り、後部座席の足元に落ちた。梓は額縁を摑んで拾い上げたが、次の角でも、また次の角でも、絵はシートを滑り落ちた。そのたびに梓は額縁を摑んで拾い上げ、絵に描かれた山と窓の外に見える遠い赤城山のかたちをつかのま見比べた。

八．島

二つ並んだ白い枕の隙間に頭を沈ませて、道世はもう長いこと目を閉じていた。

伊鍋の家を出たのが今日なのか昨日なのかもよくわからない。いったいどうやってここまで辿り着いたのか、思い出すのも難儀だった。

なんと複雑で遠い道のりだったこと！　バス、電車、飛行機、タクシー、どの乗りものにどの順番で乗ったのか、すっかりあべこべになっている。ただ、窮屈なシートベルトに縛りつけられ、内臓までがフワッと浮くのを感じたあの離陸の瞬間のことだけは、よく覚えていた。窓の外の景色が斜めになってみるみる下に遠ざかっていく。自分は一歩たりとも動いていないのに、どんどんどんどん、雲の高さで遠くへ運ばれていってしまう。空には目に見える道というものがない。道がないんじゃあもう、自力では家に帰れないね、と思った。そう思ったら、急に怖くなった。結局一睡もできぬまま、途方もないほど長い時間の果てに紙くずみたいに機外に放り出され、ひといきつく間もなくべつの乗りものに押しこまれ、そしていま、太鼓のようにパンと張ったホテルの立派な枕のあいだでこうしてまた小さくなっている。

寒気を感じてベッドの足元にかけてあった毛布を広げようとすると、広がらない。毛布のような質感なのにやけに細長くて、縦にしても横にしてもからだにかけるには中途半端だった。あきらめてまた布団をかぶり、靴下に空いた穴を糸でかがるみたいに、ちょっとでもこのだだっ広い空間を縮めたくて、天井の四隅を順ぐりに見やった。

案内係の男性が運んでくれた借りもののスーツケースは窓際に置かれていた。大きな窓には、白く透けるカーテンがかかっている。カーテン越しに、ビル群とその隙間にそびえるばかでかい注射器のようなかたちをしたタワーが見える。まだ高いところにある太陽の光を受けて、あらゆる建物の表面がぎらぎらと輝いている。


年末、ニュージーランドに暮らしている友人から遊びに来ないかと誘われたけれど、母のことがあるので断ったんです。

お茶の時間に村田氏がそう言い出さなかったら、きっとこんなことにはなっていなかった。海外旅行といえば、とすぐに峰岸さんが反応し、たちまち二人のあいだであそこに行ったここへ行ったなどという旅行談義が始まったのだが、聞き流していた道世はふと、数年前から姪がその国の特産だというウールの手袋やマフラーを送ってくるようになったのを思い出した。なんでも向こうに友人が住んでいて、毎年決まった時期に一人で遊びにいくのだという。「道世さんはどこへ行きたいですか」水を向けられそのことを口にすると、「そんな姪御さんがいるならぜひ道世さんも連れていってもらうべきです」村田氏が力説し、他の二人も同意した。「人間、一度は旅に出るべきです」

外国だなんて、この年になってぜったいにごめんですよ。そう言ったきり、道世はただ黙ってお茶を飲んでいた。それなのにその晩には純子に電話をかけて、旅費の概算を聞いていた。というのも、秋に着の身着のままで突然自分を訪ねてきた姪の娘のことを思い出したのだ。あんなふうに、思い立ったその日に、ふらりと旅立ってみるのはおもしろそうだと思った。ちょっと聞いてみるだけのつもりだったのに電話口の姪は喜んで、今年も十二月に行くつもりだったから一緒に行こう、としつこく誘う。会話を盗み聞いたわけでもないだろうに、翌日村田氏は小ぶりのザクロ色のスーツケースを持ってきた。峰岸さんはポケットのたくさんついたピンク色のウエストポーチを、長沼さんは首からぶら下げる花柄のパスポートホルダーを持ってきた。

あのスーツケースは、やっぱり奥さんのだったかしら。ベッドの上で、ぼんやり道世は思う。あえて聞かなかったけれども、テーブルに置いたウエストポーチもパスポートホルダーも、色、柄、使いふるしぐあいといい、どう見ても彼らの奥さんたちのものとしか思えない。旅費の節約とはいえ、勧められるがまま見ず知らずの奥さんたちの愛用品を手に握ったり腰に巻いたり首から下げたりしてはるばるここまで来てしまったことを考えると、やはり申し訳ない気持ちになった。

　また寝返りを打ったところで、いきなり部屋がビーッと鳴る。驚いてからだを起こすと、短い廊下の奥でガチャとドアが開き、「おばさん？」姪の声が聞こえてほっとする。

「大丈夫？　ちょっと寝た？」入ってきた純子は、大きな茶色い紙袋を抱えていた。

「うん、大丈夫。ね、冷房、止めてくれない？　なんだか寒くって」

　はいはい、純子は空調のパネルを操作し、紙袋の中身をテレビの横のテーブルに並べ始める。野菜でパンを挟んだようなサンドイッチ、小さなつぶつぶがまぶされた緑の葉のサラダ、分厚いクリームがたっぷり載ったプリン……。

「みんなおいしそうだったから買いすぎちゃった。さっき空港で食べたのにね、なんかあたし、もうお腹すいた。あのパスタ、べとべとでイマイチだったよね」

　言うそばから純子はサンドイッチの包みを開け、大口でかぶりついた。空いた左手でリモコンを握り、テレビをつける。ニュース番組にチャンネルを合わせると、サンドイッチを持ったまま靴を脱ぎ、窓際のベッドにごろりと横になる。

「こうしてるの好き」

　シャクシャク音を立てて野菜サンドイッチを咀嚼しながら、純子は言った。

「純子ちゃん、旅慣れてるんだね」

「ここ数年でね」

「英語もぺらぺらじゃない」

「ぜんぜん喋れてないよ。単語を言ってるだけ」

　移動中、この姪がキャビンアテンダントやホテルのフロント係と堂々と英語で渡り合っているのを目の当たりにして、あの純子ちゃんが、と道世はいまさらながらに仰天した。子どものころの純子は、病弱で神経の細い子だった。それがいつからこうなったのか、六十を超えたいまではしっかりと肉をつけて、声も大きく、空港を出るなりつんと顎を上げてサングラスをかける仕草など、こちらが縮み上がるほどに堂に入っている。結婚してもう三十年以上になる夫がいるはずなのだけれど、夫の話はほとんどしない。数年前から大阪に単身赴任に出ていることはちらっと聞いたことがあるものの、話の断片をつなぎあわせてみると、夫の単身赴任と年に一度のニュージーランド旅行が始まったのはどうもだいたい同じ時期であるらしかった。この国に暮らしている友人がどういうたぐいの友人なのか、道世としては、詮索したい気がしないでもない。とはいえ、こんな遠い異国で唯一の身内に愛想を尽かされ路上に放り出されたりしてはたまらないから、下世話な好奇心はうっちゃっておくことにした。

「まだ外しばらく明るいよ。ちょっとしたら散歩行く？」

「ううん、わたしは今日のところはここで休んでる。外に行きたければ行ってよ。わたしはもう、すっかりくたびれちゃったから」

「あたしもまあ、くたびれたわ」純子はナプキンで口をぬぐい、二切れ目のサンドイッチにかぶりついた。

「夕飯もそこにたっぷりあるしね。おばさんも好きに食べて。今日はもう、休憩」

テレビのなかのニュースキャスターの女性は、同じテーブルに並ぶ初老の男性にけわしい表情で何か問いつめていた。第二ボタンまでシャツの胸元を開けた相手の男性も、同じくらいけわしい表情で滔々（とうとう）と意見を述べる。道世は寝そべったまま、二人の熱い議論を眺めた。ふと横を見ると、純子は食べかけのサンドイッチを手にしたまま寝入っている。

　時計を見ると十五時五十五分で、時差を差し引くと日本は十一時五十五分ということになる。自分が旅に出ているこの一週間、あの三人はこの午前の時間をどう過ごすつもりなのやら。想像しかけたけれど、はるばるこんな遠くにきてまであの三人のことを考えてしまうのも癪だった。

　今度はなんだか暑い、と思い、布団を腰まで下げる。立ち上がり、パネルの横長のボタンを押すと、コーと音が鳴って冷たい風が吹きつけてくる。

　ホテルの窓から見えた注射器のようなタワーからは、オークランドの市街が一望できた。

ビルの並ぶ街区の向こうには港があり、その向こうに対岸の半島があり、さらに海を隔てた向こうには、ずいぶんと裾野の広い山の島がある。島ぜんたいがゆるやかな一つの山になっているようなのだが、タイルにひっつく透明の吸盤のように、山が海にひっついているようにも見える。

「あそこは山なの、島なの」

道世が聞くと、「両方でしょ」純子は言う。足元の床はところどころガラス張りになっていた。こわごわその上に立ってみると、履いているウォーキングシューズの遥か下方に、往来する人々の頭がビーズのように散らばっている。

その後、純子から半歩遅れて異国の街を歩く道世は、街並みよりも自分の足元ばかりが気になった。ことばの通じない国でうっかり転んでしまっては、どんな目に遭うかしれない。時々顔を上げると、いま上ってきたばかりのスカイタワーを鏡のように映している大きなビル群と、目にツンと沁みるような青空があった。その下を、下着と見まがうくらいの軽装の人々が肌の色や顔の造作や背丈の高低、年齢を問わず、いかにもうきうき歩いている。はるか上から垂直に見ても、こうして同じ水平から平行に見ても、不思議とビーズのような、という印象だけは変わらないのだった。

「おばさん、ついてきてる？」振り返った純子の表情に、どことなく姉の表情が重なる。ひとまわり以上年の離れた姉とは、こんなふうに二人きりで旅行に出たことなどなかった。行きたいと願ったこともなかったけれど、行っておいてもよかったかもしれないとも思う。早くに実家を出ていった姉とは、一緒に遊んだ記憶もほとんどなかった。思春期の悩みを抱えて相談相手がほしかったときだって、姉は自分の子どもの面倒を見るのに精いっぱいで、年の離れた妹の存在などめったに思い出しもしなかっただろう。何がいけなかったのかわからないが、あるとき急に口を利いてもらえなくなって、疎遠になった時期だって長かった。当時はずいぶん自分勝手だと憤慨したけれど、いまだったら、あのころ姉が何を考えていたのか、何に苦しんでいたのか、話を聞いてあげられたのにと思う。

「海を越えたこんなに遠いところでも、こんなに人間がうじゃうじゃよりかたまって街を作って、当然だって顔して歩いてるのはすごいわよね」

バスのなかで純子が言った。まったくそのとおりだとうなずくと、「おばさんを連れてこられて嬉しい」急に感慨深げに言うので、道世は身構えた。

「そう？　足手まといで申し訳ないけどね。連れてきてくれて、ありがとうね」

「ぜんぜん。元気なころ、お母さんを誘ったこともあるんだけど、飛行機に乗るのはいやだって」

「そんなこと言わないで、姉ちゃんも来ればよかったのにね」

「いやになっても、飛行機は途中で窓から飛び出したりできないでしょ。だから駄目だって」

「電車も船も、飛び出したら死ぬじゃない」

「飛び出したあとの話じゃなくてね、窓とかドアが閉めきりで、飛び出せないのがいやなんだって」

「じゃあ向いてないね」

「そうなの。お母さんは、飛行機、向いてなかった」

純子の目がほんのり潤んだように見えた。道世は気づかぬふりをして、窓の外の景色を眺めた。

バスを降りてからは、十五分ほど歩いて噴火口跡の丘に登った。頂上にある緑のすり鉢状の噴火口跡の向こうには、さっき上ったタワーと、その上で見た半島と吸盤のような山の島も見える。それから丘を下り、純子のお気に入りの店だという大きなカフェに入った。ガラスケースにずらりと並んだ総菜から食べたいものを選ぶ形式らしかったが、芋をつぶしてぐじゅっとまとめたようなのや、テカテカした豆のサラダのようなものばかりで、いまひとつ食指が動かない。一方隣の純子は次から次へと総菜を指差し皿を山盛りにしてもらっている。道世は隅に煉瓦のように積まれたサンドイッチを指差し、なかに何が入っているのか純子に聞いてもらった。「ツナだって」中身を聞かれた若い三つ編みの店員は道世の決断を待たず、トングでつまんだサンドイッチを空の皿にドンと載せて差し出した。

それからまたバスに乗って、べつの丘に一時間ほどかけてゆっくり登り、街を見渡した。今度は噴火口ではなく、大きな剣のような塔がてっぺんに立ち、あちこちで羊がウロウロしている丘だった。道を横切る羊をよけながら坂道を下る途中、なんだか今日は上ったり下ったりの繰り返しだと気づいて、にわかに徒労感に襲われた。帰りに寄ったスーパーには、百年かかっても売り切れなそうなほどの大量の商品が店じゅうにぎっしり陳列されていた。冷凍食品が並ぶ大きなケースには、とても一家族分とは思えない巨大な冷凍ケーキや冷凍ピザがびっちり敷き詰められている。

伊鍋の自分の店に並んだ商品など、ぜんぶこの冷凍ケース一つに収まってしまうだろう、やはりとんでもないところに来てしまったとあっけにとられていたところ、突然後ろから英語で声をかけられた。振り向くと、日に焼けた首に金のネックレスを巻いた赤毛の女性が何か自分に問いかけている。慌てて助けを求めるけれど、すぐそこでカートを押していたはずの純子がどこにもいない。どうしようと思っているうちに、相手の女性は肩をすくめ、何かひどく落胆したようすでこちらに手を伸ばしてきた。反射的に身を硬くしたところ、その手は道世の腹の脇を通って後ろのケースから巨大な冷凍ピザを五枚まとめて摑み、もう片方の手で持っていたカートにどさっと投げ入れた。

ああ、ピザがほしかったのね。安心したけれど、無表情で去っていくその赤毛の女性を見送りながら、なんだか心底くたびれて、しばらくそこから動けなかった。

「明日はわたしは一日、ホテルで休みます」

ホテルに戻るなり、道世はぐったりとベッドに座りこんだ。

「ええ？　なんで？　疲れちゃった？」

「うん。観光はもうじゅうぶん」

「そうなの？　ああごめんね、はりきって歩かせすぎちゃったね。明日はデボンポートに行こうかと思ってたんだけど……」

「何？　でぼん？」

「デボンポート。フェリーで行ける向こう岸の街なんだけど、ほら、今日も高いところから手前に見えたでしょ、あのお椀みたいな山のこっち側の半島。きれいなところだよ。今日、大きい通りのどんづまりに船がいっぱい集まってるところ通ったじゃない、あそこからすぐ、十分くらいで行けちゃうの」

「そう。わたしは、よしておくよ」

「でもねえ、あさってはクライストチャーチに移動だから……行けるとしたら明日しかないんだけど」

「わたしはいいから、気にしないで純子ちゃんが行きたいところに行っててよ」

「大丈夫？　そんなに具合悪い？」

「ううん。ただくたびれただけ」

「そう？　ならいいけど……でも明日は夕方から、こっちの友だちと会うことになってて……」

純子が口ごもるので、道世は気を利かせて「いいよいいよ」と首を振る。

「ほんとに、わたしのことは気にしなくていいから。でも食べるものだけ準備してもらえるとありがたいんだけど。この近くにうどんとか、温かい麺は売ってないの？」

「うどん屋はないけどラーメン屋ならあるよ。じゃなかったら、スーパーでインスタントのお味噌汁くらいは売ってると思うけど。さっき言ってくれれば買ったのに」

「いま急に食べたくなったの。でもまだバッグのなかにお昼のサンドイッチの残りがあるからね。わたしはもう部屋から一歩も出られそうにないから、純子ちゃん、お腹がすいたらどうぞ好きに食べにいってね」

純子がシャワーを浴びに浴室に行くと、道世はきれいに整えられたベッドに横になり、うう、とうめきながら丸くなった。

相変わらず枕は太鼓のようで、シーツはごく薄くこしらえた飴細工のようにパリパリしている。からだの下に床の硬さが感じられないことがこれほど落ち着かなく、恐ろしいことだとは知らなかった。本当に途方もない移動をしてこんなに遠くまでやってきたというのに、なんという情けないありさまだろう。猿みたいに次から次へと高いところに上り、煉瓦のようなサンドイッチと格闘し、ピザを買いたい現地人の邪魔をし、夜は夜で太鼓と飴細工に囲まれてろくにくつろぐこともできない。

住み慣れた伊鍋の我が家の、使い古しの布団が心底恋しかった。珍しいものはもうたくさん、やっぱり慣れているもののほうがずっといい。でもここは、一人で帰るにはあまりに遠い場所なのだった。いやになったからといって、雲のなかの目に見えない道をウォーキングシューズでとことこ歩いていくことはできない。

翌日、一日分の食料を買ってきた純子は、道世が勧めるまま昼過ぎに部屋を出ていった。

お気に入りのウール専門店に土産物をみつくろいにいき、友人に会う前、夕方頃に一度ようすを見に戻ってくるという。首にはオレンジ色のスカーフを巻き、何かあったら電話してと電話のかけかたをメモに残していったけれど、表情はどことなく後ろめたそうだった。もちろん道世は一言の詮索もしなかった。

テレビをつけてもうるさいだけなので、窓際の椅子に座り、ぼんやり外の景色を眺める。せっかくだから旅行記のようなものを書いてみようかと思い、スーツケースからノートと鉛筆をテーブルに出してみる。とはいえ何をどう書いたらいいのか、さっぱりわからない。手持ち無沙汰にホテルの分厚い案内書きのようなものをめくってみたり、冷蔵庫のなかの飲み物を一つ一つ点検してみたりもした。それからまたベッドに横になって、窓の外を眺めた。そのうちふと思いついたことがあり、起き上がって開いたノートに「たいこまくら。あめシーツ、パリパリ」と書いてみた。なんだか間が抜けていた。するとと突然リリリリと電話が鳴って、思わずひゃっと声が出た。

放っておこうか迷ったけれど、純子かもしれないと思い直して受話器を取る。すると純子ではない女性の声が、英語で何か言っている。何も聞き取れないなか、キヌタ、という自分の名前だけは聞き取れた。おそるおそるイエス、と答えると突然電話の声が切り替わり、「道世さん？」聞き覚えのある声が聞こえてきた。

「道世さん？　伊鍋の村田です」

はい？　返事をするなり、道世さん出ました、と相手は向こう側の誰かに言い、それに答えておお、と声を上げるひとがいる。

「どうですかそちらは。天気はいいですか」

「いいですよ。どうしたんですか」

「いや、道世さんがお元気かと思いましてね。峰岸さんも長沼さんも、道世さんが心配で」

「そこにいるんですか」

「います」

「わたしは元気ですよ」

「我々も元気でやっております」

「何か用ですか」

「特に用事はないんです。そちらはいま何時ですか」

「いま……」道世はベッドサイドのテーブルに置かれたデジタル時計を見た。「いま、お昼の一時四分です」

「こちらは朝の九時四分です。公民館のロビーからかけております」

「なんでまた、公民館に……」

「道世さんがいないあいだ、我々も何か新しいことを始めようと思いましてね。これからボランティアで和室の障子張りです」

「はあ、そうですか」

「峰岸さんが話したいとおっしゃってます。代わりますか」

「どっちでもいいですよ」

「みっちゃんか。ハウ・アー・ユー？」

「これから障子張りなんですか」

「そうだ。みっちゃんがいないとひまだからな。そっちはどうだ、何かうまいもの食ったか」

「ツナのサンドイッチを食べましたよ」

「それでは道世さん」峰岸さんの応答を聞く間もなく、また村田氏の声がした。「どうぞご武運を」

かかってきたときと同様、電話は唐突に切れた。

へんなひとたち。呟いて受話器を置いたとき、不意に目に涙が滲んだ。べつにあの古ぼけた男たちが懐かしいわけでもない。恋しいわけでもない。声を聞いて安心したわけでもない。だったらいったい、この涙はなんなのか。

ふーっと深く息をつくと、道世はまた椅子に腰かけ、ペットボトルの水をグラスに注いで一口飲んだ。村田氏が貸してくれたザクロ色のスーツケースが目に入る。外側には使い込まれた傷があちこち見られたけれど、内側は新品のようにきれいなままだった。奥さんはきっと几帳面（きちょうめん）なひとだったのだろう。テーブルには峰岸さんが貸してくれたウエストポーチと、長沼さんが貸してくれたパスポートホルダーがある。二つとも、やはり長く丁寧に使われている気配があった。三つの借りものを眺めていると、自然と電話の向こうにいた三人の男の顔が思い浮かんだ。その顔をさらによく見てみようとすると、輪郭がぼやけて三人の几帳面な女性の顔に変わる。顔といっても目だとか鼻はよく見えないのだが、とにかくそこに顔があるということだけはわかる。

なんだかからだがムズムズしてきて、開いたノートに道世は「奥さんたち」と書きこんだ。そして気づけばウエストポーチを腰に巻き、パスポートホルダーを首からぶらさげ、ホテル前の大通りを海に向かって闊歩（かっぽ）していた。

大通りのどんづまりまで来ると、フェリー乗り場はすぐに見つかった。一人ではなく、自分のなかに何人もの女が入り込んで、このたった一度きりの冒険を楽しもうとしているのを感じた。だから純子の言った、でぽんなんとかという半島の街に行ってみるつもりだった。いくつかある乗り場の看板にアルファベットのDの文字を探し、窓口の列に並び、財布からいちばん大きなニュージーランドドル札を出して「でぽん」と言うと、あっけないほど簡単にチケットが買えてしまう。乗り込むと船はすぐに出航した。白い波しぶきの向こうにオークランドの街がどんどん遠ざかっていくのを見ていると、これから旅が始まるのだ、という実感が徐々に湧いてくる。普段はしかるべきケースに押し込められている、ものを考えたり何か言ったりするための電池がケースから放り出されて、からだのなかでたぷたぷ揺れている感じがする。

ところがいざ向こう岸に着いてみると、たちまち身の振りかたに困った。三々五々ばらけていく乗客たちのようすをよくよく窺って、自分と同じくらいの年寄りの多いグループのあとをついて歩き始める。気づいたときには、道はおなじみの上り坂になっている。げんなりしつつも覚悟を決めて休み休みに登っていくと、丘の頂上にはがらりと気持ち良く開けた原っぱが広がっていた。緑の柔らかな低い草のなかに、赤いキノコのかたちをした丸い腰掛けのようなものが点在しており、子どもも大人も老人も、その上に立ったり座ったりして憩っている。海の向こうには、昨日何度も高いところから目にした、山とも島ともつかない緑の巨大な吸盤が海にひっついている。

原っぱをひとまわりしたあと、オークランド市街を一望できるベンチで道世は深く息をついた。ホテルを出てから、まだ一時間ほどしか経っていない。向こう岸のホテルにめそめそ閉じこもっていた自分が、いま、こうしてここから、もといた場所を眺めている。本州から海を渡ってこっちの島に来て、高い丘の上からその島を眺めて、その島からまた海を渡ってこの半島に来て、もといた島を眺めている。これが世に言う「旅行」というものかと、道世ははじめて得心した。つまりはおそらく、いまいるところから前にいたところをひたすら眺めること、その繰り返しが結局旅行というもののみそなのだ。急いでウエストポーチからノートを取り出し、「みそは、上って、眺めること」と書きつける。

丘を下ってからは、行く先も定めず白っぽい民家が並ぶ通りをぶらぶらと歩いた。二階建てなのだか三階建てなのだかはっきりせず、屋根がやたらとんがっていて、その屋根から煙突が突き出た家が多い。どの家にもちゃんと庭がついていて、庭木はこんもりと茂り、鮮やかなピンクや白の花を咲かせていた。そのうちの一軒の柵越しに、シャワーノズルを持って水やりをしている白髪の女性が見えたので、なんとはなしに足を止める。彼女はこちらに気づき、にこっと笑って「ハロー」と言う。「ハロー」道世も言い返す。狭からず広すぎずの、手入れし甲斐のありそうな庭だった。

ああ、うちにもこれくらいのちょうどいい庭があったら！　一瞬だけ、道世は胸苦しいほどこの女性がうらやましくなった。これまで他人の家や庭の広さを一度たりともうらやんだことのない道世は、突然胸にうずまいたこの激しい羨望に驚いた。何かをほしい、と思ったことだってずいぶん久々だったのだ。

でもなんで、このひとはこの家にいて、わたしは伊鍋の家にいるのか。このひとが伊鍋で、わたしがここに暮らしている可能性だって、同じくらいあったのではないか……シャワーの水が陽の光を浴びてきらきら緑の上に散っていくのを眺めながら、道世は目を細める。

人生とは、なんて不本意なものなのだろう。伊鍋に生まれることを決めたのは自分ではない。ひとは生まれる前の、まだ命でもないぐにゃぐにゃとした存在であるときに、これからあてがわれる生の籤（くじ）を引かされてしまうのだろうか。だとしたら、この美しい庭で樹木に水をやっているあのひとと、田舎の小さな商店で古ぼけていった自分とで、その籤の中身を見せあいたい。この陽のあたるちょうどいい庭で、柔らかな草の上に座って、通訳などまじえずに、いままで見てきたもの、食べたもの、強く執着してしまったもののことを、日が暮れるまで語りつくしたい。

家のポーチから毛の長い大きな三毛猫が出てきて、芝の上で大きな伸びをした。水やりの婦人が猫に何か言った。猫は陽だまりにペタンと横座りになった。
見ている道世の背中にも、同じ太陽の光がさんさんと注がれている。

純子へのお土産には、シーフードパイを買った。子どものような売り子にフェリー乗り場の屋台で声をかけられ、無視できなかったのだ。ガサガサ音を鳴らす小さな包みはなかなか冷めなくて、旅の終わり——道世には、この半島への半日だけの一人旅が、生涯で唯一の旅だと思われた——のほのかな高揚を、そのまま袋に入れて持ち帰るようだった。

ホテルのロビーからエレベーターホールに行く途中、併設のカフェにオレンジ色のスカーフが見えたような気がした。立ち止まって目を凝らしてみると、やはり純子らしい。テーブルの向かいに座ってこちらに背を向けているのは生成り色のシャツを着た白髪交じりの男で、男を見つめる純子の顔は優しかった。夕方から会う、と言っていたのに、午後からずっと一緒にいたのかもしれない。ははあ、と思って一度は行きすぎようとしたけれど、思い直した。

「純子ちゃん」

近づいて声をかけると純子はあっと声を出し、すぐに目の前に座る男の顔を見た。道世もつられてその顔を見た。なかなかしぶい、というのが第一印象だった。純子と同年代のようだが、頬にはうっすら艶があり、目元の皺は目立つけれども、それは老化というより繊細さの印であるように見える。記憶の片隅にある、無骨な感じの純子の夫とはほど遠い顔だった。

「おばさん、どこか行ってたの？」

純子が聞くので、「でぼん島に行ってたの」道世は胸を張る。

「でぼん？　あ、デボンポートに行ったの？　一人で？」

「そう。一人で」

「うそでしょ」純子は目を見開く。「どうやって？」

「船でよ。一人で乗っていったの。これ、お土産」

包みを渡すと、純子はすぐに口を開いて中身を見た。そのすきに相席の男性に目をやると、異様なほど強い視線にぶつかった。邪魔をするなということかと思い、立ち去ろうとすると、「待ってください」男が立ち上がった。

座っているときにはわからなかったけれど、男はずいぶん背が高かった。大きな木の指輪が重ねてはめられている指は、骨が浮き出てごつごつとしている。麻の揃いのシャツもパンツも風を孕むようにゆったりしていて、からだの華奢（きゃしゃ）さが引き立った。すっと伸びた首も、ずいぶん細く見える。

あれまあ、亭主とはほんとに真逆のひとが良かったってわけね……。しげしげとその容貌を眺めていると、「おばさん」隣の純子がおそるおそるといった感じで口を開いた。

「あの、わからないみたいだから、言うんだけど……」

「みっちゃん」

男は道世の目の高さまで身をかがめ、小声で言った。

「僕、博和ですよ」


目を開けると、たくさんの色が見えた。

赤、薄い緑と濃い緑、茶色、はっきりした青、ぼんやりした青、灰色、伊鍋の家の屋根とそっくりのくすんだ橙色……。

道世は見える色を一つずつことばにして数えながら、ゆっくり視界が焦点を結んでいくのにまかせた。一つの色がもう一つの色に滑らかにつながっていき、たくさんの色が隣りあっているのにぜんたいを眺めれば不思議と一つの深い色のようにも見える。その色によって浮かびあがるかたちに注意してみれば、それもまたさまざまに曖昧で、無数の鳥や花の集まりにも見えれば、一羽の大きな鳥や一本の花にも見える。

そうして壁掛けのタペストリーをじっくり眺めつくすと、道世は仰向いて、今度は天井の木目を眺めた。まんなかから電球がぶらさがり、和紙のような粗い感じの紙が重なって円錐形にかぶせられている。それが時折窓からの風に揺られて涼しげな音を立てる。

ここは甥の博和の家だった。

まだよく頭が整理できていない。昨日、ホテルのカフェで三十数年ぶりに会った博和は、記憶に留めていた姿からすっかり変わってしまっていた。三十数年の年月を生きた人間がそれ相応に年齢を重ねているのは当然なのだが、それにしてもすぐには本人だと信じがたかった。よくよく見れば、切れ長の目や控えめな感じのする口元には青年時代の名残があったけれど、それでも単純に年を重ねたというより、いったんべつのひとになって年を重ね、また徐々に自分の顔に戻していく過程の途中にあるように見えたのだ。

最後に会ったのは、伊鍋の母親の葬儀の席だった。博和はそのときまだ三十代の青年で、東京の繊維会社で働いていた。それからしばらくして、「博和兄ちゃんは会社を辞めて、布を集めるといって海外に出かけていった」と姪のどちらかから聞いたのだが、その長い旅行のあいだに彼らの父親が亡くなった。葬儀に一日遅れで来た息子に、母親は激昂したらしい。そこでどんなやりとりがなされたのか、入れ違いに伊鍋の自宅に帰ってしまった道世にはわからない。おそらく何か決定的な決裂があったのだろうが、以来博和は家族との連絡を絶った。かなり後のまたべつの法事の席で姪にそう知らされるまで、博和が音信不通だということを姉は教えてくれなかった。

「おばさんが今回ニュージーランドのことを聞いてきたときにね、これは絶好のチャンスだと思ったの。お兄ちゃんは、次にいつ日本に帰ってくるかわからないし」

純子はそう言ったけれど、だったらなぜもっと早くに誘ってくれなかったのかと思う。聞けば、七年前に純子が友人との旅行でオークランドを訪れた際、地元の民芸品マーケットに出品中の日本人作家としてガイドに博和を紹介されたのが再会のきっかけだったのだという。それからまた内密に連絡を取り合うようになり、毎年純子がこの時期に博和を訪ね、数日家に滞在することが習慣になっていたそうだった。

ホテル近くのシーフードレストランで甥が過ごしたこの三十数年の概略を聞かされたあと、道世は純子の強い勧めで彼の家の客室に泊まらせてもらうことになった。もはや驚くことにも疲れてしまい、淡々と起こっていることを受け入れて昨晩眠りについたのだが、一晩過ぎて目覚めたいま、改めて驚いている。いったい何がどうなって、こんなことになったのだろう？

コンコン、とノックの音がして、ミチヨ、ドアの向こうから女の子の声が呼んだ。ハイ、と返事をすると、早口の英語で何か聞かれる。ハイ、とまた返事をすると、ドアがほんのすこし開いて、リボンのカチューシャをした女の子の丸い顔がのぞいた。日に焼けた顔に浮かぶそばかすが、きび砂糖をざらっとまぶしたようでかわいらしい。道世が上半身を起こすと、また何か言う。手招きするので、朝食に呼ばれているのだとわかる。

七歳の子どもがいるんだよ、パートナーと彼女の前の結婚相手との子なんだけど。

昨日レストランで博和がそう言っていた。名前は聞いたが忘れてしまった。こちらをじっと見つめている黒目の色がすごくきれいだと思った。緑とも青ともつかない、あいまいな色。目の真んなかが黒くないひとが大勢いる国では、ここの部分をなんと呼ぶのか、道世には見当もつかない。

あとから行く、と女の子に身振りで伝えると、道世は服を着替え、一階に下りていった。大きな四角いテーブルの向こうで、銀色の短い髪をした背の高い女性がジャムの瓶を開けている。このひとが博和と一緒に暮らしているパートナーだった。メグ。短い名前だから、覚えている。昨日の夜、挨拶をしたときにはいきなり軽く抱きしめられてびっくりした。なんだか柳の枝にふわっと包みこまれたような感じだった。

おはよう、メグが微笑んだので、道世もおはよう、と返す。こちらに背を向けていた博和も、振り返っておはよう、と言う。さっきの女の子が牛乳のパックを手に奥のキッチンから現れて、はにかんだようすで母親の背中にもたれかかる。

「よく眠れた？　ここ、どうぞ」博和が横の椅子を引いた。「朝ご飯は、簡単なんだ」

テーブルの上には、薄いの、丸いの、とんがったもの、いろいろなかたちをしたパンと果物、ハムにチーズやジャムの瓶が並んでいる。毎朝インスタントのコーヒーと売れ残りのクッキーですませている道世の目には、ホテルのメニュー表からそっくり出てきた朝食のように映った。

「コーヒーは？　ジョーダンが淹れるよ」

　ジョーダンと呼ばれた少女はまたキッチンに戻って、ごぼごぼと音を鳴らしたあと、テラコッタ色のマグカップに淹れたコーヒーを運んできてくれた。シュガー、ミルク、ということばが聞こえたので、ノーと首を振る。コーヒーは熱くて濃くて、起きぬけの渇いた喉に沁みた。

「部屋の壁にかけてあるあの大きな布、あなたが作ったの？」

　昨日聞いた話によると、父の葬儀のあとも博和はしばらく放浪旅行を続け、さまざまな地域特有の布地を集めてまわったそうだった。帰国したあとは機織り（はた）の技術を学び、着物の帯を織っていたこともあるという。そして十五年前に旅行で知り合った友人を訪ねてこの国に来て、ここに居着いた。最初は日本人向けのツアーガイドをしながら羊毛でタペストリーを織ったり、バッグや小物を作ったりしていたのだが、ここ七、八年ほどでようやく軌道に乗ってきて、いまは小さいながらも自分の店とアトリエを持っているそうだ。

「ああ、あの布？　うん、僕が織った。羊毛の手織りなんだ。ウィービングっていうんだけど、ああいうのを売ったり、教えたりしてる」

「あれは何の柄なの？　きれいね」

「あれは山だよ」

「あの……海の向こうに見える、平たい山？」

「その山もそうだけど、いままで見てきた山ぜんぶの山。思い出のなかの山の集まり。みっちゃんの家からも、山が見えたよね？」

「ああ、見えるよ。筑波山ね」

「子どものころに見てた山のかたちは一生忘れないものだって、メグのお母さんが言ってたそうだよ」

「そうなの？　それはうちのお母さんも言ってたよ。どこの国の山でも同じなのかしら」

「お母さん……伊鍋のばあちゃんのこと？」

「うん。そのおばあちゃん」

「そう……あの家、好きだったな」

　このおじさん、もうすぐおじいさんとも呼ばれそうな男が小さな男の子だったころから伊鍋の家にどれほどの時間が流れたのかと思うと、頭の芯が急速にねじれていく感じがした。道世は思わずテーブルのふちを摑んだ。

「家はわたしが建て替えちゃったけどね、まだ洗い張りの道具はあるんだよ。博和くん、いる？」

「道具……湯のしの釜とか、なんていったっけ、テンター、とかかな」

「そう。好きだったでしょ」

「好きだった。誰にも言わなかったけど、僕、じいちゃんの店を継ごうって思ってたんだよ」

「毎年手伝ってたもんね。祥子ちゃんもいたしね。わたしが東京に出ていく、前の年までだったかな……」

「ううん、その年の夏休みまでだよ。母さんがこの家とはもう縁を切るってすごい啖呵を切ったからね。そのとき祥子も連れ帰って。祥子、東京の家でずっと泣いてたな」

「何でそんなことになったのか、わたしは知らないんだよ」

「祥子が火傷したんだ、湯のしの釜に触って。それでもうじいちゃんたちには預けられないって。自分でお願いして預かってもらったはずなのに、ずいぶん勝手だよね。みっちゃんが僕たちの家に来てくれれば良かったんだよ。そしたら母さんも、ちょっとは落ち着いたのに」

「死ぬ前はずいぶんおとなしかったそうだよ」

言ってから、言わなくていいことを言ったかもしれないとすぐに後悔する。博和は目を伏せた。

「いろいろあったのはわかるけど、すこし冷たいね。実の親なんだから、葬式にも来ないなんて……わたしは子どもがいないから、姉ちゃんがどんな気持ちだったかはよくわからないけど」

「僕だってジョーダンがいるけど、母さんの気持ちはよくわからないよ」

返事に困って、道世は窓の外を見やった。庭の向こうには、古びた教会の建物があった。眺めていると、ふいにここを飛び出して、祈りというものをしてみたいような気になった。何を誰にどう祈ればいいのかもわからないけれど、昨日丘の上から見たはるか向こう岸のどこかに向かって、跪いて、小さくなって、一心に祈りを捧げてみたいのだ。テーブルに目を戻すと、なぜだかメグもジョーダンも、笑い出しそうな顔をしている。その顔に気づいて、博和も表情をゆるめた。

「日本語は魔法の呪文みたいだって、いつも二人で言ってるんだよ」

博和がリンゴをかじりはじめたので、道世もパンを一つ取って小さくかじった。さっきの話はもう終わったのだろうと思ったとき、

「一度、病院で会ったよ」博和が口を開いた。

「会ったの？　いつ？」

「亡くなる二週間くらい前。純子の案内で。来たのが僕だとわかってたのか、よくわからない」

「そう……」

「一時間くらい、黙って枕元に座ってた」

「姉ちゃん、嬉しかったと思うよ」

「いや、怒鳴りたかったんじゃないかな。僕の顔をじっと見るから、もしかしたら気づいたんじゃないかって思った。でも口は動かなくて、呼吸器のあいだから、すうすう息が漏れてくるだけで……言い返せない相手に、もう何も言えないと思った」

「それでも何か、言ったらよかったんだよ。親子なんだから。最後にはお互いを許さなきゃ」

「許す許さないの話じゃなかったと思う。ただ二人とも、意気地がなかった。特に僕のほうに……薄情な息子だね」

「そうだね。なんでもあっさりしてるのがここの家系だよ」

博和が曖昧に微笑むと、メグが何か言った。それにジョーダンも加勢する。

「二人は日本に行きたいそうだよ。この前は僕一人で行ったから……」

「じゃあ来たらいい。わたしの家に泊まったらいいよ」

「東京と京都に行きたいそうなんだ。みっちゃんの家はすごく行きづらいよ。でも僕は、またあの家を見てみたいけど……」

「見たらいい。純子ちゃんだけじゃなくて、祥子ちゃんやむかしの友だちにも会ったらいいじゃない」

博和は答えず、黙ってリンゴをかじった。

「わたしがこんなに遠くまで来られたんだから、博和くんだって帰ってこられるでしょう。どんなひどいこと言われたか知らないけど、行方知れずっていうのはやっぱり良くないよ」

「そうだね。良くないね」

博和はまた曖昧に微笑んだ。半世紀以上前、伊鍋の家のなかで寂しく微笑んでいた少年の顔が目の前の初老の男の顔にようやく重なり、道世は再びテーブルのふちを強く摑んだ。洗い張りの手伝いばかりしていないで外で遊びなさいと叱られたとき、小さな妹に泥だんごのやりなおしを命じられたとき、東京に一人で戻る母親を見送るとき、この子はいつもこんなふうに微笑んでいたのだった。

「そんなに嫌になっちゃった、わたしたちのこと？」

道世が聞くと、博和は吹き出した。

「違うよ」

「違う？」

「嫌になったのは、家なんだ」

「家？」

「最初は、家を出れば、もう苦しまないですむと思ってたんだよ。僕も母さんも苦しいのは、二人が家族だっていう以前に、家っていう場所、どっちかが待ったり待たれたりする、どうしてもこの地球上から消せない、家っていう一つの場所があるからなんじゃないかと思って……家から離れれば、できるだけ遠くに行って、どこにも定住しないで、家っていう場所じたいをなくしてしまえば、ひとまずは自由になれるだろうと思ったんだよ。でもそうはならなかった。どんなに根無し草を気取ってみても、逃げてきた家とはまたべつの、見えない家があるって気づいたから。その家は僕にずっとついてくる。ついてくるというより、ヤドカリみたいに気づいたときには僕はそのなかにいる。そのなかでしか、ものを考えられない。柱も屋根もないのに、その家の窓を通してしか、この世のなかを、眺められない……」

「難しいこと言うんだね。わたしが住んでる家は、あの伊鍋の家一軒だけだよ。ちゃんと窓もあるし、ちゃんと目に見える家」

そうだね、と博和は笑う。

「博和くんだって、いまじゃこんなに立派な家に住んでるじゃない。それでもまだ、その見えない家とやらに住んでるの？」

「そうだね。でも見えない家も、時々はリフォームされるんだ。窓が大きくなったり、寝そべれる場所が増えたりする」

「そんなに広い家に住んでたら、何も文句はないね」

それからテーブルでは、親子三人で英語の会話になった。道世はその会話を聞きながら食べたことのない味のするパンを食べ、薄いハムを口にした。日本語は呪文のように聞こえるそうだが、道世の耳に三人の英語はそれぞれ異なる響きを持って届き、少女の口からは木琴のような音が、メグの口からは風にそよぐ葉ずれのような音が、博和の口からはお湯が沸くような音が聞こえた。帰ったら村田氏に英語を習ってみようかと思う。あの店の小上がりで毎朝十分ずつ。そうしたら、また峰岸さんと長沼さんが奥さんのお下がりの英語の教材を持ってくるだろうか。

「純子が来たみたい」

振り向くと、窓の外の通りにタクシーが停まるのが見えた。もう空港に向かわなくてはいけない時間なのだ。降りてきた純子は平たい風呂敷包みを抱えて手を振っている。

「まだもうすこし、ここでゆっくりしていたいんだけど」

道世が呟くと、「ゆっくりしたらいいよ」博和が言う。

「でもまた飛行機に乗って、もっと遠くにいかなきゃいけないみたいなんだよ」

チャイムが鳴って、メグがドアを開けにいった。入ってきた純子は両手を広げ、満面の笑みで「ジョーダン！」と少女の名を呼ぶ。

「ディス・イズ・ア・プレゼント・フォー・ユー」

包みを渡されたジョーダンは、ソファの上でさっそく風呂敷を解きにかかった。

「ジョーダンにと思って、日本から持ってきたの」

メグと博和も立ち上がって、後ろから覗き込む。道世もその横に並ぶ。包みのなかにあった箱が小さな手で開かれた瞬間、道世と博和は同時にあっと声を上げた。

箱から取り出した格子柄の赤い着物を、ジョーダンは胸に当てて鏡の前に立った。それから振り返って、アリガト、と言った。緑とも青ともつかない色の目が布地の鮮やかな赤を照りかえして、燃えるように輝いている。

九．ここにいる

電車を降りると、すっかり冬の夜だった。

遠い赤城山から吹きつけてくるからっ風が、ホームに落ちた空のペットボトルを転がしている。こういうきつい北風が吹く日、卯月原の町では明るいうちから家々の雨戸がそそくさと閉められた。芋畑から飛んでくる細かな砂が窓の隙間から入りこんで、家じゅうの床がざらざらになるからだ。とはいえ気づいたときにはもう遅い。まもなくあちこちの家で掃除機が引っぱり出され、外に取り残されたタオルや下着のために洗濯機は再び回り始める。完全に閉め切ったつもりでも風は必ずどこかから侵入してきて、見えない砂を鴨居のでっぱりや本棚の隙間に吹きつもらせていく。翌朝、こびりついた砂でうっすら白くなった雨戸を、登校前の子どもたちが濡れ雑巾でごしごし拭う。卯月原の冬の風はひと続きの風だった。時にはこの小さな町じたいが一つの大きな肺になって、苦しい呼吸にぜえぜえあえいでいるようにも感じられた。

駅舎から出てきた梓はウールのコートの襟元をしっかりと閉じ、ロータリーに続く階段を下りていった。

乾いた風が目に吹きつけて、コンタクトレンズの隙間からじんわり涙が滲む。顔を上げると、市内地図の隣にある電話ボックスのなかに制服姿の女の子が立っているのが見えた。目が合ったかと思うと彼女はパッと表情を輝かせ、ドアを開けて「お母さん」とこちらに駆け寄ってくる。駆け寄っていった先はもちろん梓ではなくて、梓のすぐ後ろにいる、デパートの紙袋を提げた中年の女性だった。二人はぴったりくっついて横断歩道を渡り、バス乗り場のほうに歩いていった。

梓は足を止め、マフラーに顔の半分を埋めながら、二つの背中を眺める。こんなにも北風が冷たい夜なのに、女の子はコートを着ていなかった。制服のスカートから伸びるハイソックスのふくらはぎが、ぽっこり盛り上がっていた。陸上でもやっているのだろうか、いいなあ、と嘆息する。うらやましいのはそのふくらはぎではなくて、陸上部のあれこれでもなくて、隣のお母さんだった。「お母さん」と呼ぶ女の子の声が、キリリと冷えたリンゴジュースのように全身に巡りわたった。べつに、いますぐ誰かの母親になりたいというわけではない。母性本能というのとは、たぶんぜんぜん違う。ただ単純に、こういうやるせない寒さの冬の夜、ああいう女の子から「お母さん」と呼ばれて駆け寄ってこられたら、さぞかし嬉しいだろうと思ったのだ。

母子はひとごみにまぎれて見えなくなった。代わりに近づいてきたのは、ホンダの白いセダンだった。梓は背を丸めてひと月前あやうく自分を轢きかけたその車に向かう。なかからコッツとロックを解除する音がする。助手席のドアを開けると、「おかえり」作業服の父親が言った。

「寒い」

「寒いな。暖房、強くするか」

「ううん。このままでいい」

車はロータリーを抜けて、バス停の前を通って駅前通りを進んでいった。父娘がこの車に二人きりで乗るのは、妙な鉢合わせをしてしまった先月のあの日以来だ。

「どうだった、面接は」

「うん。まあまあ」

「いけそうか」

「わかんない。だめだったかも」

答えながら、あの女のひとは東京のひとだったなと思い出す。いましがた自分を拾ったのとちょうど同じくらいの位置に父は車を停め、そのひとを見送ったのだった。それから彼女は駅の階段を上がって東京に帰っていったわけだけれど、あのときとそっくり真逆、つまり東京から戻り、助手席に乗りこんできた娘を横に、この父はいったい何を考えているのか。暖房のことを聞いたり、面接のことを聞いたりしながら、本心ではまったく違うことを考えているのではないか……。でもべつに、それならそれでかまわない。運転手が何を考えていたって、車が目下自分が帰る場所に向かっていることだけは確かなのだから。

「うまくいったら、いつから働くんだ」

「年明け、ちょっとしてからだと思う。まず研修がある」

「そうか。じゃあ正月は、ゆっくりできるな」

「うん」

「うちから通えるところか」

「ううん」

「無理か」

「うん。遠いもん。乗ったり降りたりで、二時間はかかる」

前を走っていた車が、ふいにブレーキランプを灯して路肩に停まる。「なんだ」父は呟いて、徐行する。追い越しざまに見ると、ニット帽をかぶった運転手は片手をつっぱるようにハンドルにかけ、もう片方の手で携帯電話を耳に当てていた。

それからすこし沈黙があった。次の赤信号で、「お父さんが子どもの頃……」父は独りごとのように言った。

「三重の親戚の家に遊びにいくと、いつも知らないおばあちゃんがいたな。べつに家族とか親戚じゃない、近所のひとだって言うんだが、そのおばあちゃんが我が家のように居間でラジオを聴いてたり、菓子を食ってたり、留守番してたりするんだよ。めしの時間も一緒だった。すみっこでぽりぽりオシンコかじってたりしてな。あれは誰だったんだろうな。むかしはそんなひとも、いたんだな」

　途中から本当に独りごとらしくなってきたので、梓はあえて返事をしないでおいた。ハンドルを握りながら、父は娘の知り得ない遥かな過去の時間に一人で沈み込んでしまったように見えた。すると「なんだ、道案内の仕事だったか」青信号を一つ通り過ぎたところで、父は再びいまの時間に乗り上げてきた。

「べつに、道案内だけじゃないよ。電車のなかの忘れものとか、苦情とか、いろんな電話がかかってくるみたい」

「大変そうだな」

「でも前にいた会社も、そういう仕事だった」

「そうか」

「ペットボトルとかのラベルに、シールをたくさん集めたら何々がもらえます、みたいなキャンペーンあるでしょ。そこに小さく書いてある番号にかけると、つながるところ」

「それで、何を聞かれるんだ」

「シールがうまく切り取れないとか、シールがどこにも見つからないとか、ジュースがおいしくないとか、そういうこと」

「おもしろかったか」

「おもしろいっていうんじゃないけど。でもとにかく、電話を早くとらなきゃいけなくって……それが早押しクイズみたいで、まあ、ちょっとはおもしろかったかな」

お父さんの仕事は、どこがちょっとおもしろい？　聞いてもよかったけれど、それは喋りすぎだという気がして梓は口をつぐんだ。

車はそろそろ、件のアクシデントが起こった十字路に差し掛かろうとしている。野田とはあれ以来会っていない。あるときから急に向こうが積極的になって、だらだら誘いに乗っているうち、付き合っていると誤解されても仕方のないような関係に陥ってしまった。もう会うのはよしとこう、梓から提案したその日に、父親の車に自転車ごと轢かれかけたのだった。もちろん、母には何も話していない。話しようがない。気まずい場面を見られたのはお互いさまなのだから、このことは今後いっさい話題にすまいと心に決めていた。

コートのポケットで、スマートフォンが短く震える。母からのメールだった。メッセージを一読して、すぐにポケットにしまった。隣の父は、何も聞かない。青信号が長い糸の結び目のように灯る夜の道を、すいすい飛ばしていく。

自室で窮屈なリクルートスーツを脱ぎ捨て、毛玉だらけのセーターとジーンズに着替えてから、梓はベッドに腰かけ、母からのメールをもう一度読みかえした。

大事な体です。顔を見ないとちょっと心配。また一緒に食事でもしましょう。必要な時にはすぐ行くから連絡して。

なんてうっかりした親たちなんだ！　驚くのを通り越して、呆れた。これは明らかに、自分ではない誰かに向かって書かれたメールだった。父親はよその女との密会を娘に目撃され、母親はよその男に宛てたメールを娘に誤送信している。相手は体操教室の生徒か、公民館の職員か。大事な体、とか、顔を見ないと、などと書いているということは、相手の健康状態に何か問題でもあるのか。

それにしても、メロドラマ的な出来事とはまるで無縁だという顔をして、家のなかでそれぞれふんぞりかえったり縮こまったりしている両親二人にこんな秘めごとがあるとは、驚きを通り越し、呆れも通り越し、行きつくのは単純な感嘆だった。無防備に眠り、食べちらかし、排泄し、埃をため、不毛に感情をぶつけあう、主に格好悪いことしか営まれないこの家の閉じた空間のなかにも、またさらに隠されるべきおのおのの事情がある。当然といえば当然だけれど、こうして具体的な一場面やテキストとしてそれが目の前に現れると、たじろぐ。なんだかものすごいところにいる、と思う。いったいこの集まりは、なんなのだ。どういう因果があって、ここに家族という小団体が結成されたのか。生まれて育てられた。産み育てた。それだけでなぜ、このひとはわたしのために食事を作り、汚れものを洗い、もう片方のひとは会社帰りにわざわざ遠回りをして駅まで迎えに来てくれるのか。

たじろいだまま居間に下りていくと、食事のお膳のまんなかに大根の浅漬けが入った大きな深皿がドンと置かれていた。父親は自分の陣地に小さく新聞を広げながら、ビールで晩酌している。

「ご飯！　自分のぶんよそって！」

台所に行って、炊飯ジャーから自分の皿に食べるぶんだけをよそう。夏にここに戻ってきたばかりのころ、ご飯の量に「多い」とけちをつけたら、次の食事から自分が食べられるだけを自分でよそうことになった。でも振り返ってみれば、高校生のころだってまったく同じやりとりを経て（正確を期すれば、そのときけちをつけたのはダイエット中だった姉の灯里なのだが）、自分のぶんは自分でよそうという慣習ができあがったのだ。繰り返したことで思い出した。同じように忘れていて、同じように何度も復活される慣習が、この家にはほかにもきっといろいろある。

「芋何個？」

ガス台の前で鍋をぐつぐつ言わせている母親が聞く。なかを覗かなくても、匂いでビーフシチューだとわかる。

「芋……二個かな」

「お父さんは！　芋何個！」

食卓にではなく、鍋に向かって母が大声を出す。他人がこの場に居合わせたらそれはもはや質問にも聞こえないだろうに、「二個！」向こうから声は律儀に返ってくる。

梓がご飯をよそった皿を差し出すと、母親はおたまで鍋からジャガ芋二個をすくい、皿の端にごろっと転がした。それから肉や人参の入ったシチューを、白いご飯が見えなくなるくらいにたっぷりかけた。じっと見ていると、何？　と怪訝な目つきで見返される。メールの誤送信にはまだ気づいていないらしい。言ってやりたいような、やりたくないような、どちらともつかない半端な気持ちだった。こちらから指摘するとなると、どう言いかたを工夫しても意地悪な感じになりそうだし、かといって何も言わずにいるのも、同じくらい意地悪だろう。

なんだかんだいって、自分はこのひとに、自分のお母さんに、なるべく恥をかかせたくないのだ、と思う。そうだ、いったい誰が、シチューの皿にほかほかのジャガ芋を転がしてくれる母親に、あえて恥をかかせたいなどと願うだろう。

「面接、どうだったの」

全員が食卓につくと、母はまず浅漬けをひとかじりして言った。

「うん、まあまあ」

梓はスプーンのふちで割ったジャガ芋をシチューによく浸して、口に運ぶ。ほろりと崩れた熱い断面が口蓋の柔らかいところに触れて、カッと痛みが走る。

「結果はいつわかるの」

「来週」

「ふーん。どういうひとが来てたの」

「わたしと同じくらいの年のひと。女のひとが多い」

「ふーん」

「スーツじゃないひともいた。ワンピースのひととか」

「へえ」

「面接官の女のひとが、けっこうきつい感じだった」

ほら、図書館のカウンターのいちばん奥に座ってる眼鏡のひといるでしょ、あんな感じ……話の途中で、充電器に差してあった母親の携帯電話から「となりのトトロ」の着信音が鳴る。母はすぐに箸を置いて上半身をぐっと伸ばし、二つ折りの携帯電話を手にした。画面を見て、ボタンを操作するその横顔を梓はしっかり観察していたけれど、表情はすこしも変わらない。

「純子姉ちゃんから」携帯電話は充電器に戻され、母はまた箸を握る。「いま家に着いたって。ほんとはおばさんも姉ちゃんの家に泊まるはずだったんだけど、どうしても今日帰るって言いはって、伊鍋の家まで一人で帰っちゃったんだってさ。そのうちお土産送るって」

「ニュージーランドだよね？　道世おばさん、よく行ったよね」

「ほんと。旅行嫌いなのかと思ってた」

「おばさんくらいの年で、狭い席に何時間も閉じこめられるの大変じゃないのかな。ビジネスクラスで行ったのかな」

「そんなわけないでしょ」

「一緒に行けばよかった。わたし、あのおばさんけっこう好きかも」

「あんた、旅行するお金なんかあるの」

「あるといえばあるし、ないといえばない」

「必要なら、無利子で貸してやるぞ」横から父親が口を挟むと、「やめてよお父さん」母親がひゅっと口をすぼめる。

「あたしたちだっていつ何が起こるかわかんないんだから。子どもたちは子どもたちできっちりやってもらわなきゃ」

　肯定とも否定ともつかない短いうなり声を父親が上げると、それからは誰も何も喋らなかった。芋を割る三本のスプーンが勢いあまって、カチンと皿を鳴らす音が何度か響いた。

その晩、梓は久々に夜の散歩に出かけた。

山からの風はもうやんで、冷たい空気はゆるく固められた寒天のように、歩く梓の周りでだけ動いている。

夏には緑の葉が盛んに生い茂っていた大和芋畑は、やがてぜんたいが黄色く色づき始め、先月にはすっかり枯れてしまった。茶色く乾いた蔓はいつのまにか刈りとられ、どこかに持ち去られた。昼には剝き出しの土が乱れた畝（うね）を作っているのが見てとれたけれど、乏しい夜の灯りのもとでは、畑ぜんたいが一つの四角い巨大な穴のように見える。地中に実った大和芋のなかには、秋に収穫されずそのまま一冬地中に貯蔵されるものもあるらしい。いま畑に入ってちょっと土に指を突っ込んでみれば、そんな冬眠中の芋に突きあたることもありそうだった。夏の終わりに魔が差して掘り出してみた芋は、あれはあれでちゃんと芋だったけれど、まだほんの赤ちゃん芋だった。

梓はしゃがみ、冷たく乾いた土に触れた。この下に何百もの食べられる芋が埋まっていることを想像すると、それが自分のものではなくても、頼もしい気持ちになる。芋は土に住んでいるわけではなく、そこにあるだけだ。自分もできるだけそういう芋のようでありたいと思っていたのに、どうしてもこのからだが、そこから生まれる習慣の数々が、ただいるという形態からはみ出し、住むという形態をひとりでに作っていってしまう。

実家に舞い戻ってきたここ数ヶ月のあいだ、梓は自分がなんだかんだいって、かつて住んでいた家に再び住み始めているのを感じていた。土のなかの芋のように、あるいは広い水のなかの魚のようには、生まれついていないのだった。どうせどこかに住まなくてはならないのなら、梓は一から、自分の家を作ってみたかった。この地球上のどこかに、わたしの家と呼ぶにふさわしい家を作って、芋を育て、大きな池に魚を放つのだ。この家は、家族とは結びつかなかった。いつか誰かと家族を作ることがあるかもしれないけれど、あくまでこの家は、梓一人のための家だった。小さくてもいいから頑丈な家——たとえば、伊鍋の道世おばさんの家みたいな——生きているあいだはもちろん、死んだあとにだって帰れる家、そういう家がほしい。

とはいえどこにどうやって、そんな家を作ればいいのか、まだ見当もつかない。材料も技量も体力もない。ただ、いずれにせよその家はこの地球上に建てられる……ということは確実にその家はこの芋畑の続きにあるのだと、指と指のあいだを埋める土の厚みを感じながら、自分で自分に言い聞かせる。この先どんなにくたびれようが、不運に見舞われようが、この土の続きを歩いている限り、いつかはきっとその家に辿り着く。歩みを止めない足元には、いつだってたっぷり芋が埋まっている。だから大丈夫、大丈夫だと。

冷たく固い土を掻いて、梓はそのなかに両手を埋めた。荒涼とした畑の片隅に膝をつき、背を丸めて、豊穣(ほうじょう)を祈る古代人のように、しばらく頭(こうべ)を垂れていた。

朝起きると父親はもう出勤したあとで、母親は洗面所の洗濯機から濡れた衣服を籠に移動させているところだった。

昨日寝る前、隣の部屋であっという声が聞こえたような気がして、これは気づいたな、と思ったのだけど、ドアはノックされなかった。いま廊下から「おはよう」と声をかけてみても、母は短く返事をしたきり、からまったトレーナーの袖とタオルを引き離すのに夢中だった。

いったいいつ気づくんだろう。こたつでコーヒーを飲みながら、せわしく洗濯物を干し始めた母を窓越しにぼんやり眺める。着ているピンク色のフリースが、昨日面接の待合室で見たウサギのぬいぐるみの質感にそっくりだった。会社のマスコットなのだろうが、何か見覚えがあると思ったらこれだった。洗濯物を干し終えると、外でしばらくがちゃがちゃ雨戸を拭いている気配があり、その後室内に戻ってきた母は、押し入れからダンベルを取り出した。

わたしは、お母さんの好きにしたらいいと思うよ。わたしは何も言わないよ。

こんなことを言ってみてもいいような気がしたのだが、いま、目の前でせっせとダンベルを持ち上げている母の顔を見ると、そんなことは言わずもがなであることがわかる。自分がこのひとの人生にあれこれ指図をしたり、アドバイスをしたりすることなど、そもそもできるわけがないのだと感じる。なぜならこのお母さんは、娘がいかなる状況にあろうと――風邪を引こうが遅刻をしようが就職に失敗し恋愛に挫折しようが、そのあいだもう何十年も、こうして一人でせっせと肉体を鍛え続けていたのだから。それも、もともとか弱いひとが強くなるために鍛える、そういう鍛えかたではなくて、大きな箱にすきまなくみっちりと詰まったサイコロをもう一つの箱に同じように目を揃えてすきまなく詰め替える、そしてまたべつの箱に詰め替える、それを延々と繰り返すような、何かそういう、途方もない感じのする鍛えかたなのだった。そんな作業を続けているひとに、娘であっても、誰であっても、サイコロどころか箱さえ持っていない誰かが、いったい何を言えるだろう。

するとくるっと振り返った母が、何か言った。

「え？　何？」

「お金」母はダンベルを持ち上げる手を止めず、ハッ、ハッ、と短い息つぎの合間にことばを挟む。「昨日、ちょっと、言ってたけど。あんた、貯金は、どのくらい、あるの」

「どのくらいっていうか、まあ、そんなにはないけど……」

はぐらかしていると、「何百万？　何十万？」母はいきなりこたつのふちまでにじりよってくる。

「たとえば、明日急に旅行に行こうだとか、急に骨折って一ヶ月入院だとか、そういうことになっても困らないくらいのお金はあるの？」

「うーん、まあ、それぐらいはたぶん……行き先とか、入院先にもよると思うけど……」

「面接受かってまた東京に住むんなら、敷金礼金とかまとまったお金が必要でしょ。それくらいはあるの？」

「うん、それは、いままでの貯金でどうにかなる」

「こないだテレビでやってたけど、ほら、お金に困って給料のいいアルバイトに行ったら実はオレオレ詐欺の受け子の仕事だったとか、そういうことがよくあるらしいから、気をつけてよ。最近は果物を送るって言ってお金を振り込ませる詐欺もあるんだってよ。そんな嬉しいこと言われたら、寂しいひとはそりゃあうっかり振り込んじゃうよ。悪い奴は悪い頭で、いろいろと知恵を絞るね」

「うん。でもわたしは大丈夫」

「危ない仕事したり、よそに借金するくらいなら、言ってよ。本当に困ったときだけはね」

母親はダンベルを足元に置き、うーんとまっすぐに伸びをした。着ているフリースが持ち上がって、肌着に重なるモカ色のパンツの幅広のゴムが見えた。

ひまなら掃除機かけといてよ。声が聞こえたかと思うと間髪を容れず車のエンジン音がして、梓はあっというまに一人で家に取り残された。

鉄道会社のコールセンターに採用されたとしたら、年明けには研修が始まるから、年内には引っ越しの準備をしておかねばならない。とはいえもう年の瀬も迫ってきているし、いい物件が見つからなければ最初の数週間はこの家から二時間かけて通うことになるだろう。どちらにせよ、いまのようなだらだらとした生活はもう望めない。

七月にここに帰ってきてから、結局五ヶ月近くも続いた居候生活だった。年明けに自分がここを出たあとも、母は毎日ああしてダンベルを持ち上げ、父は会社に出勤し、帰ってきてビールで晩酌する日々が続くのだ。でもずっとは続かない。いつかは必ず何かが起こる。そのことを思うと、すうっと血の気がひくような感じがする。それで初めて、自分にとって親という存在がこの家と完全に同化してしまっていることに気づく。

親がいなくなり、この家がなくなるということが、まだ梓にはうまく想像できない。でも少なくとも、それは一つの合鍵、思い出の予備の鍵を永遠に失うことなのだとうっすら覚悟はしている。つまり親がいなければ、そしてこの家にいなければ思い出せないことを、その後はすべて自分一人の記憶のうちに見出さねばならなくなるということだ。

残された自分の鍵だって、いつかは錆びついて用を成さなくなってしまうかもしれない。そんなふうになったら、自分はもう立っていられない、倒れる、と梓は思う。死にはしないだろうけど、鍵を放り出して、芋畑の土の上にばたんと倒れる。

ロールパンをトースターで軽く温めて朝食にすると、窓を開けて部屋の掃除に取りかかった。陽は出ていたけれど、空の青にも垣根の柘植(つげ)の小さな葉の一枚一枚にも、すでにそこはかとなく、一日の終わりの気配が宿っているように見える。それでもきりきりと冷たい冬の空気は快かった。

まずは居間と台所に掃除機をかけ、それから廊下に移動した。そのとき玄関のチャイムが鳴った。こんな時間に訪ねてくる客は珍しい。近所のひとが回覧板を持ってきたか、何かお裾分けを持ってきたかのどちらかだろうが、この世には果物を送るといって金を騙(だま)しとるひともいる。

やや気を張ってドアを開けてみると、向こうに立っていた小柄な女は回覧板も果物の籠も持っていなかった。その代わり、ぎょっとするほど鮮やかに青い、ぶかぶかのコートを着せた小さな男の子を連れていた。

子どものお裾分け、という奇妙な考えが一瞬頭に浮かんだ。梓はカーディガンの襟元をかきよせ、なかに着ているパジャマを隠した。

「あの……鏑木さんは……」一歩後ずさって、相手は言う。大きな目がほんのわずかに細められ、口元はこわばっていた。隣の男の子もいまにも泣き出しそうな顔をしている。とはいえ二人揃って剝き出しの、朝の光をたっぷり蓄えたかのようなつるつるとしたおでこが、その表情と釣りあわない。

「あの……母のほうでしょうか、父でしょうか。わたし、娘なんですけど」

すると相手は「あ」と口を開け、「娘さんですか」すこしだけ表情を和らげる。

「父も母も、どっちも留守なんです」

「あの、わたし……お母さんに、ちょっと……」

「母ですか。さっき仕事に出かけたばっかりなので、あと二時間くらいしたら帰ってくると思います」

　目の前でまごついている相手と母がいったいどういう関係なのか、梓にはさっぱり見当がつかない。昨日自分が面接に着ていったような濃い灰色のスカートスーツを着ているけれど、肩の幅が何センチか広すぎるようで、就職活動中の大学生のようにぎこちなく見える。隣の男の子は、一目で肉親だとわかるほど顔がそっくりだった。ひょっとしたら親子ではなく年の離れた姉弟なのかもしれない。

「何か伝言しましょうか？」

「あ、いいえ、いいんです。たまたま、近くまで来たので……」

「電話してみましょうか？」

「いえ、いいんです。本当に。急だったので。でも、これ……あの、これを渡していただけますか？」

鞄から出してきたのは、季節外れのあじさいの柄がプリントされた大きめの封筒だった。包装紙で手作りしたらしく、角の合わせがほんのわずかにずれている。綴じ目には黄色いスマイルマークのシールが貼られていた。

「はあ、これをですか」

「じゃあ、失礼します」

頭を下げ、背を向けたところを梓は「あ、ちょっと」と呼び止める。

「あの、お名前は……」

「名前……荻原です。すみません、失礼します」

言うなり相手は逃げるように子どもの手を引っぱり、門から通りに出ていった。自転車で来たらしい。門の隙間から、母親が男の子を抱いて後ろの座席に座らせ、鍵をはずしてよろよろ漕ぎ出していくのが見えた。それでやっと思い出した。確か夏の終わりごろ、母が公民館の前で自転車の親子連れにぶつかられたという話をしていたではないか。そのときは話半分に聞き流していたけれど、荻原という名前には聞き覚えがあった。子連れで化粧品の訪問販売をしていて、雨の日も自転車で町内を走り回っているという、姉の同級生……。

梓は庭に出て、自転車が向かっていった方向に門から頭をのぞかせた。母子の姿はもう見えない。受け取った封筒を、太陽の光に透かしてみる。不穏な厚みと重さがあった。果物を送るといって詐欺を働くひともいるくらいだから、いきなり金を送って詐欺を働くひとだっているかもしれない。念のため封筒に鼻を近づけてくんくんやってみたけれど、金の匂いではなく、なつかしい工作糊の匂いがしただけだった。

とりあえず、母親に電話をかけた。応答がないので、ついでに昨日送られてきた誤送信メールの文面をもう一度読み返してみる。先日の父のこともあって勝手に相手を男だと決めつけてしまっていたけれど、読みようによってはいまの若い母親に送られたメールであってもおかしくはない。というより、自分の娘でも他人の娘でも、ちょうど同じくらいの年頃の女を混同してメールを誤送信してしまうというのが、いかにも母らしい。

封筒は目につくよう、玄関の靴収納の上に置いた。鍵や輪ゴムやその他ちまちました小物が入っているガラスの灰皿の横に、例の山の絵がたてかけてある。飾ってある、というより、本当にただ置いてあるだけなので、ちょっと強い風が吹きこんできたらすぐにでもバタンと倒れてしまいそうだった。父は絵をもらい、母は金をもらう。不可解な贈与の経緯も詐欺の可能性もいったん忘れることにして、ひとまず何かをくれるひとが親たちにそれぞれいるということに、梓は彼らの子としてなんとなく安心する。誰かに何かをあげたりもらったりしているうちは、人間はしっかりしていられるという気がする。

遠い昔の生活を復元した博物館の一角にいるかのように、絵と封筒をとくと眺めてから、梓は掃除の続きに取りかかった。途中だった廊下、洗面所、トイレ、そして玄関前のスペースに戻ってきて、掃除機を前後に滑らせながら、またしつこく同じ一角を眺める。絵に描かれた山の色と淡いあじさいの柄の色は、その狭いスペースですでに梓の入り込めない親密な関係を結び始めている。そのまま隣の「お母さんの部屋」に入ろうとしたとき、ゴツンと派手な音がした。

まずいと思って振り返ると、掃除機の本体がぶつかった衝撃で絵が収納の上に倒れていた。封筒も沓脱ぎに落ちている。糊付けが甘かったのか、角のわずかな隙間から紙幣らしきものがのぞいていた。ためらいながらも、梓はごく慎重にスマイルマークのシールを剝がした。やはり金だった。新札ではない一万円札が、二十枚出てきた。

封筒を元通りにすると、梓はもう一度母親に電話をかけた。

「はいっ、肩を大きく回して！」

陰気な緑色のリノリウムの廊下の向こうから、ピアノの旋律に乗って声が響いている。体育教師だった母が子どもたちに体育を教えているところを、梓は一度も見たことがない。子どものころの授業参観の日、教室の後ろに母が現れるのを待っているときのように、胸がどきどきした。あのとき娘が待つ教室に向かう母もまた、こんなふうに胸をどきどきいわせていたのかもしれない。

　体操教室が行われているレクホールのドアには、ちょうど顔一つぶんくらいの四角い窓がついていた。こっそりのぞいてみると、薄手の運動着すがたのお年寄りたちのからだの隙間に母が見えた。顔が汗でてかてか光っている。家のなかで着ているのは見たことがないけれど、外の物干に吊るされているのはよく見る、地方銀行のロゴが入った水色のＴシャツを着ている。

　お年寄りたちに囲まれているからか、母はずいぶん若く見えた。でも同時に、お年寄りたちに囲まれていながら、ぜんぜん違和感がなかった。天ぷらの盛り合わせのように、加齢という衣にくるまれて皆が調和していた。母はまだ、おばあさんではない。おばあさんのどまんなか、という感じだ。そして人生のどまんなかで、ああしてぐるぐる肩を回している。

　やがて音楽が終わり、深呼吸のあとでお年寄りたちがぞろぞろ出てくると、梓は前のドアから部屋に入った。暖房のせいなのか、運動の熱気のせいなのか、室内はぼわっと生暖かい。母は大きなお尻を突き出し、ＣＤデッキの前にかがんでいる。

「お母さん」

　呼ぶと振り返って、汗びっしょりの顔で、「てえ」と言った。言うと思ったけれど、やっぱり言った。母の口癖であるこの短い感嘆詞は、両耳がピーナッツのように小さかった赤ん坊時代からもう何万回と聞かされているはずなのに、梓にはうつらなかった。もっとずっとむかしから一緒にいるはずの父にだって、姉にだって、うつらなかった。軽い驚き、あるいは軽い不満の表明として「てえ」と口にするのは、梓が知っているかぎり、小学校時代に六年通ったそろばん教室の先生とこの母だけだ。

「何、梓、どうしたん」

「ううん」そう答えたあとで、すぐにううん、じゃない、と思い直す。

「体操したくなった？」

「お母さん。あのね。さっき家に女のひとが来て、これをお母さんにって言って、置いていったんだけど」

ポシェットから封筒を取り出して渡すと、母は躊躇することなくシールを剝がし、中身を一瞥するなり「だーっ」と苦々しい顔をした。

「あんた、見た？」

「え？」

「中身。見たの？」

「うん。見ちゃった。ごめん。なんか、へんなトラブルだったらやだなと思って……」

「子連れだった？」

「うん。男の子と一緒で、自転車で来てた」

「はーっ。なんでこういうことするんだか」

「え、わたし？」

「いや、その子。あたしがいいっていうもんだから、無理やり置いてったってわけだ」

「……なんなの？　そのお金」

「貸したの。個人的に」

「え。個人的に」

「前に話したでしょ。灯里の同級生の荻原さん。化粧品売ってる子。あの子、秋にちょっとからだ悪くして入院したんだけど、保険に入ってないっていうもんだから」

「え……」

「入院にどんだけお金かかるかは知らないけど、相当かかるでしょ。手術もしたっていうし、退院してもすぐには働けないし、そのあいだ収入はゼロになるわけだし。だから貸したの」

「無利子で？」

「無利子で」

「はあ……」

「でももう、あげたお金だってことにしたんだよ。だから返さなくていいって言った」

「あの、それお父さんは……」

「お父さんは関係ないでしょ。あたしのお金なんだから」

母はCDデッキを掴み、スポーツバッグを肩にかけると「そこどいて」と鼻を鳴らした。部屋を出て、リノリウムの廊下をずんずん大股で歩いていく。梓はその後を追いかける。事務室にデッキを返すと、母は座っていた事務員の女性に「これ、娘」と、デッキの付属品のように梓を紹介した。

着替えるからそこで待ってろと言われ、ロビーの硬いソファに座っていると、着替えを終えた何人かのお年寄りたちが次々目の前を通っていく。暗い色の厚手のコートにからだを包んで、皆、縮こまっている。汗を流してさっぱりとした表情をしているひとは誰もいなくて、皆どこか、それぞれ長く患った病がついいましがた再発したというような顔をしていて、心細げだった。こういう顔には、梓も非常になじみがある。風呂上がり、鏡に映る自分の裸体の上にも、たいていこんな顔が載っかっている。

一方着替えて出てきた母親は、ぜんぜんそんなふうではなかった。家を出ていったときと同じ黒いダウンコートを着込み、前のベルトを防具のようにきっちりと締めている。乱れた髪もぴっちり後ろで一つにくくっていて、これからまた一仕事するひとの出で立ちだった。

「筋腫！」公民館の自動ドアを出るなり、スタートのピストル音のようにそう言って、母は足早に歩き出した。

「え？」一歩踏み出すごとにひょこひょこ揺れるダウンコートの後ろ襟を、梓はまた追っていく。

「子宮に筋腫ができちゃったんだって」

「あ……そのひと？」

「病院で診てもらったときには、もうかなり大きくなってたんだって。痛かっただろうに、我慢しちゃうのよ。それが駄目。お母さんもいろいろ調べたんだけど、若いひとには、ときどきあるみたい」

　いつか公民館の隣の図書館で、家庭医学のコーナーに立って調べものをしていた母親の姿を思い出す。あの日梓の腕に出ていたひどい湿疹は、一週間もしないうちに消えた。いまはもう、あとかたもない。

「あんたもひとごとじゃないかもしれないんだからね。なんでもいいから、ちょっとでもおかしいと思ったらすぐ病院に行きなさいよ」

　車のドアを開けると母はまずシートを引いて、後部座席にスポーツバッグを放りこんだ。それから運転席に乗りこみ、腕を伸ばして助手席のロックを解除した。一瞬迷ったけれど、梓は乗ってきた自転車はここに置いていくことにして、車に乗った。

「これからちょっと、あのひとたちの家に寄るから」

「え？　あのお金のひとの？」

「そう。ちゃっと返してくる」

「でもいらないって返されたんなら、あんまりしつこくするのはちょっと……」

「一緒に住んでるお兄ちゃん一家がすごくケチでね。家族だっていうのに、金のことにはネチネチうるさいそうなんだ」

「でも、だからって、お母さんがお金を渡すっていうのは……」

　母は何も答えなかった。ハンドルを握る横顔を横目にちらっと見て、梓も黙る。どうやらご機嫌を損ねたらしい。

　駐車場を出てしばらく走ると、住宅街に続く曲がり角がある。そこを曲がらず、車は県道をそのまま東にまっすぐ走った。むかし子ども会の夏祭り会場だった地区集会所を通り過ぎ、小さな神社のある角を曲がり、古びた黒い瓦屋根が並ぶ住宅街の細道をしばらく走ったところで、車はいきなり一軒の民家の敷地に入った。黒い瓦屋根は同じだけれど、左右の家よりちょっと大きい、二階建ての木造家屋だった。洗濯物がよく乾きそうな日和だというのに、庭の物干竿はガランとしている。なぜだかペラペラのスリッパが一足だけ、竿に直接洗濯バサミで留められている。

「はい着いた」

　運転中も駐車のときも、母には迷ったりためらったりするところがなかった。例の封筒をポケットに突っ込み、あとは身一つで車を出ていく。玄関のチャイムを押し、十秒くらいしてからもう一度押す。応答はないらしく、車の前を横切り、隣家との境の壁の隙間をのぞきこんでいる。

「いない」首を振りながら、母は車に戻ってきた。「自転車がないから、まだ外回りしてるんでしょ」

「電話したら？」

「電話しても、たいがいつながらないの。お客さんのとこにいるときは、音が鳴らないようにしてるから」

「じゃあ、メールとか……」

「まあ、そうね。でも、あんまりしつこくなるのもいやなんだけど」

言いながら母は後部座席のスポーツバッグを摑み、そこから取り出した携帯電話を開いて操作を始めた。梓はなんとなく目をそらした。するとほどなくボタンを打つ音がやみ、指先の動きが止まるのがわかった。

「ねえ」母が言った。「あたし、あんたにメール送った？」

「え？」

「間違えて梓にメール送っちゃったみたい。いま気づいた。どうりで返事が来ないわけだ。いやだ、読んだ？」

「読んでないよ」咄嗟に首を横に振る。

「でも送り先が、あんたになってるんだけど。ほら」

　差し出された小さな画面を見もせず、梓はまた首を横に振った。

「ううん。わたしのとこには届いてないよ」

　母は携帯の画面を差し出したまま、娘の顔を凝視している。

「時々メールがうまく受信できないことがあって。通信会社のふるいにひっかかっちゃってるんだと思う」

「ふうん。そんなことあるの」

「うん。時々ある」

「あっそう。じゃあまあ、ちょうど良かったわ」

　口のなかが苦くなった。この期に及んでなぜそんな嘘をつくのか、我ながら意味がわからない。昨晩さんざんベッドのなかで、この誤送信にたいするありうべき反応を何通りにも思い描いていたというのに、知らんぷりというのは、その何通りものパターンには入っていなかった。

「べつに読まれてもいいメールなんだけどね」

「うん」

「まあどっちにしろ、メールはやめとくわ。どうせつかまらないだろうから、明日また来てみる」

帰り道、母は来た道を戻らず住宅街をさらに奥に抜けて、利根川の堤防に上がる道を選んだ。ウエディングケーキ式に二段になっている堤防で、低いほうの道は車道、高いほうの道は歩行者専用だった。この道をまっすぐ陽の落ちるほうに進めば、やがて左手には大和芋畑の広がる一帯が見えてくる。そしてもっと行けば畑の向こうに住宅街が現れ、そのなかに二人の帰る家がある。

堤防に上がってすぐのところで、母が「あっ」と声をあげ、路肩に車を寄せた。

「何？」

「あそこ。いた」

指差すほうを見ると、上の道を向こうから自転車がやってくる。

「あれだ。間違いない」

自転車はゆっくり走ってきた。漕いでいるひとの顔はまだよく見えないけれど、ぜんたいの色合いは灰色っぽく、後ろにちらちら見え隠れする鮮やかな青は、確かにあの男の子のコートの色だった。そのままこちらに近づいてくるものと思っていたら、漕ぎ手は急に両足を地面に着き、自転車から降りて後ろのスタンドで車輪を固定し、子どもを抱き下ろした。車に気づいて逃げようとしているんじゃないかと梓は直感したけれど、自転車を降りてわざわざ徒歩で逃走するのもおかしい。そんなことを考えているうちに隣の母はさっさと車のエンジンを切って外に出て、まっすぐ堤防の斜面を登っていった。

斜面の最短距離を行くその一途な登りかたに危ういものを感じて、梓はあわててその後を追った。

空の高いところには大きな鱗雲が出ていた。目の詰まった鱗になっているところもあれば、破れた網のように大ざっぱなところもある。なんだか取り残されたような、うらさみしい気持ちになる雲だった。人里離れた家に暮らす老画家が手遊びに筆にたっぷり絵の具を取り、キャンバスにざっと強いタッチで塗りつけ、それがどうも気に入らなくて、気晴らしに外に出かけたきり帰ってこない、そういう感じのする雲だった。

堤防の上にいる母親と子どもはこちらに背を向けて、並んでじっとその雲を見ていた。そこにダウンコートで黒くもこもこ膨らんだ、大きな背中が近づいていく。母は何か声をかけたらしい。親子が同時に振り向く。表情は黒い後ろ姿に邪魔されてよく見えない。梓は声は聞こえるけれど、ことばは聞き取れないぎりぎりの距離で足を止めた。

葱を積んだ農家の軽トラックと制服姿の高校生の自転車が、下の道をのろのろ通りすぎていった。上の道には梓たち四人しかいない。押し問答になったり、何か剣呑な気配が漂いはじめたら、すぐに飛んでいくつもりだった。どうしても金を渡したいという母の情熱は理解不能だけれど、そういう極端な現れかたをしてしまう母の世話心はよくわかる。何事にも合理的でストレートな母なのだ。拝金主義というわけではなくて、ただはっきり、くっきり、わかりやすく価値のあるもの、融通の利くものを好む性質の母なのだ。

　封筒はいったん荻原さおりの手に渡った。そしてまた、母の手に戻ってきた。もう一度押しかえすかと思ったけれど、そうするかわりに、母は振り返って梓を手招きした。

「これ、娘の梓」

　公民館の事務員に紹介するときと、まったく同じ口調だった。

「先ほどはすみません」

　荻原さおりは頭を下げる。手をつながれた男の子は隣で顔をしかめている。

「いえ、母がお世話になって……」

「いえいえ、こちらこそ、お世話になってしまって、いつも親切にしていただいて、申し訳なくて……」

　いったいうちのお母さんがあなたがたにどんなお世話をしていたというのか。そのことについて実の娘の自分がペコペコしたりニコニコしたりするのもおかしい気がして、梓は曖昧な表情を保った。その戸惑いが伝わったのか、若い母親のほうも同じような表情になった。するとふっと顔から幼さが抜けて、梓は目の前の相手が姉の同級生であること、つまりは少なくとも自分より二年も先にこの世に存在していたことを強く感じた。いまの梓の気分からすればその事実だけで、じゅうぶん相手をしたたかな女だと感じられた。

「かおくん、今日はあったかいね」唐突に、母は男の子に手を差し出す。「おばちゃんとお散歩しよっか」

不機嫌そうな男の子は素直にその手を握った。二人は背を向け、自転車で漕いできた方向に引き返すように堤防の道を歩き出す。道のずっと先に、利根川をまたぐ褪せたピンク色の橋と、巨人の奥歯を地中に埋め込んだかのような赤城山の稜線がくっきり見えた。荻原さおりは会釈して、二人の後ろをついて歩く。そのまた後ろを、梓もついていく。

「おばちゃん、この土手の道が好きなんだ。かおくんは？」

子どもは答えない。それでも母は大きな声で話しかけ続ける。

「川と山が見えるでしょ。ここにいるひとたちはみんなのんびりしてるでしょ。むかしはこの道はもっとでこぼこで、犬もあちこちウロウロしてたんだよ。ちっちゃい仔犬を川原に捨てにくるバカがいたからね」

子どもが振り返って、空いているほうの手を本当の母親に差し出した。彼女は小走りになって、その手を捕まえた。大きなからだと小さなからだと細長いからだが、三つ並んで歩いている。細長いほうの母親が子どもに何か歌いかける。男の子はかぶりを振る。すると代わりに大きいほうの母親が歌い出す。男の子が笑う。葉っぱがどうこうというような、梓の知らない歌だった。大きいほうの母親が振り返って、あんたも歌え、というように合図する。梓が首を横に振るとまたすぐに向き直って、メロディーに合わせて男の子の手を揺さぶる。

このひとたちは、いったい誰なんだろう。後ろを歩きながら梓は自問した。なんだか自分一人だけが、前を行く彼らの家に日帰りで遊びにきた遠縁の子どものようだ。でもつまはじきにされている感じがするわけでもない。なぜなら母が笑っているからだった。背中で自分に笑いかけていた。母は楽しそうだった。もっと言えば、幸せそうだった。

いま母が手をつないでいるのは自分の目に映る親子ではなくまたべつの親子なのかもしれない、彼らは実の娘が持つそれとはまた違う合鍵を持ち、鍵穴の向こうにあるものを母と分かちあっているのかもしれない。そうできるならどんどんそうしてくれ、と思った。楽しかった、と母親に言わせせることができるなら、他人でもモグラでも蛙でも、娘としてはなんでも歓迎する。

冷たい川風が頬を冷やした。奥歯にまで染みてくる冷たさだ。空の雲のかたちはすこしも変わらない。老画家はまだ戻ってこない。

すると次の瞬間、突然からだの芯がぐにゃっと歪んだ。

踏み外した、と気づいたときにはもう遅くて、梓のからだは河川敷側のゆるい斜面に転がり始めていた。咄嗟に雑草を摑んで中腹でなんとか留まりかけたけれど、こらえきれずに結局ずるずる下まで落ちた。

「ちょっとやだ、大丈夫？」

見上げると、三人が歩道のへりからこちらを見下ろしている。足首をひねったらしく、すぐには立ち上がれそうにない。

「やだ、バカ、あんた、何でこんなに何もないところですっころがっちゃうわけ？」

母は男の子の手を離し、膝を曲げてこちらに下りてくる。男の子がその手をまた捕まえて、あとに続く。荻原さおりもまた、手をつないで合流する。

誰なんだろうこのひとたちは。

逆光に目を細めながら、草叢に這いつくばって、梓は助けを待つ。すると懐かしい手が伸びてくる。湯船から、掘りごたつから、庭のビニールプールから荒々しく自分を引っ張り上げてきたあの手、その手がいま、あのころから何倍も重たくなってしまったこのからだを、また陽の当たる道に引っ張り上げようとしている。

鱗雲の隙間から、丹念に縒られた絹糸のように白い冬の光が落ちていた。

もうすぐ一年で最も夜が長い一日がやってくる。でもいまは、まだじゅうぶんに明るい。烏が家に帰る時間まで、次の北風が吹いてくるまで、まだたっぷり明るさは残されている。

ヨイショ、ヨイショ、声を合わせて、でこぼこの四人組は歩道に上がっていく。

十．おばあちゃんの日

つないでいた手が揺さぶられ、柔らかなかたまりが掌を逃れていったとき、照は「あ」と小さく声を出した。摑まれていた指が突然きなこ菓子のように脆くなって、ぽろりと捥げ落ちたような気がしたのだ。

「こら！　ちゃんと手つないで！」

歩道を走りだした孫の肩を、すかさずその母親が捕まえる。内側に翅でも折り畳まれていそうな薄い肩が、猛禽の爪を思わせる節の浮き出た大きな手にがっしりと摑まれる。もとの位置に押し戻された子どもの右手を、もう一人の子どもが握る。

「ほら、もう片方はおばあちゃんとつないで」

差し出されはしない孫の左手を、照はおそるおそるそっと握った。すると向こうもおそるおそる握り返してくる。振り払われてきなこ菓子になってしまった指が、あっというまにまた、長年野ざらしにされた枝切れのように固くなる。

「みどりのき、みる、あおのき、あむ、きいろのき、きく……」

読経めいた低い声でぶつぶつ言っているのは、一つ隣を歩く年長の孫のほうだった。そのまた向こうを歩く娘の祥子は、口を引き結んで、まっすぐ前を見据えている。半端な長さの髪を無理やり後ろで一つにくくり、後れ毛を風になびかせ、剝き出しになったこめかみのあたりからはそこはかとない敵意を発しているようだ。銀行の窓口や駅の改札口で、前かがみになりしきりの向こうの相手に詰め寄っている客が、よくこんな顔をしている。でもいま、娘の前には誰もいない。ついこのあいだアスファルトで補修されたばかりの濃い灰色の幅広の歩道が、公園まで続いているだけだ。

すっきりと晴れわたった、晩秋の午後だった。明るいコバルトブルーの空の低いところに、薄めた牛乳を流したような雲が浮かんでいる。どんなひねくれものだってこんな日には外に出て子どものように駆け出したくなるものだろうが、照には辛い。数年前から空気の乾いた晴天の日に外に出ると、日光が目にツンと沁みて瞬(まばた)きが多くなり、たまねぎを切るときのようにぼろぼろ涙が出てくるようになった。眼科医にサングラスを勧められその足で眼鏡屋に行ったら、すりよってきたスーツ姿の若い店員にとっかえひっかえ試着をさせられ、あげくに「お母さん」とまで呼ばれ始めたので、何も買わずに店を出た。あんな間抜けな黒眼鏡をかけてまで、行きたいところなどどこにもない。今日だってちびたちが来なければ、一日じゅう家のなかでテレビを見て過ごしていたところだ。

　昨日の晩に久々に電話があったと思ったら、昼前には玄関ドアの前に三人が立っていた。「学校は休みなの」胸を突き出し、自信たっぷりの微笑みを浮かべ、まるで選挙会場の出口調査に応じるひとのような口ぶりで、祥子は言った。「県民の日だから」

　また手のなかにむずむずする感触があって、ちょっと力をゆるめてみたとたん、やっぱり子どもが駆け出した。

「ちょっと！　ほら！　駄目だって言ったでしょ！」

　同じことが繰り返される。小さな手が、また照の手のなかに滑りこんでくる。試しにさっきよりも強めにぎゅっと握ってみると、ダンゴ虫が縮こまるみたいに、小さな手がより小さく、固くなる。

　くろいき、くる、しろいき、しる、はいいろのき、はる……。

「ねえ、どこ行くの」ふいに独りごとを中断して、七歳の灯里が母親に聞いた。

「公園」

「何があるの？」

「前も行ったでしょ？　大きい滑り台とか、アスレチックみたいなのとか、いろいろあったでしょ」

「覚えてない」

「行ったら思い出すよ」

「ヘビの滑り台があるところ?」

「え? ヘビの滑り台?」

「ヘビの滑り台」

「そんなのあったっけ?」

灯里は答えなかった。

「おばあちゃん」呼ばれて照は、はっとした。「そんなのあった?」

「さあ。どうだったか……」

「お姉ちゃん、ヘビの滑り台ってどんなのだった。何色?」

ええー、ううー……子どもは明るいうめき声を長々とあげ、最後に「わかんない!」と胸を張った。

「ヘビの滑り台なんだから緑色なんじゃないの。かたちはどんなふうなの」

灯里がまたうなりはじめると、「きっと滑るところがうねうねヘビみたいになってるんでしょ」祥子は鼻を鳴らし、はーっと大袈裟なためいきをついた。

道の向こうから、焼かれる前のクッキーのような色をした長毛の大型犬が歩いてくる。犬が苦手なのか、孫二人は急に警戒の色を浮かべてじっと犬を見つめた。連れていた飼い主が視線に気づいて、犬に何か言った。「一列になって」祥子が言った。手をつないだまま、祥子、灯里、梓、照の順で一列になり、犬とすれちがう。それからまた、四人は横に広がる。色つきの木の話が再開される。みどりのき、みる、あおのき、あむ、きいろのき、きく……。

「ねえ」見ると娘は、眉を寄せ、険しい表情を浮かべている。これは改札や窓口で、歯切れの悪い対応の相手にさらに詰め寄ろうとするときの客の顔だ。「そんな滑り台、なかったよね？　あたし、記憶にないんだけど」

「わからないよ。行ったらわかるでしょ」

くろいき、くる、しろいき、しる、はいいろのき、はる……。

公園の敷地を囲むスズカケの木立の向こうに遊具が見えはじめると、「ほら、着いた」祥子が言い、「ほら、着いた」灯里がその口ぶりを完璧にまねた。

週末になれば、この公園の遊具広場は万博会場かと見まがうほどの家族連れでごったがえすが、平日のいまの時間帯、遊んでいるのは学校や保育園に行かない小さな子どもばかりだった。下の娘一家が訪ねてくるときには、必ずここに遊びにくる。自分の暮らすマンションの一室が孫たちにとって楽しい場所ではないことは、照にもわかっていた。

「遊んでおいで。お母さんたちは座ってるから」

祥子が灯里の手を離したので、照も梓の手を離す。切り離しロケットのように、なかの子ども二人は手をつないだまま派手な色に塗られた遊具に向かっていく。

「はー、やれやれ」

　祥子は腰のあたりをもみながら、空いている近くのベンチに腰かけた。照はその後ろ姿を、嘘みたいだと思いながら眺める。幼いころは目鼻立ちもきゅっとつまった小柄な子だったのに、あるときからたがが外れたかのように急激に成長しはじめ、中学を卒業するころには隠されていたたくましい骨格がすっかり露わになった。高校時代はバスケットボールに明け暮れ、数年後には一端の体育教師になっていて、そのまま娘は猛烈に人生を突っ走っているようだ。

　アスレチック遊具に潜りこんだ孫たちは、ぐらぐら揺れる低い吊り橋を真剣な顔で渡り始めていた。不安定な足場を一歩進むたび、バランスを取ろうとお腹をひっこませたり、片方の肩を突き出したりする。遠目でも膝が震えているのがわかる。見ている照も、思わず地面に着いている足を踏んばってしまう。すると急に地面が、あるいは寄りかかっているベンチが、蒟蒻（こんにゃく）のようにぶりんと弾力を持って、からだを押し返してくる。

「先週、姉ちゃんがうちに来たんだけどさ」

　嫌な予感がして、照は返事をしなかった。

「家のこと。もしお母さんが引っ越してもいいなら、姉ちゃん準備するって」

「その話はもう終わったよ」

「でもまた、考えてみたら？」

「そんなに年寄りでもないんだから。いまのところがちょうどいいんだよ」

「同居がいやなら、近くで気に入るようなところを探すって言ってたけど」

「そんなことしなくていい。あんたたちが何したって、あたしは動かないよ」

「まあ、いまはいいけど……」

「いまが良ければいいんだよ。あたしがいやだって言ってるんだから、どうしようもないでしょ」

するとと祥子は無言で母親の顔をじっと見つめた。その顔がわが子ながらなんの感情も読み取れない、絵付けをされる前のつるつるのこけし人形のように見えたので、照はぞっとして遊具のほうに向きなおった。

孫たちは吊り橋を渡り終え、いまは縄でできたピラミッドを登っている。頂上のほうに、灯里と同じくらいの体格の女の子が一人で張りついている。右足は角度をつけてしっかり縄に食い込ませているけれど、左足はだらりとぶらさげたまま、獲物を待つ蜘蛛のように、下からちまちま登ってくる姉妹をじっと見つめている。

「じゃあ、この話はもうおしまい！」

横を向くと、娘の顔にははっきり不服そうな表情が浮かんでいたので、照はほっとした。これが人間の顔というものだ。

「だんなは元気なの？」

「まあ、元気」

「今日はどうしてるの」

「働いてるよ。サラリーマンだから、県民の日は関係なし。働き盛りでしょ」

「あんたはどうなの」

「バカみたいに働いてる。あの子たちが家にいて、学校でもひとの子の面倒みて、ご飯作って洗濯して、もう頭おかしくなりそう」

「でもあんたはよく……」やってるでしょ、言い終えぬうち、灯里が「お母さん！」と叫びながら駆けよってきた。それを追いかけてきた梓がつまずいて、派手に地面に転がってしまう。

「ああ、あっちゃん、転んじゃった」

祥子はベンチから腰を上げ、娘を助け起こしにいった。灯里はベンチの空いたスペースに浅く座り、地面から起こされる妹をにやにやしながら見守っている。転んだ子は泣いたりせず、転んだ瞬間にひらめいた考えをすこしも忘れまいとしているかのように、視線をまっすぐ地面に据え、顔や服についた砂を母親に払われるがままになっている。

「お母さん。ヘビの滑り台、なかったよ」

戻ってきた母親に、灯里が言った。

「あっそう。じゃあやっぱり、ここの公園じゃなかったんだ」

「お母さんも見てきて」

「滑り台を？」

　滑り台なら、いま四人がぎゅうぎゅうになって腰かけているベンチからもよく見えた。さっきまでアスレチックで遊んでいた例の女の子が、てっぺんに膝を折って座っている。落ち着き払ったようすで、滑り出す気配もなく、ゆったりしたサロンのソファでお茶が運ばれてくるのを待っているかのようだ。

「ここからでも見えるじゃない。普通の滑り台だよね。ヘビのかたちはしてないね」

「だから、もう一つのほうだった」

「何、もう一つって」

「ここじゃなくて、もう一つのほう」

「おばあちゃんちの公園はここだけでしょ」

「ううん。もう一つあるんだよ」

「ないよ」

　二人がある、ない、を繰り返しているあいだ、祥子の膝の上に乗せられた梓は、滑り台の上の少女をじっと見据えていた。母親の声も姉の声もまるで聞こえていないみたいだった。滑り台の少女は両手で脇の手すりを摑んでは、その摑んだ両手を胸の前で広げてすりあわせ、また手すりを摑む、ということを、何かの儀式のようにゆっくり繰り返している。あの子の親はいったいどこにいるのか、公園のなかでは自分と孫以外の誰もこの子を見ていない。

「ならおばあちゃんに聞いてごらん。ねえ、ほかの公園なんて行ったことないよね?」

水を向けられて、一瞬、何を聞かれているのかわからなかった。

「あたしたち、この公園にしか、来たことないよね」

「ああ、ないね」答えると、顔を真っ赤にしていた灯里の目が見開かれ、そこにあからさまな失望の色が浮かんだ。

「ほらね。おばあちゃんもないって言ってるでしょ。どこかほかの公園なんだよ」

それでも灯里は、絶対あるもんと言って引き下がらなかった。目に涙がにじんでいる。もういいからまた遊んできなさいと祥子が言っても、胸の前でがっしり腕を組んで、いやだと言い張るのだった。

「じゃあどうするの。せっかく来たのに、遊びもしないいんじゃつまんないでしょ。もう帰る?」

帰らない!　宣言した瞬間、どうしてもおさまりきれない激しい思いがこみあげたのか、灯里は唐突に泣き出した。

「なんで泣くの。泣いたって、どうしようもないでしょ」

「もしかしたら」見ていられなくなり、照は言った。「もう一つべつの公園に、行ったことがあるかもしれないよ」

実はさきほども一瞬頭をかすめたのだが、この大きな公園を抜け、さらに住宅街を進んだところに、確かにもう一つ小さな公園があった。夫を亡くしてここに引っ越したばかりのとき、散歩の途中で偶然に行きついたことがある。とはいえ記憶にあるかぎり、孫たちをそこに連れていったこともなければ、ヘビの滑り台を見た覚えだってなかった。だけれども孫娘のおよそ十倍の年月を生きてきた照は、自分がすでに何千日ぶんもの記憶を忘れ去っているという自覚があった。その失った何千日という時間をまさしくこれから生きようとしている幼い子どもが、こんなにも泣きながら、叫びながら、絶対にそこに行ったことがあると訴えるのだ。照は孫の主張を、記憶というよりむしろ予言として受け取ることにした。

「ほんと？　あたしは行ったことないけど」

「灯里ちゃん」娘には答えず、照は孫の顔をのぞきこんだ。「行ってみようか」

四人がベンチから立ち上がったとき、滑り台の上にいた少女はいなくなっていた。そのかわり、太ももに小さな子どもを乗せた若い母親が、埋められた宝のありかを示す矢印のように、するする台を滑っていった。

一時間ほど歩いても結局ヘビの滑り台はおろか、そのもう一つの公園さえも、四人は見つけることができなかった。

おぼろげな記憶を辿り、照は住宅街の道を進んでいった。歩けども歩けども似たような住宅が続き、目印だと思っていた大きなマンションを見つけはしたけれど、その敷地周辺を一周しても探していた公園には辿り着かない。やがて灯里が「疲れた」とぐずりだした。祥子がバッグから小さなパイナップルのかたちをした飴を出して、ほとんど無理やり娘二人の口に押しこむ。近くの民家の塀の前に大きな敷石が二つ並べられており、祥子はそこに娘二人を座らせた。

「あるって言ったのに、なんでないの」灯里がゴムの靴を履いた足をぶらぶら揺らしながら小声で言う。照はごめんね、と謝る。

「何言ってるの」祥子は目を見開いた。「お姉ちゃんがあるって言ったんでしょ」

「ごめんね。灯里ちゃんじゃなくてあたしが悪いよ。確かにこのあたりにもう一つ公園があったと思ったんだけど。思い違いだったみたいだね」

するとと向かいの家の庭先に園芸バサミを持った女性が出てきて、枯れ枝ばかりのプランターの前にかがみこんだ。

「すみません」祥子はその女性に近づいていった。「このあたりに、ヘビの滑り台のある公園がありませんか?」

相手は首を振って知らないと答えた。それを聞いて、照は帰る決心がついた。とはいえ抱いて歩けない重さの子どもが二人いては、帰るのだっていつもの倍は時間がかかる。

「ね？　やっぱりヘビの滑り台はべつのとこ。道世おばさんのとこに行ったときに見たんじゃない？　それか純子おばちゃんの家の近くかな。今度おばちゃんに聞いとくから」

今度は灯里も素直にうんとうなずいて、頰を赤らめたり涙ぐんだりはしなかった。さきほどまでの仏頂面はすっかり消えてしまって、完全な無表情になっている。疲労にすべての感情を押し流されたか、あるいは背後から近づいてきた敏腕のマジシャンが、本人さえ気づかぬうちに、子どもの顔をよく似たよその子の顔にすげかえていったかのようだ。

「けっこう歩いたよね。ここから家までどれくらいかかる？」

「さあ。あたし一人だったらべつだけど、この子たちのペースだと、三十分はかかるかもね」

「三十分はもう無理かもしれない。あたしも疲れたから、大きい通りに出てタクシー拾おう」

「車で行くほどの距離じゃないよ」

「お金はあたしが払うから。この子たち連れて三十分は、もう無理」

「通りに出ればすぐだよ。あんた、その気になればどっちか一人はかつげるでしょ」

「学校でなら、跳び箱でも机でもなんでもかつぐよ。でもいまはとにかく、無理」

日頃倹約に努めている照からすれば、出先で骨を折ったわけでもない健康体の四人が無料で歩ける道をわざわざ金を払って移動するなんて、とんでもない贅沢であるし、バカげたことだった。そもそも平日の昼間、このあたりで流しのタクシーなど見たこともない。

「タクシー!」住宅街の細道を抜けて駅に続く表通りに出たとたん、祥子が車道に身を乗り出して手を上げる。すると向こうから、犬がしっぽを振って飼い主のもとに駆けつけるように、空車のランプを光らせた黒いタクシーがみるみる近づいてくる。照にはタクシーを見つけて娘が声を上げたのではなく、娘が身を乗り出し大声をあげたから、そこにタクシーが立ち現れたように見えた。

「反対方向だけど、いいよね。Uターンしてもらおう」

祥子はガードレールの隙間から子どもたちを車道に下ろし、後部座席に押し込んで、自分は助手席に乗った。開けっ放しの白いレースが敷かれた後部座席から、芳香剤の匂いが漂ってくる。孫たちはぎゅっとからだを寄せて向こう半分に座っており、きっかり半分、照のためのスペースを空けている。

そこに乗り込む前にふと顔を上げると、タクシーが走ってきた方向に、ごみ処理場の白い煙突が見えた。外に出るたび、食い入るように見つめている煙突だった。もしいつか、散歩の途中で自分が誰かも、帰る家がどこかも忘れてしまったときのために、照は普段ありとあらゆる屋根と屋根の隙間から、この煙突のかたちを目に焼き付けている。

この白くて高くて細長いものに向かって歩いていけば家があると、脳味噌のいちばん肝心で替えのきかないところに、嫌というほど刻み込んでおきたいのだ。習慣とその作用は、もう一緒くたになっていた。煙突がすこしでも視界に入れば、照は目でその横腹に嚙みつき、見えない縄で引かれるように、煙突とその奥にある家に向かって歩いていかねばならなかった。

「あたしは歩いて帰るよ」

「は？」祥子がからだをひねり、助手席のシートと窓の隙間から照を見つめる。

「あたしは、歩いて帰る。この距離でタクシー乗るなんて、バカらしいよ」

「バカじゃないよ。乗って」

娘の冷酷な口調に、照は思わず後ずさった。普段も鉄棒や跳び箱の前で、体操着姿の子ども相手に次々こんな口調で命令を下しているに違いない。

「だってもうそこに煙突が見えてるんだから。あんたたちは車で先に行けばいいよ」

「やめてよ、お母さん。乗って」

「幼稚園の遠足でもあるまいし、みんなで一緒に帰ることないだろ。すぐそこなんだから」

「お母さん、お願い、乗って」

後部座席の子ども二人は、先刻すれちがった大型犬に向けたのと同じような眼差（まなざ）しを照に向けている。むりやりドアを閉めようと手を伸ばした瞬間、もうっ！　っと低い声が聞こえ、かがみこんでみると祥子が顔を覆って泣き出していた。「乗りますか？」運転手が振り向かずに聞く。

「何だよ、泣くことないじゃないの」

照がしぶしぶ後部座席に乗りこむと、孫たちは互いのからだをさらに密着させ、ひとまとまりに薄っぺらくなって、餅のように向こうの窓にひっついてしまった。ドアが勝手に閉まり、タクシーが走り出す。助手席の嗚咽はすぐにおさまる。

運転手は方向転換のために一つ目の角を右折し、それからもう二つ曲がって、元の通りに戻った。車窓から照は煙突を探した。このあたりは普段の散歩では歩かない場所だけれど、煙突の根本を隠す屋根の並びやクリーニング屋の看板に、なんとなく覚えがある。すると突然、車の天井から雹のようなひらめきが降ってきた。例の公園は、さんざん歩きまわった通りの向こう側ではなく、こちら側にあったのではなかったか。屋根、看板、ヘビの滑り台……記憶の切片を宿した雹がシートにざらざらと降りつもって、照のからだは冷えてきた。ちょっとでも身動きすれば照自身もまた無数の雹に分解されて、車のシートを染みとおり、もっと下のほうへ流れ落ちていきそうだった。

タクシーを降りた一行は、互いにある程度の距離をたもちながら、無言でマンションのエントランスに入った。

「悪かったよ」エレベーターのなかで、照は意を決して口を開く。「でもあたしはタクシーなんてめったに乗らないし、歩くのが好きだから」

「いいの。あたしこそごめん」祥子は目の前にある階数ボタンをじっと見ている。

「いきなり泣き出すからびっくりした。あんたちょっと、疲れてるんじゃないの」

「うん。そうかもね」

「たかだか歩きか車かの話じゃない。あんなにむきになることないよ」

祥子は顔を上げ、階数ボタンの上に据え付けられた小さなモニターを見て、「前来たときは、これなかったね」とつぶやいた。

駅にほど近い、この1DKのマンションの一室を購入したのは三年前のことだ。夫を亡くして四十九日が明けるころまでは、四十年近く暮らした家で、照は毎日泣き散らかして過ごした。それからこの世の何もかもが憎らしくなった。特に憎いのが、そのあたりをふらふら歩いている老人たちだった。夫はまだ六十一だったのだ。風呂場で、素っ裸で、「あっ」と声を出そうとしているみたいに、小さく口を開けて死んでいた。長風呂のせいで脳貧血を起こしたのでしょうとあとから医者は言った。足を滑らせ、浴槽のふちに頭を打ったその瞬間、本人はいきなり誰かに首根っこを摑まれて、さらわれていくような思いがしたのではないかと照は思う。まだずっと生きられたはずのひとだった。

夫よりずっと不健康そうで、軟弱そうで、何も知らない老人たちが路上やスーパーの店内をウロウロしているのを目にすると、禍々しい何かが頭で渦を巻いた。その古新聞のような肩を片っ端から摑んで揺さぶり、なぜあなたが生きているのか、うちの主人はあんたがたよりずっと丈夫だったのにと、大声でなじり倒してしまいそうだった。夜、夫の血管をふやかし死に至らせた浴槽で湯につかっていると、自分だってもう死んでいるのではないかと思った。

そしてある晩、まだ誰の垢も浮いていない、湯船に張ったまっさらな湯が音もなく揺れているのを見て、照は唐突に、ここから引っ越そうと決めた。できれば若い独身の男女が住むような、駅前のマンションの一室がいい。娘たちは反対した。心細いなら一緒に暮らそうと言われたけれど、娘たちの家にはそれぞれの夫がいる。義理の息子とはいえ、夫以外の男と暮らすのは受け入れられなかった。古いアルバムや家族の思い出の品は、ほとんど上の娘の純子が持っていった。だからいまこの1DKにあるのは、遊びにきた孫にあてがうおもちゃ類をのぞけば、夫の仏壇と、一人ぶんの生活に必要な最低限のものだけだ。

「くたびれたね」狭い玄関で順番に靴を脱ぎながら、娘が言う。「みんなでお茶飲もうか」

ポットのお湯で娘が茶の準備をするあいだ、照はキッチンの棚から缶入りの水羊羹を二つ取り出した。自分で買ったものではなく、先週隣に住む菅野という青年がお裾分けしてくれたものだ。三年前にここに引っ越してきたとき、照は両隣と上と下の部屋に挨拶に行ったが、チャイムを聞いて玄関まで出てきたのは、この菅野青年だけだった。照が一人暮らしなのを気にかけて、ときどきこうして食べものを持ってきてくれる。菅野もまた独り者で、やってくるのはたいてい平日の昼過ぎだった。「家でできる仕事」をしているそうだが、照はどうせろくな職業ではないだろうと思っている。

皿の上で缶を引っくり返すと、なかの水羊羹がツルリと滑り出てきた。十文字にナイフを入れて爪楊枝を四本刺すと、ちょうど茶の準備も整って、四人はテーブルについた。

「ほら、いただきな」

祥子が羊羹の一切れを口に放り込むと、子ども二人もまねをする。梓はテーブルの一点を見つめ無表情で咀嚼を始めたけれど、隣の灯里は一度口に入れた羊羹をぬぱっと音を立て、唇のあいだから取り出した。

「ちょっと、行儀の悪いことしないで」

灯里は母親を無視し、釣り人が何日もかけ苦労の末に釣りあげた幻の魚を見るように、黒光りする羊羹を宙に掲げてうっとりと見つめた。「早く食べなさい」再度母親に注意されると名残惜しそうにそれを頬張り、しばらく口を動かさずにいる。とはいえ妹が二切れ目に手を出すのを見ると、遅れを取り戻すべく猛然と咀嚼を始めた。

「ほら、これで満たされた」羊羹がなくなると、祥子は子どもたちの手に湯のみを押しつけた。「あとはお茶を飲むんだよ。茶腹も一時っていうんだから」

「人形を出そうか？」照は孫に聞いた。

「だって。人形、出してもらう？」

二人がうなずくと、「出してほしいって」祥子が言う。あたしと孫とが話すのに、いちいち通訳が必要だと思っているんだか。不満を表明するのはぐっとこらえて、照は収納から引っ越し業者のロゴが入った段ボール箱を引っぱりだした。孫たちが後ろからのぞきこんでくる。誕生日ごとに買ってやるぬいぐるみや人形がなぜ持ち帰られずここに置き去りにされるのか、いつかまとめて持ち帰らせようと思っているうち、そう言うのも角が立つ気がして、なんとなくそのままになっている。

「どれがいい？　好きなので遊ぶといいよ」

テーブルに戻り、口のなかに残る羊羹の甘さを茶で押し流しながら、照は子どもたちが遊ぶのを眺めた。箱に押し込められていたペンギンやウサギのぬいぐるみ、赤ちゃん人形を、二人は代わるがわる手に持って、熱心に挨拶を交わさせる。こんにちは。こんにちは。首がキュウキュウ鳴るとら猫のぬいぐるみの次に取り出されたのは、桃色の着物を着た女の子の指人形だった。これは照が買ってやったものではない。むかし伊鍋の実家に祥子を預けていたころ、母親が端切れで手作りしてくれたものだ。指人形を見つけたのは梓だが、灯里がそれを横から奪って手にはめる。すると梓が取り返そうとして、灯里に手をはねられる。梓はあきらめない。激しい取りあいになって、小さな人形の首はいまにも千切れてしまいそうだった。人形のもともとの持ち主である祥子は、何も言わなかった。テーブルでただ黙って、娘たちの手のあいだを行ったり来たりする人形をぼんやり見つめている。

「指人形なら、もう一つあったはずだよ」

見かねて照が立ち上がり、箱の底からもう一つの人形を梓に差し出した。糸で縫われた同じ顔をしているけれど、着ている着物が違う。この人形は赤い格子柄の着物を着ている。忘れかけていた古い記憶が甦って、ちくりと照の胸に痛みが走った。ずっとむかし、こういう赤い色の着物を祥子にこしらえてやったことがある。

振り返ってみれば、あのころの自分は自室で臥せっているか、怒鳴っているか、泣いているばかりで、悪い憑きものに憑かれていたとしか思えない。駒の消えたすごろく盤で無益に転がり続けるサイコロのように、どんなにもがいても自分の生きる時間だけが止まってしまったみたいだった。小さいころから照ちゃんは賢い、これは偉い女になるぞと言われ、猛勉強のすえあとすこしで教師になるための試験が受けられるところだったのに、ある日一人の青年と食堂で目が合って、人生ががらりと一変して、気づけばその人生に置き去りにされていた。結婚して何年かすると急に食事が喉を通らなくなり、夫や子どもたちに返事ができなくなり、昼間はめまいに悩まされ夜は一睡もできなくなった。祥子が生まれてすぐのころが一番ひどかった。親たちの説得に折れて、小さな祥子を実家に預けてしまったことは、いまでも後悔している。どんなにつらくても、あの子と一緒にいるべきだったのではないかと思う。いまだったらそんなのは憑きもののせいではない、病院に行けと言われるところだろうが、当時は誰も、そんなことを言ってはくれなかったのだ。

襖の向こうに夫と子どもたちの寝息を聞きながら、もしいま、着の身着のまま身一つでこの家を出ていってみたらどうなるだろうと本気で考えた夜もある。そんな夜には、想像も及ばないほど遥か遠くの、言葉も通じない、電気も通らないどこかの小さな町の片隅にこそ自分一人のためにあつらえられた部屋と布団があるはずだと確信した。光る屋根を見て今日は晴れだとわかるように、濡れた地面を見て今日は雨だとわかるように、はっきりと。それでも最後には、乱れた心の奥から優しい気持ちが湧いてくる。涙がぼろぼろ勝手に流れ出してきて、明日からは家族のためにこの身を尽くそうと真剣に誓う。でも結局、娘があの着物を着ることはなかったし、その着物を娘に届けようとした息子とは、もう三年以上も音信不通だ。

何もかも首尾良くはいかない。でも努力はしたんだから、と照は自分に言い聞かせる。あのころ、もがきながら、傷だらけになって努力をしたからこそ、こうして一人で生き延びてしまっている。

「純子姉ちゃんと相談したんだけどね」テーブルに戻ると、祥子が言った。

「今度、旅行に行かないかって言ってるんだ」

「旅行？」

「うん。うちの家族と、姉ちゃんとこと、お母さんで。近くがよかったら、箱根とか。遠くでもいいなら、沖縄とか」

「なんで急に」

「まだみんなで旅行したことないでしょ。それに、お母さんの還暦のお祝いも、お父さんのことがあったからなんとなくしないままで来ちゃったし……」

「あたしはいいよ。みんなで行っといで」

祥子はテーブルの上で丸められている照の手に自らの手を重ね、子どもをあやすように揺さぶった。

「たまにはいいじゃない。楽しいよ」

「お父さんは旅行嫌いだったからね。だからあたしも駄目になった。電車ならまだしも、飛行機なんか絶対に乗れないよ」

「でも箱根くらいなら行けるでしょ？　温泉につかって、のんびりしようよ」

「箱根ね。むかし、お父さんの会社の保養所に行ったことがあるね」

「夏休みにね。覚えてるよ」

「あそこはご飯が、あんまりおいしくなかった。部屋が怖いって、あんたがびいびい泣いて。博和は迷子になるし、煙草の煙で純子の咳はひどくなるし」

「そう。お母さんは、あんまり楽しくなかった？」

楽しかったよ、言おうとして、急に喉がカチカチに凍ってしまったような気がした。黙っていると、「それはそうだよね」祥子が笑って、照はほっとした。

「子ども二人でもこんなにたいへんなのに、あたしたち、三人もいたんだもんね」

祥子の手は母親の手を離れ、空になった湯のみをそっと包んだ。照はポットから急須にお湯を足して、ろくに時間を置かずにその湯のみに注ぎ、自分の湯のみにも注ぎ足した。薄い茶をほんのすこし口に含み、舌や歯で熱さを味わっていると、すべては自分の勘違いだったような気もしてくる。あの旅館で、祥子は本当に泣いていたか？　博和はいつも目の届くところにいなかったか？　純子の呼吸は乱れず、上機嫌で歌を歌っていなかったか？

「お母さん。博和兄ちゃんから連絡あった？」

「いいや。ない」

「あたしのとこにも、姉ちゃんのとこにもない。どこにいるんだろうね。みんなで旅行するなら、博和兄ちゃんも連れていきたいね」

「そのうち戻ってくるでしょ」

「お母さん、まだ怒ってるの？」

「いや。怒ってやしないよ」

「じゃあ兄ちゃんが戻ってきたら、ふつうに優しくしてね」

ああそうするよ。なんでもない顔をして答えたけれど、博和のことを考えると、途端に胸苦しくなる。

会社を辞めて海外に行くと言ってよこしたとき、もっとちゃんと止めてやればよかったのだ。これからは何があるかわからないのだから、外国になんか行かないでくれと頼んだのに、やっぱりろくでもないことになった。飛行機の遅刻だかなんだかしらないが、父親の葬儀に遅れてきたのは、百歩譲って許せる。許せないのは二人きりになったとき、お父さんが死んだのはお母さんのせいだと言われたことだ。いや、さすがにそこまではっきりは言わなかったけれども、記憶のなかではだいたいそういうことになっている。「母さんだって、気づくのが遅かったんじゃないか」博和が言ったのはそれだけだ。でも責められていると照は感じた。気づくのが遅かった。確かにそうだ。でもどうしようもないではないか。いつも通りに風呂を沸かし、夕食の皿を洗い、居間でテレビを見ていたら、湯船で夫が頭を打って死んでいた。つまりあの瞬間、その一瞬前と一瞬後と同様に、自分はそのときやるべきこと——つまりは生活を営んでいたのだ。それ以外にいったい、何ができたというのか。

「ね。旅行のこと、考えておいてね。お金はあたしたちが払うからね」

チャイムが鳴った。一瞬、博和が帰ってきたのではないかと思った。温泉旅行に行くと聞きつけて、ちゃっかり駆けつけてきた。なんといっても今日は、道端で娘が手を上げれば、そこに都合良くタクシーが停まってドアを開けるような日なのだから。

ところがドアの向こうに立っていたのは博和ではなく、隣の菅野青年だった。手には半透明のタッパーを持っている。

「こんにちは」沓脱ぎに散らばった靴を見て、青年は一歩後ろに下がった。「お客さんですか」

「うん。娘と孫が来てる」

「あ、じゃあ手短に。田舎から栗の甘露煮がたくさん来たので、お裾分けです。去年よりちょっと甘さ控えめに作ってるそうです」

「ああ……じゃあ、いただきますよ。いま、入れものをもってくるから」

「いえ、このタッパーごとどうぞ。でかい瓶で送ってきたんです。僕のぶんはたんとありますんで。あ、こんにちは」

振り返ると、祥子が台所から顔をのぞかせていた。

「このひと、隣の菅野さん。いつもお裾分けしてくれるの。今日は栗の甘露煮」

「すみません、母がいつもお世話になってます。甘露煮ですか？　おいしそうですね」

「田舎のものですけど。良かったら召し上がってください。じゃあ僕は、これで」菅野がドアを閉めようとしたところで「ちょっと待って」祥子が声をかけた。

「いまちょうどお茶飲んでたところですんで。よかったら菅野さんもいかがですか」

祥子の申し出に、菅野より照のほうが驚いた。玄関先でのやりとりならしょっちゅうしているが、隣人を部屋に上げたことなど一度もない。

突然入ってきた若い男を見て、それまで声をあげて遊んでいた子どもたちは急におとなしくなった。

「大きいほうが灯里っていって、小さいほうが梓です。上が小学一年で、下が保育園」

「こんにちは」青年が挨拶をすると、「こんにちは」二人はほとんどささやき声で返す。

「さっそくだけど、栗いただいてみてもいいですか？　あたし、甘露煮が大好物なんですよ」

ひとが変わったようなのは、この娘も同じだった。なんだか急に挙動に溌剌としたところが見え始め、いかにも体育教師然とした強引さで、青年をテーブルに座らせる。

誰にも許可を得ずにタッパーを開けると、祥子は水羊羹に使った爪楊枝でつゆにひたった黄色い栗をひと突きし、口に運んだ。

「うわー、おいしい。お母さんの手作りなんですか？」

「ええ、そうです。毎年秋になると、どっさり作るんです」

「ご出身はどちら？」

「長野の、松本の近くです」

「うちも安曇野には夏に家族でよく行くんですよ」

「安曇野にも近いですよ」

　子どもたちが人形を指から外し、猟師を警戒するウリ坊に似たようすで、ゆっくりこわごわ、テーブルに近づいてくる。爪楊枝で刺した栗を、祥子は一つずつ差し出してやる。灯里はいったん口にふくんだ栗を、またぬぱっと音を立てて外に出した。

「ちょっとお姉ちゃん、それはお行儀悪いからやめてって言ったでしょ」

「僕もそれ、子どものときはよくやりましたよ。グミでも飴でも、つばで濡らしてから眺めるとなんだか宝石みたいに見えて」

「そうだよ」照も青年に加勢した。「誰に迷惑かけるでもなし、子どもがそれでうっとりしてるなら、好きにさせてやればいいじゃないの」

　祥子は答えず、また青年に話しかけた。

「失礼ですけど、菅野さんはおいくつ？　奥さんはいるんですか？」

「二十八です。独身です」

「あらそうなの。もっと若く見えるね。二十五歳くらいかなと思った」

　自分がずいぶん年上だとわかった途端、この口調だ。照は鼻白んだ。二十八歳の青年相手ではなく、まるで十三歳の中学生相手に喋るような口調ではないか。

「今日は平日ですけど。お仕事は何されてるんですか？」

「家でできる仕事なんです」

「ちょっと」照はあわてて割って入った。「質問ばっかりするのはよしてよ」

「あたしは体育の先生で」祥子はかまわず続ける。「今日は県民の日だから休みなんですよ。母のところにはよくお裾分けをくださるんですか？」

「よくくれるよ」と照が、「それほどは」と菅野が言うのが同時だった。祥子の視線はより若いほうの人間に定められ、意図を感じ取ったらしい青年が、途切れ途切れに話しだした。

「ええと……そんなしょっちゅう……というわけでもないんですが、田舎から大量に送られてくるものですから……僕一人だと消費しきれなくて」

「母はちゃんとお返ししてますか？」

「あ、いえ、そういうのは」菅野は真っ赤になって顔の前で手を振る。「僕がお願いして、もらっていただいてるようなものなんです。そういうのはいいんです」

「じゃあ今度、あたしが何かお返し送りますね。こんなおいしい甘露煮、食べたことないもん」

「あの……もっと持ってきましょうか？」

「いえいえ、いいんです、これでじゅうぶん。堪能させてもらいました。ね、栗おいしかったね？」

子どもたちはテーブルの周りに立ったまま、まだ物欲しげに爪楊枝をしゃぶっている。

祥子がタッパーを開けて差し出すと、二人同時に手が伸びた。

「あたしたちは埼玉の北のほうに住んでるんですよ。家のまわりは芋畑ばっかりのところ。大和芋です。これがけっこうおいしいんですよ。毎年母にも送ってるんです。今度送るぶんに菅野さんのぶんも入れときますから、母からもらってくださいね」

「芋なんかもらったって、若いひとは嬉しくないだろうよ」

ここぞとばかりに、照は言ってのけた。効果は抜群で、切れ目無く喋っていた祥子が一瞬で口をつぐんだ。

「いえいえ」菅野がさらに真っ赤になり、顔の前でバタバタ手を振る。「嬉しいですよ、食べるものならなんでも」

「だってあれは、すりおろしてご飯にかけて食べるくらいしかないでしょ」

「とろろご飯、あたしは大好きなんです」祥子は菅野に向かって身を乗り出した。「毎日食べても飽きないくらい」

「一度送られてきたらね、もうひと月は毎日とろろご飯。口の周りがかゆくなるの」

「栄養価も高いし、保存も利くし、卯月原の大和芋っていったら、けっこう有名なんですよ」

「すりおろすときには手もかゆくなるの。その手でへんなとこ触っちゃったりすると、もう大変」

「じゃあお母さんのところには、もう送らないでおくね」

言うなり、祥子は急に席を立った。廊下のトイレのドアがばたんと閉まった。子どもたちは顔を見合わせて爪楊枝を皿に置き、無言で人形のところに戻った。

「あの、僕で良ければ、喜んで芋はいただきますけど……」

照は答えられなかった。恥ずかしくて、できれば自分がこの部屋を出ていきたいくらいだった。四、五分後、祥子はトイレからドタドタ足を鳴らして出てきた……またあの、溌剌とした、体育教師らしい表情を浮かべて。

「さ、じゃああたしたちはもう帰ろうかな。明日はいつもどおり学校があるしね」祥子は子どもたちに呼びかけた。「ほら、人形は片付けて、おじいちゃんにお別れのなむなむして。トイレ借りたら帰るよ」

外はまだ明るかった。子どもたちはそそくさと人形の片付けを始める。「あ、じゃあ僕も失礼しますね」菅野も椅子から立ち上がった。

「いえ、あたしたちが帰ってちょっとしてから、帰ってください。急に誰もいなくなったら、なんだか寂しいでしょ。会議でも遠足でも、みんなが集まってるときには一気に解散するんじゃなくて、ちょっとずつ帰っていくのがいいんです」

子どもたちを順番にトイレに送りこみ、先に靴を履かせてから、祥子は自分のスニーカーを履いた。照はおろおろしながら、なぜこんな終わりかたになってしまうのか、慌て、混乱しながら、それでも相手を引き止めるということは思いつかず、ただ玄関に立って彼女たちの帰り支度を見ているだけだった。

「ほら、忘れ物ないね？　じゃあね、お母さん」

「なんで、こんなに急に……。もっとゆっくりしていったらいいのに」

「運転もけっこう疲れるからさ。居眠り運転して電柱に突っ込んだりしたら困るでしょ。またそのうち来るね。じゃあ萱野さん、失礼しますね」

両手に二人の娘の手をつなぎ、祥子は出ていった。照は廊下に出て、その後ろ姿を見守った。

「気をつけてね」

どうにか声をかけると、エレベーターの前で祥子は振り向いた。二人の娘の手を持ち上げ、「おばあちゃんにばいばい」とつないだ手を左右に揺すぶる。それからエレベーターのドアが開いて、三人は見えなくなった。

部屋に戻ると、菅野が待合室で手術の結果を待つ家族のように、心配げな顔つきでテーブルで湯のみをぎゅっと握っていた。

向かい合って座りなおすと、照にはその顔が執刀直後の医者の顔のように見えてくる。腹を切り開かれたのは自分だ。腫れ上がっているところも、化膿しているところも、すっかり見られてしまったらしい。

「見たでしょ」照は言った。「あたし、娘にも孫にも好かれてないんだよ」

「いえ、そんなことは……」

「息子は喧嘩したきりもう何年も顔も見てない。それもあたしが悪いみたい。もしかしたら、死ぬまで二度と会えないかも」

「いいえ、そんなことないですよ。親子なんですから、会えますよ」

「気づくのが遅かったんだって言われたんだよ。自分だって遅れてきたくせに。いま帰っていったあの子だって、腹のなかではそう思ってるのかもしれない」

「え、栗の話ですか？」

「栗じゃない。うちのお父さんが死んだときの話。あたしが気づいたときには、風呂場でのびてた」

菅野は照の肩越しに、仏壇に目をやった。これに似たようなことがいつか自分に降りかかってくる可能性は想像だにしていない、まぬけな顔だ。老人だけではなく若者まで憎らしくなってきたら、自分もいよいよ終わりだと照は思った。立ち上がり、テレビをつけた。なるべくいつもと同じように、娘たちがあんなふうに帰っていったことも忘れて、なおかつ、この青年もここには存在していないみたいにふるまおうとした。

画面には通信販売の番組が映っていた。金色の台座の上で、売りものの椅子が何かに怯(おび)えているみたいにぶるぶる振動している。この椅子に一日三十分座っていれば、ひと月後には腹がへこみ、あらゆる贅肉が消え去り、からだがすっかり生まれ変わるらしい。いまから一時間オペレーターを増やしてお電話をお待ちしています。ピンク色の口紅を塗った女が言う。そのほんの一時間のために集められたオペレーターたちが、一時間後、仕事を終えてぞろぞろ帰っていく姿を照は想像する。皆、無事に帰れればいい……おかえりと言ってくれる誰かがいて、温かい風呂が沸いていて、安心して眠れる自分の家に。

この冬、関西で大きな地震が起こり、東京では恐ろしい地下鉄のテロ事件があって、照は連日、テレビにかじりつくようにそのニュースを見ていた。そしてある朝、上の娘が「うちに一緒に住まない?」と電話で言ってよこしたとき、そうしよう、と川の水が高いところから低いところへ流れるように、ごく自然に心を決めた。すると急にテレビが嫌いになった。耳を傾けるべきは、テレビではなく電話だったのだ。考えておく、と返事をして、またかかってくるのを待ったけれど、電話は一週間かかってこなかった。

一週間と一日目に自らダイヤルを回したときには、断じて引っ越しなどするものか、と意志が固まっていた。そしてまた、テレビが大好きになった。

「なんだかもうずっと……」気づけば照は、そのテレビ画面に向かって喋っていた。「ぐらぐらしてるんだね。四本脚の椅子からいっぺんに三本脚が消えちゃって、一本脚の椅子にどうにかふんばって座ってるみたいだ。なんでこんなふうになっちゃったんだか。あたしは、あの子たちには嫌われたくないんだよ。あたしなりには頑張っているんだよ。でもいざあの子たちが目の前にいると、あの子たちのことじゃなくて、なくなった脚のことばっかり考えちゃうんだね」

ととと、と音がして見ると、菅野青年が空の湯のみに急須で茶を注いでくれていた。ぬるくて薄い茶を、照は口に含んだ。

自分の湯のみを空にすると、菅野は隣の部屋に帰っていった。照はテレビを消し、さっきまで孫たちが遊んでいた畳の上に布団を敷き、ろくに整えずにその上に横になった。それから頭まですっぽりけばだった毛布で覆い、無理やりに目を閉じた。


目が覚めたとき、部屋はすっかり暗くなっていた。

暗闇に横たわったまま、照はこれからすることを考える。手探りで枕元の目覚まし時計を引きよせると、もう七時を過ぎている。どこかへ寄り道していなければ、娘たちはとっくに家に着いているはずだった。でも果たして、と照は不安に思う。これは今日、あの子たちが帰っていったあの日の続きの七時なのか。眠っているあいだに何日も何年も時が過ぎて、自分一人だけが今日この七時に取り残されているということはないだろうか。

起き上がった照はトイレで用を足し、テーブルの湯のみや皿を片付けた。それから電話の受話器を取り、ダイヤルを回した。

ツツツ、と短い音が鳴って、呼び出し音が鳴り始める。照は壁の掛け時計を食い入るように見つめる。先の住まいの玄関の壁から剝がして運んできた、六角形の、文字盤にローマ数字が並ぶ時計……照にはこの六角形が、血を抜かれ、剝製にされた自身の心臓のように思えてくる。でもまだ、この心臓は生きている。秒針は確かにカチカチ音を立てて、ここにある時間を先へ先へと進めている。

受話器に耳を当てたまま、照は息をつめてその針を見つめ続ける。明日の朝には電車に乗って、デパートの鞄売り場で安くて丈夫な旅行鞄を買い求めるつもりだ。

十一・家　路

子どもたちは遅れていた。約束の時間を十分過ぎても現れなかった。

「喉が渇いた」

祥子は夫が止めるのを無視して車を降りる。遅れてくるのはわかりきっている、わかっているからわざと早めの時間を指定しておいたのに、それでもなお予想どおりに遅れられると、裏切られた！　と憤慨せずにはいられない。

入梅前の、六月の昼下がりだった。駅前の広場は直射日光に照らされ、人々は皆わずかな日陰を求め、うつむいて足早に往来している。祥子は腹をへっこませてロータリーの柵の隙間を通り抜け、階段脇の自販機でペットボトルのポカリスエットを買った。ごどん、と鈍臭い音を鳴らして落ちてきたペットボトルを掴み、その場でちょっと口を潤すつもりが、一気に三分の二ほど飲んでしまう。娘たちを乗せて走行中の電車も、上からむんずと掴み上げてこのロータリーに直接着地させてやりたいところなのだが――思いきり雄叫(おたけ)びをあげて、死ぬほど背伸びをすれば、本当にそんなこともできてしまうような気がしているのだが——孫に泣かれるのはつらいので、穏やかでない想像はすぐやめにした。

飲み干したペットボトルを捨てると、まわれ右をして車に戻った。ちょっとかがんでみると、助手席の窓ガラスに映る自分の顔と運転席にいる夫の顔が重なって、心霊写真みたいに見える。もちろん、自分が立っているこっち側が生者の世界に決まっているが、夫は夫で生者ならではの、疑わしげで、不安そうで、防御的な表情を浮かべている。そこから二重写しの自分の顔を引き剝がしたらどんなふうに見えるのか、とくと眺めてみたくなって、また柵を通り抜けてボンネットの前に回った。すると夫の顔より先に、運転席側のバンパーのへこみとこすれ傷に目が行った。

「これ、どうしたの」

指差しながら運転席の窓に回ろうとすると、後ろから近づいてきたミニバンにビーッとクラクションを鳴らされる。ムッとして立ち止まり、相手の運転手を睨みつけてやる。ハンドルを握っているのはつい昨日高校を卒業したばかりにも見える若い男だった。助手席には赤ん坊を抱いた同じ年頃の女が座っていて、祥子を睨み返している。

いらいらしていいのは、この世でオレたちだけだってわけ？　祥子は若い家族の車の窓を開け、一つ説教を垂れてやりたかった。その赤ん坊だってそのうち生意気な口をきくようになって、アフリカのヌーみたいに巨大化して、親との待ち合わせにはいつも遅れてくる人間になって、遅刻厳禁だと念を押した法事の待ち合わせに十分経っても何も連絡をよこさない、そういう人間になるかもしれない、だからいまあんたさんがクラクションを鳴らして警告すべきは、あたしじゃなくてその赤ん坊にでしょうが、そもそも、その大事な赤ちゃんは後ろのベビーシートにくくっておくべきでしょうが。

頭のなかではこんな文句が隊列を組んで大砲を打ち鳴らしているように感じられたのに、気づいたときにはミニバンは目の前から消えていた。コンコン、とノックがあり、横を向くと夫が戻れと手で合図している。

「暑い」ドアを開け、祥子はドスンと助手席に乗り込んだ。「まだ六月だっていうのに。地球も人間も、どんどんバカになってくね」

「あんなふうに、むやみに睨みつけたりしないほうがいいぞ」

「なんで。あっちが失礼なことしてきたんでしょ」

「若くて丈夫そうなやつだったじゃないか。車から出てきたりしたら、どうするんだよ」

「いい度胸だね。そしたらあたしが、ちゃんと話してわからせる」

「話してわかる相手じゃない場合もある」

「話してわかんないんならもう人間以下だね。まあ結局、ああいう子たちはいい先生に巡りあえなかったってことだね。いまから誰が何言ったって、もう無駄。お山の大将で、他人はみんな敵か召使いに見えるんでしょ」

勢い良く述べたてながらも、祥子は駅舎に続く階段から目を離さなかった。娘たちの肘だろうがくるぶしだろうが、あの屋根の影の下からからだの一部がちょっとでものぞけば「遅いよっ！」と怒鳴れる態勢でいる。ハンカチで額の汗を拭うと久々に塗ったファンデーションがごっそり取れてしまって、また不愉快になった。と、階段からぞろぞろひとの群れが下りてきて、そのなかに黒いワンピースを着た孫の亜由と、手をつないでいるその父親の姿が見えた。すこし遅れて、娘二人が並んで下りてくる。祥子は運転席に身を寄せ、クラクションを短く二回鳴らした。

「遅れちゃった」後部座席のドアを開けた灯里は、まず小さい亜由を押しこみ、その後に自分も続いた。「あっつう」

それから夫の紀幸が、ずり落ちた眼鏡を押し上げながら「遅れてすみません」と頭を下げて乗りこんでくる。

「亜由も、遅れてごめんねは？」母親にせっつかれ、亜由は小さな声で「遅れて……」と始めたけれど、言い終えぬうち「ちょっと、亜由がそこに座ってたらあっちゃんが乗れないでしょっ」と腕を引っぱられ、無理やり母親の膝の上に乗せられた。

外にぽつんと立っていた梓は、スペースが空けられると無言で乗り込んでくる。

車の後部座席に娘たちがみっちり収まると同時に、先刻までの祥子の苛立ちは車外に押し出された。ああ、来てくれた、という思いがけぬほどの安堵の気持ちで、ほんのひととき、胸がいっぱいになる。「遅いよ」と一言けちをつけたきり、祥子は黙った。これが他人の話だったら鼻で笑い飛ばすところだが、母の一周忌にあたり、娘が二人ともきちんと最初から喪服を着てきたことにも満足した。去年の四十九日は、一人はだらしない普段着でやってきたうえサンダル履きという失態を演じたし、もう一人は自前の喪服さえ持っていなかったのだ。

後ろで亜由が、きついきついと言って、なんとか父親と母親のあいだのすきまに尻を滑り込ませようとしている。

「出発進行」

運転手のつぶやきには誰も答えず、車はのろのろロータリーを離れて菩提寺に向かった。

いらいらするのは実のところ、暑さのせいでも娘の遅刻のせいでも生意気な若い父親のせいでもない。本当は緊張のせいなのだった。

ロータリーに降り立ったときからではなく、昨日純子姉からの電話を切ったときから、祥子はずっと緊張している。緊張が無口や多弁や落ち着きのなさとして表れるのではなく、苛立ちとして表れる性（さが）なのだ。結婚してしばらく経ったときにそう自覚したのだが、伴侶となった男は緊張するとすぐに腹を下すタイプだった。赤ん坊の灯里が夜中に熱を出して慌てて二人で病院に運び込んだときも、夫は病院に着くなりトイレに直行していた。それよりはずっとましだと思っていたけれど、苛立ちは時に本当の憤怒と区別がつかなくなることがやっかいだった。

昼前にかかってきた電話で、なんの前置きもなく「明日、博和兄ちゃんが来るよ」と言われたとき、祥子は即座に「なんで?」と聞いた。

「なんでって言ってもねえ……」電話口の純子は語尾を引き伸ばして、沈黙した。

祥子にとって、兄はもう長いこと、いつか取りにいくつもりの、でも半分はもう戻ってこないと諦めている旅先の忘れ物のような存在になっていた。会いたいけれど、会えなくてもしかたがないし、どこかで元気に生きていてくれればそれでいい。考えてみれば、子どものころ毎日のように遊んでいた友人だって、いまはみなそんなふうなのだ。でも兄妹なのだから、何かあったら必ず虫の知らせがあるはずだとも信じていた。ときどき信号待ちの交差点で兄に似たひとを見かけたり、テレビドラマでヒロカズという名の青年が撃たれて死ぬ場面に行き当たったりすると、急に嫌な動悸がしてきて、兄のことを考えた。心のなかで、お兄ちゃん、まだ死んでないよね、と話しかけると、あるときは子どものころの兄、一緒に雑草で冠を編んだり宿題を手伝ってくれたりした兄が死んでないよ、と答え、あるときは父の葬儀の翌日に会ったくたびれた中年の兄が、生きてるよ、と答えた。

その兄が家族を連れて――しかも奥さんも娘も、ニュージーランドのひとだというから驚いた――帰ってくるという。

いつも心のなかで話しかけていた兄は、少年であったり青年であったり中年であったりして、一つのイメージに定まらない、一個体の人間というより一瞬一瞬異なる様態を見せる、変化の連なりとしての兄だった。兄のことを思い出すとき、祥子はいつも、一本の映画だけをかけつづける映画館のドアを出たり入ったりしているような心持ちになる。だから明日、その兄が六十三歳の肉体と精神を備えた兄として戻ってくるとなると、その映画館のスクリーンに映された幾人もの兄が実体の兄に群れたかり、そのまま兄はあれよあれよというまに、スクリーンの内側にさらわれていってしまいそうだった。南半球の日に焼けて首に金のチェーンを光らせていたり、陽気に冗談を飛ばしている兄より、そんなふうにぺらぺらの虚像にあっさり負けてしまう兄のほうが、ずっと想像しやすかった。

「祥子とも会おうよ、ってずっとあたしは言ってたんだよ」電話口で弁明する姉の声を、祥子はうわの空で聞いていた。でもまだ、もうちょっとしてから、まだしばらく黙っててくれって言うから、あたしも無理は言えなくてさ、兄ちゃんもまあ、何考えてるんだかねえ、なんだか仙人みたいになっちゃってるよ……。

「ねえお母さん、今日は博和おじさんが来るんだよね？」

灯里の声に、助手席の祥子は我に返った。もうすぐそこに、菩提寺の駐車場が見えている。

「そうだけど。なんであんたが知ってるの」

「昨日おばさんから電話もらった。おじさんとおばさん、内緒でニュージーランドで会ってたんだって？　しかも去年は道世おばさんもでしょ。なんか世界広いね」

「そうだよ」この子はなんにもわかっちゃいないと思いつつ、祥子は言い返す。「世界は広いんだよ」

「そうじゃなくって、おじさんとおばさんが行き来してる世界が広いねってこと。びっくり。あー世界、広い。法事って英語でなんていうんだろ。あっちゃん、ちょっと調べてくんない」

言われて梓は、バッグからスマートフォンを取り出し、ちょこちょこ親指を動かした。差し出された画面を見て、「Buddhist memorial service」灯里は大袈裟にアクセントをつけて読み上げた。

「あんたたちはもう、おじさんの顔覚えてないよね」

「ぜんぜん覚えてない。ね、あっちゃんも覚えてないよね？」

「覚えてない」ようやく聞こえてきた下の娘の声に、祥子は振り返る。「梓、あんた新しい仕事はどうなの」

「まあまあだよ」

「ちゃんと食べてる？」

「食べてるよ」

「今度芋送るからね」

「あっ、あれ博和おじさんじゃない？」

灯里の視線を追うと、駐車場から菩提寺に続く小道の木陰に、黒服のひとだまりが見える。遠目からでも、そのうち一番背の低い一人の肩にかかったオレンジ色の髪の房が目立っていた。

「ほらやっぱり。あの子、名前なんだっけ」

「ジョーダン」祥子は昨日から、何度も繰り返して覚えた名前を口にした。「奥さんのほうは、メグ」

「ジョーダンとメグか」灯里は窓を開けて、大きく手を振った。「こんにちは！」

　法要のあとには去年の四十九日のときに使ったのと同じ、駅の近くのホテルの小宴会場が予約されていた。

　今年は博和の一家と灯里の一家が付け加わったから、四つの円卓のうち前方の二つに、ナプキンと皿がセッティングされている。去年皆で座ったほうの一卓に道世、純子、祥子、それから博和とメグとジョーダンが座り、もう一卓には滋彦と灯里一家と梓が座った。

円卓で博和と改めて向かいあったとき、兄ちゃん、確かに年をとったな、と、祥子はほんのちょっとだけがっかりした。とはいえ六十三歳という実年齢よりは若く見える。白髪や、何か喋るたびに深くなる目元の皺や、コーヒーでも垂らしたような頬の薄茶色いしみは典型的な老化を表してはいたけれど、もともと線の細い兄の顔にはよく似合っている。少なくとも、最後に会ったときの痩せて疲弊しきった兄から比べれば、いまのほうがずっと健康そうだ。

二十数年も会っていなかったのだから、再会はそれらしく劇的なものになるのではないかと思っていた。でも実際には「久しぶりだね」と言い交わしただけで、すぐに法要が始まると純子が急き立てたので、感傷に浸る間もなかった。

あまりに長く会わないで、心のなかでむかしの姿を思い出すだけに留まっていた誰かは、何度も話しかけ、話しかけられたその心のなかの姿が、そのひとそのものになってしまうらしい。つまりいま、祥子がそこにいる兄にたいして覚える感情は兄本人にではなく、あの映画館のスクリーンに映る幾人もの兄に向かい、しかし映画館とは祥子の記憶そのものだから、結局感情は祥子自身に沁み入っていき、兄以外のものに向かうあらゆる感情のなかに自然と溶け込んでいってしまった。血のつながった兄妹であるという事実より、こういう長年に亘る記憶の慣習こそが自分たちをかろうじてつなぎとめていたのだと思うと、祥子はこれまで交差点で見かけた兄のそっくりさんや、テレビドラマで非業の死を遂げた青年ヒロカズにまで、深々と頭を下げて感謝したくなった。

「祥子はビール、飲むの？」

円卓の向こうで兄が自分を見ていることに気づいて、祥子は嬉しくなる。少年時代の兄がこんな目で自分を見るときには、切手作りだとか忍者ごっこだとか、必ず子ども心をくすぐる楽しい遊びの提案があったのだ。「飲まない」と答えた自分の声まで、孫の亜由の声のように子どもっぽく聞こえた。

「あたしはお酒、駄目なんだ。兄ちゃんは？」

「僕ももう、飲まない」

「じゃあウーロン茶もらおっか」

それから給仕係の男女が入れ替わり立ち替わり飲みものを注いだり、前菜の皿を運んできたりして、去年と同様、昼食とも夕食ともつかぬ半端な時間の食事会が始まった。

「去年はあんまりノタノタ運んできたからね、今年はちゃんと事前に言っといたの」純子が言った。「うちの一族はみんな早食いだから、一つ皿が空く前にはもう次の皿を運んできてねって、とにかくちゃっちゃと運んできてよって」

「そうだね。去年は、けっこう待たされたもんね」

「あんなふうじゃお母さんもいらいらしちゃうでしょ。でも今年は、兄ちゃんも来て、亜由ちゃんも来て、お母さん喜んでるんじゃない」

話の内容を、博和が英語で両隣の妻と娘に伝える。メグは背の高い銀髪の女性で、シンプルな作りの黒いジョーゼットのワンピースがとても似合っていた。一方娘のジョーダンは、陽の光の下では完全にオレンジ色に見えた明るい髪を肩から細い三つ編みにして垂らしていて、顔の向きを変えるたびその毛がフリンジ飾りのように揺れた。

「メグさんたちは、日本が初めてなの？」

「ああ、初めてだよ。ずっと来たいって言ってたんだ」

「こんなに暑くてびっくりしてない？　今日はもう、三十度以上はあるよ」

「向こうはまだ寒いからね。明日からは京都なんだけど、京都はもっと暑いかな」

「京都に行くの？　いいね、京都、きれいだもんね」

「京都のあとは、道世おばさんちだよね」純子が言うと、卵スープを匙(さじ)ですくっていた道世が顔を上げる。「あたしも一緒に行くつもり。いいよね、おばさん」

「わたしはべつに、かまわないよ」

道世は小声で答えて、またちまちま匙を口に運び始めた。無口なのは相変わらずだけれど、去年よりさらに矍鑠(かくしゃく)とした佇まいで、運ばれてくる料理を小皿に取って次から次へと空にしている。

「じゃあ兄ちゃんたち、うちにも寄ってくれたらいいのに。子どもたちはもういないから、部屋は空いてるよ。道世おばさんのとこには全員は泊まれないでしょ。メグさんたちが嫌じゃなければだけど……」

博和が両側の家族にそれを伝えるあいだ、「まあでもとりあえず、来週は祥子ちゃんもおばさんちに来たらいいじゃない」純子に言われ、祥子は同意した。誘いを理解したメグが微笑み、ぜひ行きたいと言っているのが英語の苦手な祥子にもわかった。箸を握るメグの指はほっそりと長く、とはいえ指先は子どもっぽい深爪だった。このきれいなひとが兄ちゃんの奥さんなんだと思うと、祥子はまた子どものように嬉しくなった。

六十三歳の現実の博和兄にはもう慣れたとはいえ、大所帯での食事会があまりに和やかに軽やかに進んでいくので、時間が経つにつれ、祥子は逆に現実の道を逸れ、夢の世界に入っていくような心地がする。兄妹そろってこんなに和気あいあいと食事するのは何年ぶりのことだろう。これが夢だとすれば、亡くなる直前に母の見た夢か、あるいはもう記憶にはない、伊鍋の祖父母の家に預けられていた子ども時代の自分が見た夢だろうか。

隣の円卓では、灯里が一人で何やらべらべら喋りたてていた。その横で亜由がこちらのようすを窺っているのに気づいて、祥子はこっそり手招きした。すると亜由は血色の良い頬をふくらませ、山ほどフルーツが載った杏仁豆腐のガラスの器を王様への捧げもののように両手に高く掲げて、とことこ近づいてきた。夢なんかじゃない、この子こそが現実だ！　祥子は胸がいっぱいになって、近づいてくる孫を手を広げて迎えた。

「亜由ちゃんおいしそうねえ、もうデザート食べてるの？」

質問には答えず、亜由は器をしっかり抱えながら祖母とジョーダンのあいだに割り込み、真剣な眼差しで杏仁豆腐をすくってみせる。そのようすをジョーダンがキョトンと見ているので、

「亜由ちゃん、お姉ちゃんにこんにちはしたら」

と水を向けてみる。亜由は恥ずかしがって最初はむにゃむにゃ言っていたけれど、ほらほらとお膳立てをしてやるとようやく隣の少女と目を合わせ、「こんにちは」と早口で言った。「こんにちは」ジョーダンも挨拶を返し、その瞬間、二人の少女はこの間延びして退屈な時間から一緒に抜け出す合意に至ったようだった。

円卓を離れて飲みものが並ぶテーブルで遊びはじめた少女たちを、大人たちは放っておいた。博和はこれからもずっとニュージーランドに暮らすつもりだと言い、来年は祥子も純子と一緒に家を訪ねるという約束をした。

「お母さんは生きてるあいだ、一回も飛行機に乗らなかった」出し抜けに純子が言った。

「飛行機っていうのは、途中で逃げ出せないのが嫌だって言ってた」

「旅行じたい、あんまり好きじゃなかったね」祥子は言った。「お母さんは、一人で家

にいるのが好きだった」

「お父さんが亡くなってからも、あたしたちとは住もうとしなかったもんね。自分は一人がいいんだって言ってたけど、ほんとのところはどうだったんだか」

「お母さんが何を考えてたのか、あたしはいまでもよくわからない。子どもができたら、年とったら、お母さんの気持ちがわかるんじゃないかと思ってたけど……わかったような気もしたことがあるけど、やっぱり本当のところはわからない」

　向かいの博和は、妹たちのことばを黙って聞いていた。祥子はまた、その顔をじっと見つめた。薄くなった髪の生え際が、なんとなく父親に似ている。父親が死んだ年齢を、もうこの兄は上回ってしまっている。そして兄の、百合の花を逆さにひっくりかえしたみたいな鼻のかたちは母そっくりだった。普段姉と話すときも鏡で自分の顔を見るときもそんなことはつゆほども感じないのに、老いた兄の顔に、祥子は両親の生前はあまり表に表れなかった表情、近づきすぎてあるがままにはとらえきれなかった表情を初めて見るような想いがした。

　兄妹の沈黙のあいだ、道世とメグは、それぞれ食後の杏仁豆腐を堪能していた。ジョーダンと亜由が寄ってきたので、道世は二つの小さな口に、一口ずつ匙で運んでやる。二人はそれをおもしろがって、すぐに器は空になる。皿を下げに入ってきた係の若い男に、道世は杏仁豆腐をもっとよこすよう言う。

すると純子が、「でもこの子たちならわかるかもしれない」とまた出し抜けに口を開いた。

「あたしたちにはわかんなくても、この子たちが大きくなったとき、ある日いきなり、お母さんの気持ちがわかるかもしれない。そうじゃなかったら、この子たちの子どもたち、またその子どもの子どもがわかるかもしれない。だってあたしたちが自分で発見したつもりになってるどんな気持ちだって、ほんとのところはあたしたちのおじいさんおばあさんとか、そのまたおじいさんおばあさんが、誰にもわかってもらえなかったその気持ちなのかもしれないんだからね」

祥子は相槌を打たず、自分に問うた。苦しんでいた母親の気持ちをもっとも理解できるのは、やはりその母から生まれ、子を産み母親になった自分なのではないだろうか。実際、何度も想像しようとしたのだ。たとえば一粒の小さな種になって、あの頃の母の心に根づき、その複雑な感情の土壌を全身で吸い取ることができたらと何度も願ったのだ。でも種は何度も跳ね返された。祥子に感じることができたのはその痛みだけだった。なのに諦めることはできなかった。いつかはきっと、種が土に包まれ、そこから芽が伸び、実った果実を母娘で分け合える日が来ると信じていた。それなのに年月が経てば経つほど、目指す土壌には不安や疑いや後ろめたさ、そんな感情を栄養にする雑草ばかりが生い茂ってしまう。そういう手強(てごわ)い感情の茂みを辛抱強くかきわけ、薙(な)ぎ払ってしまわない限り、あの柔らかな土壌、本当の母の心には辿りつけないという気がする。

「結局あたしたちは、後回しにされたものを受け取るのに精いっぱいだってこと。たぶん若いひとたちもね」

　純子はもう一つの円卓のほうを向いて言った。相変わらず灯里一人がべらべら熱弁をふるっていて、その夫も、滋彦も梓も、覇気のない表情で黙々とスプーンで杏仁豆腐をすくっている。あの子たちもまた、自分がいなくなったあと、それぞれの道なき道に迷いこんでゆくのだろうかと思うと、娘たちが憐れだった。でもどんなに傷だらけになってやっかいな枝葉をかきわけていったところで、二人が探し求めるであろう「本当の母」である自分は、すでにそこにはいないのだ。だからといって、そんなことは無駄だからやめなさいと彼女たちの肩を摑んでやることももうできない。

　食事が終わると一行は一階のラウンジレストランに移動して、お茶を飲んだ。

　途中でトイレに立った祥子は、ラウンジに戻る途中、廊下で平たい風呂敷包みを抱えた博和に出くわした。

「トイレなら、そこの角曲がったとこだよ」急に二人きりになるのが気恥ずかしくて行きすぎようとすると、「これ、祥子に持ってきたんだ」と包みを差し出される。風呂敷の藤色には見覚えがある。

「何これ？」

「着物」

「着物?」

「純子がニュージーランドまで持ってきてくれた」

「は?　これを?　それをなんであたしにくれるの?」

「もともとは祥子の着物なんだよ。開けてみる?」

ちょうど廊下のどんづまりに、空の花瓶だけが置かれた手頃な台があった。その上で包みを開けると、箱に入っていたのは赤い格子柄の着物だった。

「これ、知ってる」祥子は驚いて言った。「道世おばさんちにあったやつでしょ。梓が灯里のとこに持ってったはずだけど。なんでそれが兄ちゃんのとこに行っちゃったわけ?」

「純子がうちのジョーダンにって、持ってきてくれたんだよ。ジョーダンもすごく気に入ってた」

「でもこれは、亜由ちゃんにあげたんだけど……いやだ、たらいまわしにされたってこと?」

「まあそういうことだね」博和は咳き込みながら、苦笑いした。「覚えてない?」

「何を?」

「祥子が伊鍋のじいちゃんちにいたころ。夏休み、僕も一緒になって預けられてたことがあったでしょう。そのとき母さんが、東京からこれを祥子にって持ってきてたんだよ」

「そんなの知らない。お母さんがあたしにこれを作ってくれたの？」

「僕がお客さんの着物を焦がしちゃった日、覚えてないかな。僕の代わりに、祥子が怒られた日……」

「覚えてない。そんなことあった？」

「悪いのは僕なのに、みんな祥子のいたずらだって思い込んじゃってね。その日にたまたま母さんがこの着物を持ってきて、すごく怒っちゃって……そのまま東京に持って帰ろうとしたから、僕が無理やり取り返して、誰にも見つからないように箱ごと小屋に隠したんだ」

「……その着物が、ずっと小屋に置きっぱなしになってたの？」

「うん。でもしばらく、僕は伊鍋の家には連れていってもらえなくなったから……祥子に謝らなきゃ、着物を渡さなきゃ、ってずっと気にはしてたんだけど、子ども心に正直、あの日のことを思い出すのが辛くて……ずるずる後回しにしてるうちに、こんなに時間が経ってしまった。悪かったよ」

　祥子はまた驚いて、箱のなかの着物を見つめた。ということは、幼い子どもの自分が、母からの贈りものとしてこれを受け取って、後生大事に取っておいて、娘の灯里や梓に着せてやる可能性だってあったわけだ。そんな目で見ると、長い時間誰にも触れられず、箱のなかですっかりくたびれている小さな着物が、もう一つの過去の抜け殻のように映る。

「でもあたしは、もうこんなかわいい着物は着られないから。ジョーダンが気に入ってるなら、ジョーダンにあげてよ」

「でもやっぱり、めぐりめぐって、これは祥子のものだよ。あ、梓ちゃん」

博和の声に振り向くと、喪服の梓がぽつんと立っていた。入れ替わるように、博和はじゃあ、と皆が待つラウンジに戻っていった。

「梓もトイレ？　そこ曲がって奥だよ」

「それ、わたしが去年持ってきたやつじゃん」

梓は台の上の着物に目を留めて近づいてくる。

「うん、そうなの。いまの話、聞いてた？」

ううん、首を振って、梓は着物の表面をひとさし指でそっと撫でた。

「これさ、いま知ったんだけど、もともとはあたしの着物なんだって。おばあちゃんが、子どものあたしに作ってくれた着物」

「え、そうなの？　でもなんでそれが、いまここにあるの？」

「この着物ね、あれからニュージーランドまで行っちゃったんだって。ちっちゃい着物が飛行機に乗って海をまたいで、またここに戻ってきたんだから、たいしたもんじゃないの」

「なんかその言いかただと、着物がひとりでに旅したみたい」

言われて祥子は、確かにそのとおりだと思う。小屋のなかに眠っていた着物がひとりでに起き出し、伸びをして、旅することを決めていまここまで来た、そう言われても信じてしまいそうだ。

「でも、あたしが持っててもしょうがないしね。亜由ちゃんは気に入らなかったみたいだから、またあげたらいやがるね。だから梓が持ってく？　将来娘ができたら、着せてみたらいいじゃないの」

「ううん、いい」梓は着物の箱にふたをかぶせた。「もらっときなよ。これはお母さんのなんだから」

梓はトイレに行き、祥子は着物と取り残された。もう一度ふたを開けて古ぼけた生地を見ていると、長い旅の行程をここにある着物自身が自分一人にささやきはじめているように感じられた。祥子は台にかがみこみ、病人の心音を聞くように頰を布にぴったりつけてみた。すると「何やってるんだ」今度は夫の滋彦がラウンジから近づいてきた。

「なんだ、それ」

質問には答えず、祥子は元通り箱を包むと車のキーをよこすよう言って、その足で駐車場に向かった。

歩きながら、五十年以上も前、この包みを抱えて自分に会いにきた母のことを考えてみる。五十年前の母も、いまさっきまでの自分と同じようにこの包みを胸に抱え、取り落としたりぶつけたりしないよう段差やドアに注意を払いながらせかせか歩いていたのかもしれない。離れたところにいる自分を、ちょっとでも喜ばせてやろうと考えてくれていたのかもしれない……駐車場への細い廊下を歩きながら、祥子は自分がまた、例の道なき道を歩んでいることに気づいた。想像しようとすればするほど、新たな感情や疑問が芽吹き、あっというまにその蔓が伸びて足元にからみつき、ようやく会えると思った母の姿はますます遠ざかってゆく。

包みを後部座席に横たえると、祥子はしばらく追憶にふけるつもりで、その隣に腰かけた。ところが目を瞑る前に汗を拭こうとした瞬間、ハンカチを入れたハンドバッグを台に置き忘れてしまったことに気づいた。舌打ちをして大急ぎで廊下に戻ってみると、台には花瓶が載っているだけだった。ラウンジの身内のところに行って、バッグを見ていないか聞くと、皆知らないと言う。

「何よ、泥棒されちゃったんじゃない?」

祥子はフロントデスクに行った。ひっつめ髪のフロント係は申し訳なさそうに、何も届いていませんと言う。

「ほんのちょっと目を離しただけなの。ほら、あそこの廊下の奥にちょっとした台があるでしょ。あそこに置いて、駐車場まで行って戻ってきたら、もうなかったんですよ」

少々お待ちくださいと奥の部屋に入っていったきり相手がなかなか出てこないので、祥子はしびれを切らして一人で廊下に戻った。亜由とジョーダンの二人組が手をつないでくすくす笑いながらあとをついてくる。

「あんたたちも捜して。ばあばの黒いバッグがないんだよ。あの上に置いといたのに、どっか行っちゃったの」

バッグのなかには財布、ハンカチ、ポケットティッシュ、のど飴、数珠、それから家の鍵が入っている。財布のなかには一万円ちょっとと、コツコツ溜めて、もうすこしでスタンプがいっぱいになる天ぷら屋のポイントカードだって入っているのだ。それに携帯電話だ。ここ数年無精をして、紙の住所録に名前と電話番号と住所を控えていない知り合いがたくさんいる。荻原さおりもその一人だった。今年の三月、さおりは身を寄せていた実家を出て、息子と二人で新潟に引っ越した。今度はあちこち自転車で駆け回らなくていい、巨大なコンピューターセンターで働くのだと言っていた。引っ越しの直後、「元気にしてます。寮は快適で、薫（かおる）も喜んでいます。いつか遊びにきてくださいね」というメールに「遊びにいくね。体に気をつけて」と返したきり、連絡は途絶えた。携帯電話を失くしたら、もうこちらからは連絡の取りようがなくなってしまう。

結局ラウンジでだらだらお茶を飲んでいた身内十一人が全員、祥子のハンドバッグ捜しに動員された。

「信じられない。こんな日に泥棒に遭うなんて」

祥子は道世と組になって、駐車場に停まる車の一台一台をのぞきこみながら嘆いた。

「バッグはバッグでもあれは普通のバッグじゃない、ひとめで喪中だってわかる、辛気くさいバッグなのに。あんなもの盗んだらバチあたるって思うのがひとの心だと思うんだけど。もしかしたらこの暑さのせいかもしれない。アイスみたいに人間の良心も溶けちゃってんのよ。ああもう嫌だ。一一〇番、一一〇番だ。こういうときは盗難届出すんだったかな。おばさん、携帯持ってる？」

「持ってない」

「じゃあ誰かに電話借りなきゃ。おばさんは先にラウンジに戻ってて。あたしは誰かに電話借りて、警察に電話するから」

一人になった祥子は、念のために廊下の奥の台まで戻ってみることにした。バッグを開けて持ち主の事情を察した犯人が、改心して引き返してくるという可能性もなくはない。あるいはもしかして、死んだ母親の霊魂が都合良く天から降りてきて、犯人の肩を叩き、あたしの娘のバッグを返しなさいと脅してくれた結果がそこにあるかもしれない。

バッグはなかった。とっとと一一〇番しようと踵（きびす）を返しかけたところで、トイレから喪服すがたの小柄な老年女性が出てきた。あっ、と祥子は声をあげてしまった。その女性が持っているバッグが、捜しているバッグとそっくり同じかたちをしていたからだ。

「ちょっと、すみません」

振り返ったその女性の顔に、祥子はとくと見入った。上品な薄化粧を施された、小さな顔だった。額の上で横分けにされ、後ろで小さくまとめられた白髪は、ほんのり紫がかっている。きれいなおばあちゃんだと思ったけれど、同時に手元のハンドバッグからも目を離さずにいた。相手の女性もまた、驚いたように祥子の顔を見つめている。

「あの。そのバッグ」

顔とバッグを交互に見据えて、祥子は女性に近づいていった。現役の教師だったころ、通りかかった理科準備室の前で骨格模型の指の骨を折ろうとしている男子生徒を見つけ、こんなふうに近づいていったことがある。それから冷蔵庫からトマトを持ち出し、庭に出ていこうとした娘二人を、玄関先で捕まえたこともある。

「おたくのですか」

女性は自分がなぜ呼び止められたのか、理解できていないようすだった。耳が遠いのかもしれないと思い、しっかり声が聞こえる距離まで近づいて、改めて質問した。

「そのバッグ、おたくのですか。バッグ。そのバッグです」

あ……と女性は小さな声を出し、ようやく何を聞かれているのか気づいたようだった。

「バッグ？　この……バッグですか？」

「そうです。あたしのとそっくりで。そこに置いて、ちょっと目を離したすきに持っていかれちゃったんです」

「これは、わたしのバッグですけど……」

「中身、見てもいいですか」

　我ながら感じの悪い言いかただとは思ったけれど、女性は意外にも素直にバッグを開けて、祥子に差し出してみせた。のぞいてみるとなかはすかすかで、子どもが持つような小さながま口と、鈴のついた鍵が一本、それからきれいに折り畳まれた白いハンカチが入っているだけだった。

「ああ、ごめんなさい。間違えました。かたちがほんとに、そっくりだったから……早とちりしました」

「いいえ。紛らわしくてごめんなさいね。見つかるといいですね」

「いやになっちゃいます、こんな田舎のホテルにも悪い奴がいるなんて。ちょっと目を離したすきに、まったくどうしょもありゃしない。これから通報します」

「あなたも？」

「え？」

「あなたも……」

　今度は祥子が、あ、と声を出し、何を聞かれているのか理解した。

「ええ、そうです。今日は母親の一周忌で。法要が終わったあとここで食事したんです。来てる身内はいまみんな、あたしのバッグを捜しまわってますけど」

「わたしは、去年、娘を……」

　祥子はハッとして、思わず相手の視線から目をそらした。

「あなたと同じ年頃の。背丈も同じくらいだったから、さっき、どきっとしてしまって」

「あ、それは……ごめんなさい、あたし、頭に血がのぼると、行動も言いかたもきつくなっちゃって」

　女性は微笑んで一礼すると、二階に続くエスカレーターを上っていった。履いている黒の布地のパンプスは、今朝下ろしたばっかりみたいになんの汚れもついていなかった。

　バッグが紛らわしかったのは事実だけれど、一瞬でも、いや、バッグを開かせるまでのあの数十秒、自分が女性を疑っていたことを祥子は猛烈に後悔した。娘を亡くしたというひとに、なんという思いやりのないふるまいをしてしまったんだろう。すかすかのハンドバッグの内に沈み込んでいた暗闇は、そのままあの母親の心のなかを表しているようにも思えた。猜疑心に駆られ、ただ自分のものに似ているからという理由だけで、無神経に他人の心を開かせてしまったことが、ひどく恥ずかしかった。

「お母さん、もうどこ捜してもないよ。警察に電話だよ」

後ろから声がして、振り向くと灯里と梓が立っている。

「電話、貸して」

はいはい、と灯里がポケットからスマートフォンを出して、かけたげよっか、と言う。あたし一一〇番にかけるのはじめて、と顔をにやつかせているけれど、中学生の頃、下校の途中で車と自転車の交通事故を目撃した灯里が「警察に電話！」と自転車の男性から命じられ、角の公衆電話から一一〇番通報したという話を祥子はいまでも覚えている。偉かったね、びっくりしただろうにすぐにからだが動いただけで立派なもんじゃないの、そんなことを言って褒めると、灯里はべつに、そんなすごくないもん、言われたからかけただけだもん、とふてくされ、祥子はその晩、灯里の好物の鮭のフライをたんまり揚げてやったのだ。

さっきのあのひとのバッグのなかにも、あの真っ暗闇のなかにも、哀しみだけじゃなくて、こんな思い出が見えない砂粒みたいになって、たんまり詰まってるはず——いやお願いだから、詰まっていてほしい。娘から差し出されたスマートフォンに、祥子はそう声に出して懇願しそうになってしまう。

純子の車が先に出ることになった。

道世おばさんは助手席に乗り、博和一家は後ろに乗った。「電話する」と約束しあって、一週間後には伊鍋でまた集まることになっている。父親に抱っこされた亜由は、ジョーダンが行ってしまうのが悲しくて泣いていた。手を振るジョーダンを直視するのがつらいのか、真っ赤になって、顔をそむけ、父親の肩に顔を押しつけている。

「案外、さらっと行っちゃうよね。ああいうとこ、やっぱりクールな家系だよね。博和おじさんも全然、感動の再会って感じじゃなかったし」

車を見送ったあと、灯里が言った。

「さ、うちも帰ろう」

来たときと同じように、灯里一家が先に後部座席に乗り込んだ。まだ亜由の機嫌が悪くて、親の膝に乗ることを嫌がるのを見て、梓が運動がてら駅まで歩くと言い出し、そういうことになった。娘たちを見送ったあとに交番で盗難届を出す段取りになったから、車は駅直結のショッピングモールの立体駐車場に停めた。それから皆で改札に移動し梓の到着を待つはずだったが、電光掲示板を見た灯里は「うちは遠いから、先に快速で帰らせてもらうわ。あっちゃんによろしく」と亜由を抱っこし、ぺこぺこ礼をする夫を従えて、さっさと改札を通り抜けて行ってしまった。

「まったく、遅刻して来たくせに帰りは早いんだから」

祥子が言うと、滋彦は「まあ、なあ」と返し、改札前の広場で店開きしている物産展のほうへふらふら吸い寄せられていった。祥子は祥子で、旅行代理店のパンフレットラックの前に立ち、おもしろそうなツアーの案内を片っ端から手に取っていった。

それから五分ほどして、ようやく梓が鼻の下に汗を浮かべ、疲れた顔で現れた。

「お姉ちゃんたちは？」

「さっき、ちょうどいい快速が来たから先に乗ってった。薄情だね」

「いいよべつに」

「あんたは今日帰らなくても、うちに寄ってってもいいんだよ」

「うん。でも明日友だちと約束があるから。また来るね」

「気をつけてよ。お母さんたちもそのうち、ようす見にいくから」

「二人でこっちに来るってこと？」

「ああ、お父さんも行くよ」

夫と娘のあいだで何か意味ありげな視線が交わされたように思ったけれど、すぐにあの老婦人のバッグの暗闇が眼裏に甦って、祥子は娘の二の腕を喪服越しにぎゅっと掴んだ。

「ほんとに気をつけてよ。どんな仕事をやるにしても、くたびれすぎちゃ駄目だよ」

梓は素直に「うん」とうなずいた。それから祥子が手を離すと、「じゃあね」と言って改札を通り抜けていった。

「あとで芋、送るからね。食べてね」

呼びかけに梓は振り向いて、ぎこちない笑みを浮かべる。

ホームへの階段を下っていく娘の背中を見送っていると、さっき家族と帰っていった娘、それからいま一人で帰っていく娘を「うちの子たち」と呼び同じ家に帰りつづけた日々が、祥子には現実にあったこととは信じがたくなってくる。それでいて、当時は果てなく思われた一日一日が、いまもどこかで延々と営まれている気もしてくる。二つの生活は、もう決して混じりあわないのだろうか。たとえば今日、これから家に帰り、お茶を飲みながら新聞のテレビ欄なんかを眺めているところに「ただいま」と声がして、あの子たちが廊下を駆けてくる、ランドセルの中身がカチャカチャ鳴り、洗面所からはジャージャー水が流れ始める、そんなことはもう、起こらないのだろうか？　あるいはもっとべつの時間、うたた寝をしていると優しく揺り起こされて、湯のしの匂いが鼻をくすぐり、汗でじんわり濡れた髪の生え際を祖母がぬぐってくれる、そんなことが……いや、起こってもいいだろう。祥子は誰にともなく大きくうなずく。すると突然、そんな古い時間のかけらが頑丈な梁(はり)や壁になって、魔法のようにみるみる一つの大きな家として組み上がっていくのを感じる。それはこれまでに暮らしたすべての家がすっぽり入るほどの、いびつだけれど大きな大きな家だ。立て付けの悪いドアや襖を開ければ、すべての部屋に行き来できる。開かずの襖もあるけれど、だからといって、その部屋がからっぽだというわけでもない。襖にぴったり耳をつければきっと懐かしい声が聞こえてくる……ジュースのコップがひっくり返る音、薬缶（やかん）の湯がシューシュー沸く音、歯ブラシのあぶくが洗面台に飛び散る音だって、いやというほど聞こえてくるはずなのだ。

見事に組み上がったその家の窓が、いま、風にあおられ次々開いていくのを祥子は感じる。これがわたしの家なのだと、祥子は見上げ、目を見張る。

ホームで電車を待ちながら、今度あの家に帰るのはいつだろうと、梓はぼんやり考えている。

それと同時に、家——というのは、東京に借りているユニットバス付きの古い六畳の部屋のことだ——に帰ったら、まず換気をしなくては、それから冷房だ、とやきもきしている。買ったばかりの大きなベンガレンシスの木がこの高温でしおれていないか気がかりなのだ。家のなかにただいることができない、どうしても住んでしまう自分の代わりに、梓はこの観葉植物にその役目を与えた。気がかりといえば別れ際の母のことばも気がかりだった。一人暮らしでろくに料理もしていないのに、本当に芋が大量に届いたら困ると思い、いままで一度も自分で調理したことのない大和芋の家庭料理をスマートフォンで調べ始める。

次々表示される芋料理の画面をスクロールしながらふと、今日もお母さんはおばあちゃんの話をするとき、やっぱりちょっと怒ってる感じだったな、と思い出す。家に着いて、まだそれほどくたびれていなかったら、電話をかけてみようかと思う。話したいことは、まだきっとたくさんあるのだろうから。でもその前にまずは換気、換気だ。

窓を開けて、部屋いっぱいに新鮮な外の空気を呼び込むのだ。

純子はのど飴を舐めながら、自宅に向かって兄一家を乗せた車を運転している。伊鍋に帰る道世おばさんを大宮駅で降ろしたあとは、博和が助手席に座った。博和は後ろの二人に向かって、母と一緒に着物を抱えて夜の街をさまよった、遠い夏の日の話を初めてした。英語で話し始めたけれど、途中からは日本語になった。それでもメグとジョーダンは、後部座席でくっつきあって、静かに耳を傾け続けた。

電車に乗った道世は、ようやく一人になれてほっとしている。

明日は店で、あの三人をおもしろがらせる話ができそうだと考えている。村田氏はひと月前、施設で高齢の母親を亡くした。峰岸さんはちょっと前に声帯にポリープが見つかり、しばらくは病院通いだ。長沼さんだけは特に大きな変化なしだが、最近喋りかけてみても、ぜんぜん反応がないことがある。

だとしてもせいぜいお喋りしようじゃないの、電車のなかで道世はひとりごちる。本当に話すべきことなんて、ほとんど話されたためしがない。肝心なことは何も摑めなくても、それでも目に見えない塵が窓から差す光できらっと光ることがあるから、それが楽しくてお喋りする。こうして電車のなかでひとことも発さず、頭のなかで明日する話に想いをめぐらしているのだって、立派なお喋りの一環だと道世は感じ入る。この年になって、喋り相手に関してだけは、当たり籤を引いたらしい。

灯里一家は自宅の最寄り駅近くのファミリーレストランで、中途半端な夕食をとっている。

デミグラスソースのハンバーグにフォークを入れながら、灯里は博和伯父の長きに亘る不在について、あれこれ推測を披露する。帰り際、レジ横の金魚のぬいぐるみをほしがって、また亜由がぐずった。いつもなら無理やりなだめてドアの外に引っぱり出すところだけれど、法事のあいだおとなしくしていた辛抱を買って、特別に「これはひいおばあちゃんからだよ」と言い聞かせて買ってやる。外はもう暗い。マンションまで続く道を、親子三人は亜由を真んなかにして、手をつなぎながら歩いていく。娘の手を揺さぶって、灯里は言う。

「ちゃんと覚えておくんだよ。今日はママのおばあちゃんの日だからね」

交番で盗難届を出したあと、ショッピングモールのスーパーで夕飯の総菜を買い、祥子と滋彦は車に戻った。

乗り込んですぐ、「災難だったな」と滋彦は言った。

「何が」

「バッグ」

「因果だね」

助手席の窓越しに見慣れた家路を眺めながらも、祥子は空っぽの後部座席を寂しく感じていた。振り返ると、藤色の包みだけが車の揺れに合わせてかすかに揺れている。長いあいだ隠され、忘れられ、たらい回しにされ、でも決して捨てられずにいまここまで届いた、古ぼけた家族の遺物……。

「後ろの、着物か。梓が言ってた」滋彦が聞いた。

「そう。お母さんがむかし、あたしに作ってくれたんだって」

それから祥子は、兄から聞いた話を夫に話した。遡って、伊鍋の祖父母の家にいたころのこと、まだ小さい娘たちを連れて、東京の母を訪ねていった日のことを話した。隣で相槌を打っているのは三十年一緒に暮らした相手なのに、まるでたまたまそこに乗り合わせて、今日限りもう二度と会わない相手みたいに、なんのこだわりも打算もなく、祥子はいきいきと話を続けた。長年同じ相手に発しつづけた棘だらけの言葉でじくじく傷んだ口のなかが、突然湧き出した新鮮な泉の水にすすがれていくようだった。

「バッグを持ってったのは、お義母さんなんじゃないか」

話が終わって黙ったあと、出し抜けに滋彦が言った。

「え？」

「バッグ。さっき因果って言っただろ。着物と引き換えに、お義母さんがあのバッグを持っていったんじゃないのか」

祥子は苦笑した。とんちんかんな理屈だけれど、それならば不思議と辻褄は合うという気がする。何より盗難事件の被害者になるより、死んだ母親にバッグを盗まれることのほうが、より理不尽であるだけよっぽど自分の人生に起こり得そうだった。理不尽であればあるほど、人生には説得力が増す。思い通りになったことなど何一つだってない。生活をするということは、こんな理不尽の埃をためることだった。それが動いて、怒って、笑って、病みついては元気になって、息をしていることの証だった。

「まあとにかく、置き引き犯っていうのは、財布だけ抜き取って、あとは道端にポイ捨てするらしいからな。だからそのうち、ひょっくら出てくるかもしれない」

夫の声を聞きながら、急に祥子はどっと疲れがこみあげてくるのを感じた。話すべきことはもう話したのだと悟った。いろいろ考えるのはあとにして、とにかくいまは一刻も早く家に帰って、ゆっくり熱い風呂につかりたい。それでさっぱりしたあとは、総菜をかっこんで歯磨きをして、布団に潜り込むのだ。

家に着くとすぐ喪服を脱ぎ、その通りにした。

もうすぐ夏至だ、六十回目の誕生日がやってくる。あたしは一年で、一番太陽が長く照る時期に生まれた！

誕生日が近づくたびに浮かぶこのことばを、今晩もまた、布団のなかでつぶやいてみる。明日起きたら、まずはあの包みを開けて、着物をじっくり眺めて、陰干しでもしてみよう、ついでに布団も干して、洗濯もして、ずっと後回しにしていた庭の雑草取りも一気に片付けてしまおう。

そんな段取りをつらつら考えているうちに、すぐに穏やかな眠りが訪れた。明け方には、遊びつかれて、腹いっぱいで、家に帰る夢を見た。

解説

平松洋子

洋の東西を問わず、家系図を目にするときの奇妙な感覚は曰く言い難い。一個の人間はかならず誰かと繋がっており、その誰かがほかの誰かと繋がり、さらに派生して見知らぬ誰かと繋がっている。ツリーの枝のような線を指で辿りながら、妄想する——もし、ここでぷつんと切れていたら。すると、途切れた以降の人物はこの世に存在しなくなる厳然とした事実を、家系図が指し示す。一個人一個人、ひとりひとり、否応なしに一連の大きな繋がりのなかで生きている、連なりによって生かされている。

ひとつのイメージがやってくる。家系図は芋の蔓にそっくりではないか。

太く伸びた蔓の根元を両手で握ってぐーっと引き上げると、確かな手応えとともに、大きいの、小さいの、芋の子が黒土にまみれて顔を現す。家系図のツリーの線が蔓だとすれば、芋の子は家系図に書かれた人物たちに見えてくる。本作には、まさにそのさまが描かれる。

『私の家』は、誰もが逃れようのない〈家族〉〈家〉に正面から取り組む物語である。

家族をテーマに描く小説は数多(あまた)あれど、登場人物にとっての〈家〉に焦点を引き絞るところが極めて異色だ。三代に亘(わた)る「家と私」の物語は、登場人物それぞれを主人公に据えることによって多視点を導入、しかも、しばしば同一人物が異なる視点によって語られ、人物像に多彩な光が当てられる。なるほど、そもそも家族のあいだでは、誰かにとっては母である人物が、誰かにとっては姉、ほかの誰かにとっては叔母、異なる役割と意味づけを与えられたりもする。家系という連なりのなかで、ひとりの人物が複数の役割を兼任することによって、人物の輪郭が微妙にブレたり、内面に歪(ゆが)みが生じたりもするのは当然のなりゆき。その結果として生じる誤解、齟齬(そご)、諍(いさか)い、あるいは事実が隠蔽(いんぺい)されたりもする……家族とは、ただそれだけでなんとミステリアスで奇妙な関わり合いであることだろう。しかも、その容(い)れものが〈家〉なのだ。

　鏑木家もまた同様である。亡くなった祖母・照は、夫が自宅の風呂場で倒れて六十一で死んだあと、娘たちの同居の勧めにも応じず、しかも四十年近く暮らした家から離れ、１ＤＫのマンションでのひとり暮らしを選ぶ。照には、年の離れた妹、道世がいる。照の子どもは博和、純子、祥子の三人。長男の博和は長年行方がわからず、どこに住んでいるかも不明のまま。次女の祥子は六十歳間近、中学の体育教師を長く務め、いまは公民館で健康体操を教えており、夫の滋彦とのあいだには灯里と梓、ふたりの娘がいる。長女の灯里はすでに結婚して家庭を持ち、一児の母。次女の梓は大学卒業後すぐ家を出て就職したが、同棲中の男から別れを切り出され、とるものもとりあえず実家に舞い戻る……このように書けば、とくに特徴のない、どこにでもいる平凡な家族として映る。しかし、細心の注意を払いながらおのおのの心の襞にゆっくりと分け入っていく筆致によって、意外な展開を見せていく家族の様相から目が離せなくなる。あえて起伏を回避する青山七恵ならではの精緻な静けさを湛える筆運びは、波風を立てるのを避けようとしがちな家族のありさまを連想させ、ここにもまた小説家の入念な仕掛けを感じる。いっけん淡々と営まれる日常の展開のなかに差し挟まれる、本音や真情の吐露。家族間にあっては、誤解や諍いのたねは、とかく平穏無事を装いながら潜行するものだ。そのぶん陰影は濃く、根は深い。

物語は、鏑木家の菩提寺で営まれる照の四十九日法要から始まる。めったに顔を合わせる機会のない面々は、不意に訪れる身内の死によって、現世のしきたりをあてがわれ、あたふたしながらお互いの存在を強く意識し合う。照の娘、祥子は、生まれてから小学校に上がるまで茨城の祖父母の家に出されて育った経験を持つのだが、その出来事について一度も母に謝られたことがなく、わだかまりを解かずに逝った母に対して「恨みじゃない何かは残る」と、娘の梓に胸中を訴える。その梓にしても、葬式から戻った夜、同棲相手から突然別れを持ち出されて住む家を失うはめになるのだ（「一・家庭菜園」）。のっけから、あやふやな存在としての家が提示される。嵐の日、どしゃぶりの雨のな